我们阅读
WOMENYUEDU
魅丽文化 花火工作室

云拿月
著

我情切切

江苏凤凰文艺出版社
JIANGSU PHOENIX LITERATURE AND ART PUBLISHING, LTD

图书在版编目（CIP）数据

我情切切 / 云拿月著 . -- 南京 : 江苏凤凰文艺出
版社，2019.11
ISBN 978-7-5594-4110-2

Ⅰ. ①我… Ⅱ. ①云… Ⅲ. ①长篇小说 - 中国 - 当代
Ⅳ. ① I247.5

中国版本图书馆 CIP 数据核字 (2019) 第 231524 号

我情切切

云拿月 著

出 版 人 张在健
责任编辑 张 倩 王 青
特约编辑 朵 爷 肖云梦
装帧设计 白砚川 郭 颂
出版发行 江苏凤凰文艺出版社
南京市中央路 165 号，邮编：210009
网 址 http://www.jswenyi.com
印 刷 湖南新华精品印务有限公司
开 本 880mm × 1230mm 1/32
印 张 10
字 数 278 千字
版 次 2019 年 11 月第 1 版，2019 年 11 月第 1 次印刷
书 号 ISBN 978-7-5594-4110-2
定 价 38.60 元

目录

CONTENTS

目录

C O N T E N T S

爱情这回事，谁都有可能逃不掉。
比如你，比如我。

第一章

我们分手很久了

1

客厅角落的立式大空调吹着滞闷暖风，米色窗帘直坠及地，轻晃摩擦着一尘不染的地面。装潢是低调冷淡的欧式风格，纯白地板干净无瑕，却也透着一股冷意。安静的空间里，只有铅笔在素描纸上飞速摩擦的沙沙声响。

动了动被温暖棉拖鞋包裹的脚趾，从悦看了看画板前那张专注又略显焦急的青涩脸庞，禁不住弯唇笑了笑。男生皱着眉，飞快地在画板上走笔，神态不见丝毫轻松之意。

从悦噙笑静静站着，几分钟后，待他涂涂改改终于放下笔，她踱步到他身后查看。画板上的内容在绘图过程中被修改过很多次，白色素描纸有点脏，擦拭多次的地方也比别处要薄。男生有点紧张，顾不上沾了铅笔灰的手指还是黑的，扯了扯身上还没换下的校服。

从悦细细打量整幅画作，微微摇头。

“还是不行？”男生脸色微暗，搓了搓手里的铅笔，“画室的老师也说不行，可是线条我已经改了，图也重新构了，我……”他因沮丧而有些焦躁，忍不住抱怨，“什么题目，我哪知道‘初恋’怎么画……”

作为艺术生，每天午休时间他都在画室画画，晚自习前短暂的空当也泡在画室里，连晚饭都是在画室快速解决的。一周中难得有一天不用上晚自习，就像今天，回家也还得听她这个老师一对一教课。从悦能理解他现在的心情，不是不喜欢画画，只是有一样东西一直做不好，人就容易焦躁。

拍拍男生的肩，从悦拿起笔，一处一处修改给他看。她边画边讲解，不疾不徐的声音如同潺潺流水，不知不觉让人平静下来。纸上的某些线条被擦拭，再由她手下的笔触重塑，一点一点逐渐变得流畅完整。改过的地方不算太多，整个构图的美感和韵味却都霎时提升。

男生脸色转晴，眼里有些跃跃欲试。

从悦将笔放回原位，把画板前的位置让还给他：“这样是不是好多了？你照着这个再画一遍，不要着急，遇到问题慢慢改，急是解决不了问题的。”

男生应声，重新在画板上夹好一张干净的白纸，着手画图的同时不忘嘴甜道：“老师，你好厉害！”

从悦失笑，走至柜前去倒热水。暖空调吹久了，喉咙有点干。

男生在身后自言自语地絮叨，从悦喝了一小口热水，忽听他道：“其实我真的不懂什么爱啊初恋啊，这么玄的东西，画室的老师非说看得出来，坐我旁边的那个人抽到的是‘逃婚的新娘’，画出来被骂惨了。”

未开窍的少年叹气：“我也没好到哪儿去，抽的这个什么‘初恋’，是比别的恋多长了脚还是怎么？这里不对那里不对……老师你说，初恋有什么了不起的？！”

从悦手一顿，而后轻饮半杯，放下杯子。她转过身来，对沉浸于苦恼中的学生微微一笑：“不要抱怨了，专心画。”

她没有回答他发泄不满的问话，因为没有回答的必要。

确实没什么了不起。

初恋……

不过是第一次喜欢的人，仅此而已。

课时结束后，一直待在书房的学生母亲出来送她，还切了一盘水果热情地邀请她吃。从悦稍作停留，吃了两块水果意思意思，就火急火燎地往松新小区赶。

调到静音模式的手机已有数个未接来电，在出租车上，从悦还接到周嘉起的夺命电话。

“你来了没有？！我生日都快过完了！”

“到了到了，这就到了！”从悦不敢让他说第二句，忙不迭掐断通话。车开到小区外，从悦小跑进去，走出电梯时气息还没平复。

周嘉起站在门前等，脸上写满不爽。从悦跟在他身后进屋，他的公寓里这会儿都是盛大的学生，而且大部分和他一样是计算机系的。

周嘉起知道她不喜欢凑热闹，给她端了块蛋糕，倒了杯热饮，两人站在阳台上说话。

“你们可真行！我一年就一回生日，卓书颜在外地回不来，你当家教走不开。”他靠着窗台冷哼。

“谁不是啊？你当我们一年过几回生……”从悦还没吐槽完，就瞥见他的眼神，只得乖乖噤声。

“你做家教一节课挣多少？累不累？”周嘉起换了个话题，斜眼打量她，“要是真的缺钱你跟我说。”

从悦毫不在意地吃着蛋糕：“真不缺。你不是不知道，学费和生活费我爸还是给我的，我就想自己挣点钱。”

周嘉起嗤了声：“你那个爸……”他适时打住，没再往下说。

从悦喝完半杯热饮，从背包里拿出给周嘉起准备的礼物。

她和卓书颜、周嘉起三个人从初中开始就认识，一直同班，直到高二分科后才不在一个班级。这么多年的相处，哪怕周嘉起身边有许多志趣相投的兄弟，也抹不掉和她们的这份感情。

“对了。”周嘉起忽地想起什么，“江也他们在我房间里休息，要不要去打个招呼？”

从悦一勺勺挖着蛋糕，仿佛没听到。

周嘉起垂眸睇她。那张嫩滑的脸被夜风吹得透白，琼鼻小巧挺翘，五官艳丽。中学时青春期的男生们并不推崇这种漂亮，总觉得她好看得过于尖锐，过于凌厉。但私下里，他们又总忍不住提起她的名字。追她的人一直不少，但她从来没有点过头。

周嘉起默默叹了口气。她就是这样，认定的东西坚持到底，喜欢就是喜欢，不喜欢就是不喜欢。

在阳台上站了会儿，从悦的蛋糕吃完热饮喝完，客厅里传来招呼寿星的声音。

“周嘉起——”

闲聊的两人回头一看，一帮男生鱼贯从他卧室出来。

从悦静静扫了一眼，目光触及第三个身影时，停了一刹。

高大的男生两手插兜，站在客厅白色的灯光下，一米八五的个头，比周嘉起还要高上两厘米。直挺的鼻梁下是轻抿的薄唇，眉心习惯性拧着，像有个永远解不开的结，仔细看去又似没有。

此人是大名鼎鼎的计算机系第一人——江也。

俊朗高傲，耀眼如阳，对谁都仿佛不屑一顾。也确实，这样一张脸的确没几个人抗拒得了。

他脸上是惯常那副恹恹的无聊神情，仿佛察觉到被注视，他懒懒地朝她看来。

从悦眼睫一颤，收回视线。

屋里一帮人嚷嚷着要玩游戏，周嘉起朗声答复“马上就来”，低头见从悦一脸避之不及，敛了笑意：“一起玩？”

她动了动唇，还没来得及拒绝。

“真的没必要。”周嘉起又低声开口道，语气里带着一种作为双方朋友的无奈，“……你和江也，都分手这么久了。”

老套的国王游戏在聚会上经久不衰，躁动的年轻人对这个游戏颇为青睐。

从悦很少玩这种游戏，见一帮围坐在沙发周围的男男女女笑得乐不可支，作为参与其中的一员，只能配合地一直弯唇笑。

坐在她左手边的周嘉起脸上被画了一只巨大的王八，脸色黑得跟墨汁有得一拼。

“你行不行啊，寿星公？”

斜对面说话的林禧经常和周嘉起一块吃饭，也是今天这游戏桌上周嘉起最大的对手。

周嘉起和他呛声，新一把还没开始，俩人就快在茶几上打起来。

众人知道他们关系好，不仅不劝反而火上浇油。从悦噙着笑静静看他们插科打诨，注意力从周嘉起那儿移到林禧身上。

笑着笑着，旁边似乎有道视线投来，她下意识侧目，眸光便和林禧身旁的江也撞上，笑意滞了滞。

短短一瞬，江也的眼神淡到几乎没有，只随意在她脸上掠过，下一秒便转移到众人身上。

他懒散地倚在沙发角落，百无聊赖地听着，从头至尾对这场游戏兴致缺缺，疲惫的脸上带着倦意，精神劲不够，疏淡眉眼间略微露出些戾气。

从悦敛眸，只当自我意识过剩，平静地移开眼。

“来了来了！”

林禧堆好高高的积木，最先抽，抽出摆在面前，积木上有字而非数字，他抽到的是发号施令的国王图案。

众人挨个抽积木，坐在林禧身边的江也最后伸手。

眼风扫了两下，也不等所有人都看完，林禧便道：“这把玩大一点啊……来，七号、九号，抽到这两根积木的 kiss 一下！”

那声音震得周嘉起手一抖，积木被他失手掉到地上。他斜眼瞥了瞥作怪的林禧，捡起掉在一块的两跟积木，递了一根给从悦。

众人纷纷亮数字。

周嘉起亮出数字三时，江也正面无表情地把印着九的积木条扔在桌沿边。

林禧眼里带着暗爽和幸灾乐祸扫过江也的积木，在看清周嘉起拿的是三，笑容一下顿住。

周嘉起忽地想起林禧会记数，刚琢磨出仿佛有点不对，满屋人就咋呼开了。

“也哥是九啊！”

“这号点的，林禧你绝了——”

几个女生都有些蒙，两个化着妆的女生小声嘀咕：“江也抽了九？那谁抽的七？七呢……”

从悦抿了抿唇，旁边的人已经看到了她的积木，烫手山芋般的一根七被他们放到桌面正中。

“哈哈！竟然在这儿！”

“从悦拿了？厉害厉害……”

一帮人瞎起哄，你一句我一句七嘴八舌地嚷道。

江也像是事不关己，一脸平静地坐在那儿。

起哄的人闹着闹着就觉得不对劲——两个当事人没有半点反应。

江也就算了，本身就不是好相处的性格，不爽的时候一天难得说一句话，脾气躁起来连天都敢掀，他们也就趁着周嘉起的生日才敢闹腾闹腾他。

再看从悦，她在美院可是出了名的难追，此刻也一动不动，面色不大好。

客厅的气氛诡异地安静了几秒。周嘉起正要开口打圆场，忽听身旁的从悦低低舒了口气。

紧绷的肩线慢慢放松下来，她捧起手边的热水杯，抿了一口，朝众人抱歉道：“对不起，我有点感冒，怕传染别人，不太方便。”

拒绝的意思委婉又明了，众人愣了愣。

这种性质的kiss，至多不过是蜻蜓点水礼貌地碰一下嘴唇，但她不愿意。

可这对象不是别人，而是被众星捧月，令满校女生趋之若鹜的江也。

曾经有人在校内论坛开帖问——怎么才能追到江也？有校友回复说，当天正好和江也在同一个公交车站碰见，好运的代价就是一不留神丢了个钱包。

“我愿意用十个钱包换亲一口江也！一百个钱包换跟他谈恋爱！”

——论坛里回复楼层中的这句话成了金句，后来在女生中广为流传。

现在白给亲一口，从悦却不愿意。

场面一度尴尬，始作俑者林禧回神，出来揽责任：“怪我怪我，是我没考虑周全，其实刚刚堆积木的时候……”

“聊完了没，有完没完？”江也不耐烦地拧眉，站起身要往洗手间走去，坐在沙发旁的人当即给他让路。

满座噤声。

江也走了一步忽地顿住，细长的五指插进裤兜里，隔着茶几居高临下地看向从悦。

“你说得也是，感冒确实容易传染。”

江也扯着嘴角无所谓地笑了下，眼神沉沉地低睨着她：“毕竟又不是没亲过，我也不是没被你传染过。”

2

从悦躺在被窝里睡不着觉，睁眼是黑漆漆的宿舍天花板，闭眼则满脑子都是在周嘉起公寓里玩的那把游戏。江也全然不在意其他人听到那句话会有什么反应，像是成心给她添堵，说完就悠然进了洗手间。

她板着脸坐在那儿，茶几边一帮人你看我我看你，谁都不知道该说什么。虽说从悦没少被人当成焦点，但那些意味深长的打量实在让人不适。

良心发现的周嘉起只好送她回学校。

枕下传来轻振，从悦拿起手机，黑暗中屏幕光线太过刺目，她眯眼点开周嘉起发来的消息。

“睡了没？”

她回复了两个字：“准备。”

那边问：“还好吗？”

她答：“废话。”

过了十几秒，周嘉起发来一个表情，没再说别的。

她若回答说不好，周嘉起肯定会跟她聊上半天，那么势必会提到江也。

她一点也不想谈他。

从悦放下手机，闭眼强迫自己进入睡眠。

一觉睡醒，昨夜周嘉起生日聚会上玩的游戏已经成了校友们的谈资。从悦懒得去管，安安静静待在宿舍里看书，下午四点半和周嘉起出门去车站接卓书颜。

比赛为期四天，为这个，卓书颜正好错过周嘉起的生日。

卓书颜行李不多，直接放在周嘉起车的后备厢里。三人从车站出来便绕道去吃饭。

要了个四人座的包厢，点完菜周嘉起去了洗手间，卓书颜一边和从悦聊天，一边捧着手机刷校园论坛。

“这什么情况……”看着看着，卓书颜眉头紧拧，拿着手机诧异地望向从悦。

从悦凑到她递来的手机屏幕前一看，倒是格外平静：“哦，这个啊。”

论坛里正在议论从悦和江也，昨晚玩国王游戏的事传了出去，不少人疑惑他们两个怎么会扯上关系。

帖子回复数很多，今年刚入学的一年级新生里，有来自和两位主角同一所高中的学弟学妹，纷纷出来爆料。

“美院的从悦以前追过江也。”——这一条分量不小的八卦令围观群众热情高涨。

卓书颜见她反应平平，微愣：“怎么回事？”

“都是周嘉起生日宴会上闹出来的。”从悦无奈，“没事，随他们说去吧，议论完这一阵也就过了。”

恰好周嘉起推门进来，卓书颜二话不说揪他坐下，质问事情始末。

你一句我一句，两个人吵吵嚷嚷闹起来。

从悦喝着水果茶，笑看他们耍宝。

饭后，周嘉起开车送她们回去。

从悦坐后座，副驾驶座留给卓书颜。

等红灯时，周嘉起问：“都回学校？”

从悦和卓书颜对了个眼神，开口：“书颜去她租的地方，我回学校，先送我吧。”走出饭店的时候，卓书颜偷偷扯住她，说有话要单独和周嘉起讲。从悦知道卓书颜的心思，虽然不知道能不能成，这会儿还是要给他们创造独处空间。

“行。”周嘉起没多想，掉转方向。

三人气氛轻松地闲聊着，从立交桥下来，周嘉起的手机忽然唱响。

“喂？”他单手握方向盘，不知那边说了什么，挂电话前他道，“好，就来。”

没等她们问，他主动道：“江也让我等会儿去接他。”

卓书颜眉头一皱：“他在哪儿？怎么不自己回去？”

“在……唉，反正那地方不近，他出门走得急没带钱，手机快没电了。”

“为什么不让其他朋友去接？”

“他们跑去郊区吃农家菜了，就我和江也没去。等他们回来恐怕要等到黄花菜都凉了。”周嘉起知道因为从悦的关系，卓书颜对江也一直没好印象，瞥她一眼劝道，“好了好了，先送从悦回去。”

从悦听着，没有插嘴。

路上，周嘉起似乎又收到信息，不知道是不是江也发来的，车开得更快了些。

从悦见他着急，经过小商场的时候道：“就在这儿把我放下吧，我去买点东西。”

这里离学校不远，步行回去只要十分钟，她也确实有东西要买。

周嘉起依言让她下车，从悦跟他俩道别，临走前抛给卓书颜一个颇具内涵的眼神。

卓书颜咳了声，脸上闪过一丝赧色。

在小商场逛了一圈，不到半个钟头，从悦买完东西正准备回学校时，接到周嘉起的电话。

“你睡了没？没睡帮我去接一下江也！”

着急的语气让从悦顿了一刹，而后反应过来，她利落地拒绝道：“我没空。”

周嘉起叹了口气：“我走不开，你就当帮我个忙。我跟书颜闹了点别扭，她跑得太快人不见了，也不肯接电话，我现在正在附近找她。”

“什么？”从悦一听急了，“你在哪儿？我过来……”

“这边我能应付，只是江也那边一直在等我，他手机已经关机了，其他人还在郊区没回来！”

从悦稍作停顿，说：“这样，我去找书颜，你去接江也……”

“从悦。”周嘉起颇为无奈，“刚刚书颜跟我表白了。这是我们俩的事，得我和她解决。”

从悦沉默不语，几秒后，沉沉应下：“那好，找到她记得给我打电话。”

打车到周嘉起说的地点，从悦一下车，转身正要和司机师傅说稍等一下，谁知司机接了钱就摆手道：“我还要赶下一单，很忙的啊，不等不等！”

车影驶远，从悦站在路边，看着空旷的马路，心里颇感无奈。

从悦绕着巨大的建筑转了一圈，很快就找到了江也。

他正站在正门台阶旁的树下，周嘉起说他等了很久，却完全不见他着急，一派自得地靠着树干出神。

瞥见她的身影，他淡淡地眨了眨眼，除此之外就没有多余的表情了。

从悦对他来这里干什么毫无兴趣，快步行至他面前，直接从口袋里掏出一张纸币递给他。

“周嘉起让我来的，他有事走不开。”

江也睇了睇伸到面前的那张五十元纸币，视线扫过她的脸，接过钱没说话。

两人之间相隔几米远，步行到附近的公交车站台，各踞一边等出租车，谁也没跟谁说话。

这边的公交车下午六点半就停了，等了半天都不见一辆车影。许久，两束车灯从远处照来，终于来了一辆蓝白色的出租车，从悦忙招手。车缓缓减速，滑行着经过她面前，停在了她和江也之间，车身偏向他那边。

江也怡然下了站台，从悦脸色微僵。

他在车门边停下，侧目看她：“不走？”

司机摁了摁喇叭，见从悦不动，解开安全带倾身趴到副驾驶座窗边：

“你们不是一起的吗？是一起的吧？”

这个地段等车有多难她刚刚已经体会过，从悦抿了抿唇，拉开后座车门坐进去。

江也报出学校地址，司机朝从悦看来，她懒得复述，只道：“一样。”

司机便笑了，开始夸赞起他们的学校。

“你们是情侣吧？”说着说着，司机话起家常，打量他们俩，猜测道，“吵架啦？小年轻吵一吵很正常，都不要较真，吵过以后感情更好……”

从悦觉得聒噪，皱了皱眉，没说话。

“师傅，你弄错了。”副驾驶座上的江也懒洋洋地开口道，“我们不是情侣。”

司机一愣。

他又加了一句：“我们分手很久了。”

司机有些搞不懂年轻人的世界，尴尬地笑了两声。

从悦拧眉，忍不住偏头朝前看了一眼：“你能不能少说两句？”

江也别开头看窗外，冷硬的轮廓线条倒映在玻璃上：“不能。”

从悦气结。

司机说起别的话题打圆场，好不容易待别扭的气氛消散，他为刚才的误会道歉：“实在对不起，我年纪大了，不懂年轻人的事，乱说话你们别怪罪。”

从悦默默舒了口气，淡声道：“没事，师傅你不用放在心上。”

司机笑呵呵地说了几句缓和气氛：“其实这样也很好啊，不是情侣还能坐在一块聊天，分手了当朋友也好，没必要弄成仇人对不对？我看好多小年轻谈恋爱都是要死要活，太吓人了……像你们这样，心里没有芥蒂就很好。”

从悦知道司机这是给台阶下，明明可以顺着这话笑两声，却很莫名地就是不想这么做。

“这种事没什么好有芥蒂的。”她冷声道，“谁不懂事的时候没犯过蠢？”

感受到江也从后视镜看来的目光，从悦面不改色地直视回去。

视线在镜中交会两秒，各自错开。

司机这下是真的一句话都不想再说，面部肌肉僵硬，扯出个不像笑的笑容，后半路沉默无言。

到了校门口，两人先后下车进去，一路朝里走，彼此距离拉得很开。

从悦走得快，江也步子散漫，然而腿长是优势，没有落下多少，在她身后隔着两步距离轻松地走。

从悦越走越快，渐渐把江也越甩越远。谁知走到校区出口，却发现这条路上的铁门锁了。

她驻足两秒，转身倒回去。

江也站在不远处的路灯下，颀长身姿映出的影子被昏黄光线拉扯得很长。

“不走了？”他好整以暇地等着她，“刚刚就想说，今天星期三，这条路的出口晚上七点就锁了。”

瞥他一眼，从悦继续提步。

“从悦。”

江也叫住她，那微凉眸光低垂着落在她身上，说不清是挑衅还是什么。

“你说的犯蠢，是指当初追我追得死去活来的事吗？”

从悦顿了顿，而后当作没听到，加快脚步。她身上柠檬味的沐浴露香气扫过他鼻尖，短暂匆忙。

就像从前每一次他视若无睹地经过她面前。

她一脸沉静，从他身旁擦肩走过，头也不回。

3

从悦回到宿舍，两个舍友有事不在。周嘉起那边已经找到卓书颜，打电话来让她别担心。

她问：“书颜怎么样，还好吗？”

“还好。我送她回来了，现在在她公寓。”周嘉起那边似乎还有事要谈，只说其他的事明天再聊。

挂电话前，他问起江也：“你接到他了没？”

从悦“嗯”了一声。

如此，周嘉起便放下心来：“他们都不在，江也是因为我有车才想找我更方便一点，没想到今晚会这么麻烦……”怕从悦不高兴，他又多说了两句，“没事了，睡吧，我挂了。”

“好。”电话挂断，她听耳边响了几秒“嘟”音，放下手机。

第二天上午有课，从悦醒得很早，因心里惦记着卓书颜的事，两堂课下来她都没怎么笑，看着较平时严肃了几分。

去食堂吃午饭的路上，从悦正想着要不要给卓书颜打个电话，却忽然被一个陌生同学拦住，吓了一跳。

“请问……”她蹙了蹙眉。

还没等她开口问他有什么事，清秀的男生脸色微红，脆声道：“从学姐，我……我喜欢你。”

从悦一愣。

四周路过的同学纷纷驻足，朝他们看来。

“我是公共管理学院的，大一，之前军训的时候我们在小卖部见过……”男生虽然有些腼腆，但气质干净，形容并不猥琐。他紧张得神态不大自然，但还是硬撑着向从悦介绍自己。

看热闹的同学在一旁窃窃私语。

这样贸贸然来表白，这个男生知道很大可能会被拒绝，他脸上的表情正是如此显示的，旁边围观者的打量和议论他都知道。

他像个勇猛闯入感情战场的毛头小兵，做好了断腕而归的壮烈准备，铁了心要试一试。

每一份真挚的勇气都难能可贵。从悦没有轻视，没有不耐烦，很认真地站在原地，听完了这场来自陌生学弟的表白。

“你跟那个表白的男生说了什么？”卓书颜知道这件事的时候，已经是下午。她和从悦同院不同系，课程不一样，上午便没到校。

从悦翻着展览画册道：“没说什么，照样还是那些。”

她听完表白后，拒绝了对方。

卓书颜挑眉，听别人议论说，从悦和那个学弟说了好一会儿的话，她还以为有什么事。这种情况不是第一回发生，她早就没了八卦的热情，没再追问。

倒是从悦问她："你和周嘉起怎么回事？昨晚闹什么？"

卓书颜脸色暗了一瞬，故作无恙道："就表白，然后被拒绝了呗。"

"他有喜欢的女生？"

"没。他说他不确定喜不喜欢我，不能草率做决定。"卓书颜抿唇，"蛮复杂，讲也讲不清。"

友达以上，恋人未满。作为最近距离观察他们俩的人，从悦理解。这样的关系最尴尬，周嘉起或许也是怕他和卓书颜，会像从悦和江也一样，所以才如此慎重。

"你呢？大二了，谈个恋爱吧。"卓书颜拍她的肩。

从悦轻笑："不了。"

"不考虑别人？你真的没必要一直惦记着江也。"

从悦否认："你想多了。我拒绝别人只是因为不喜欢，你知道的，我不会拿自己的感情开玩笑。"

卓书颜不好再说什么，盯着专注看画册的从悦的侧脸，想起她和江也分手的事，默默叹了一口气。

那会儿，从悦和江也刚谈了一个月，正好是高考后的暑假，轻松、自由、没有学业压力，再好不过的时候。恰好从悦过生日，中午和她还有周嘉起一块吃饭，晚上从悦想和江也单独过，于是她和周嘉起特地避开，给他们腾出独处的空间。

结果，当晚他们估摸着该联系从悦的时候，却发现打不通她的电话。等周嘉起火急火燎打通江也的手机后，他们才知道江也整晚都和从小一块长大的一帮发小在一起，压根没陪从悦过生日。

后来，从悦手机开了机，不接电话，只发信息说到家了，准备睡了，让他们有什么事睡醒再聊。

隔天，从悦就和江也分手了。

周嘉起和她们俩从初中开始就一起玩了，高二才跟江也同班渐渐混到一起。在江也这件事上，从悦没有借着周嘉起的关系套过近乎，也没有让他帮过什么忙。

但周嘉起一直知道从悦喜欢江也，所有人都知道。

周嘉起第一次和江也吵架，就是在从悦和江也分手之后。因为这件事，周嘉起差点把江也给打了，两人足足冷战大半个月。

想起这件事还是不爽，卓书颜甩了甩头，把江也那张讨人厌的脸抛到脑后。

悠蓝咖啡厅在盛大附近，环境清幽，图书馆人多的时候，有些学生会抱着电脑到这儿来，是个消磨时间的好去处。

二楼拐角后第三间包厢，林禧一帮人闹哄哄正在玩桌游

江也未参与，倚在一旁安静地看。

林禧和一帮人咋呼，抽空瞥他一眼，奇怪道："前阵子那个课题不是结束了吗？怎么还一副没精打采的样子？"

江也没吭声。林禧见他没兴趣聊天，也不见怪，扭头打牌。江也这副半死不活的鬼样子，大家早就习惯了。盛大计算机系人才济济，声名显赫，但哪怕在一众大牛以及"未来大牛"中，他也是极其出众的一个。

"叉院那边怎么说？"周嘉起看向江也。

江也还没说话，其他人先议论起来。

"也哥决定没，到底去不去？要我说还犹豫什么，咱系多少人都想进，二招那天人多得小会堂都站不下了。"

每年能进叉院的都是计算机系里的人才，一个赛一个的厉害，但能让叉院在二招期限外破格招揽的，迄今只有江也一个。当然，他鹤立鸡群也不是一天两天了，别说周遭的朋友，系里其他人也早就习惯了。

中学时，江也就曾参加过IOI，这个国际信息学奥林匹克竞赛每年国内只有四个参赛名额，作为那一年摘金而归的队伍成员，高考时好几所学校都有意破格录取他。盛大甚至开出"录取线降五十分"的招收条件，充分展示了诚意。

江也当然不需要这种优惠，在以优异高分远超正常录取线后，从容地选择了盛大，和其他原因无关，只因为盛大计算机系在国内高校中遥遥领先。

江也淡淡道："这几天会定下来。"

"决定了？"林禧问。

"嗯。"他还是一样的平静，只应了一声，没有谈及更多内容。

这帮朋友知道他的脾气，不再问。事情如何，等发生就知道了。拖沓的一局结束，聊起别的。

"哎，对了，今天食堂附近有人表白，就那谁……美院那个从悦——"

有人忽地说起八卦，感叹道："也不知道哪个系的学弟胆子这么大，从悦可是出了名的难追，这也敢去表白。"

周嘉起闻言，抬眸瞥了说话的人一眼，后者马上表态："我没别的意思，老周你别瞪我！"

除了周嘉起和江也是从同一所高中考进来的，其他人都是大学在校期间才认识，互相玩到一起的。

这一年多的时间相处下来，就算早先不知道周嘉起和从悦关系好，现在也都知道了。

——说美院那两位姑奶奶的坏话，可是会被老周揍的！

说得难听点就是，周嘉起当场给你表演一套左右开弓的组合拳！

另有人接话："说真的，从悦确实漂亮，美院那边那么多美女，还是她最打眼……不过，她脾气大也是真的。"他不怕死地用胳膊肘捅周嘉起，"可我就想不通了，我看她对着你的时候脾气挺好的，见过的那几次好说话得很。"

周嘉起白了他一眼："你不招她不惹她，她给你甩什么脸色？也就你们胡咧咧，当人家是神经病。"

"得了得了，我打住！"说话的男生失笑，"省得等会儿老周你急了，我可不想挨揍，这帮只知道看好戏的到时肯定没一个救我！"

都是没恶意的玩笑话，一群人笑起来，调侃不断。

正闹着，江也莫名发问："很漂亮吗？"

众人微愣，齐齐看向突然说话的江也。

林禧反问："你觉得从悦不漂亮？"

江也沉默两秒，扯了下嘴角："一般。"

"我去——"

“还是也哥的眼光高……”

这下一帮人禁不住全都感慨起来。

林禧笑了笑，开玩笑道：“现在学校论坛里可都把你和从悦凑成一对，你俩到底什么关系？”

这几天的八卦，全因周嘉起生日那天江也说的那两句话而起，再加上后来学弟学妹的爆料，连他们这帮朋友私下里也都猜测他们是不是有过一段，只是谁都不敢明着找江也问这种事。

林禧可算问到点子上了，其他人都不扯皮了，视线朝他们会聚。

相比周嘉起脸色微沉，江也却没什么反应。

“没你们的事，问个屁。”江也起身，“你们继续，我歇一会儿。”而后也不管他们还想探究，去了洗手间。

“也哥这也太不厚道了——”

他们在他身后吐槽一通，说着说着又聊起别的话题。

门虚掩，江也小便完走到洗手台前，就听外边不知哪个说道：“从悦不说话的时候文文静静的，感觉性格和外表不太一样，脾气好像还好吧，也没觉得她哪里难相处了，不看脸感觉还挺温柔……”

江也拧水龙头的动作一顿。

从悦文静温柔？

呵——

高中的时候，不是没有别人喜欢他，但只有从悦一个，不管距离多远，和他之间隔着多少个人，她的视线总能够在第一时间找到他。

除了周嘉起和卓书颜以外，她身边几乎没什么好朋友，不大和人来往，她不笑的时候很严肃，被她盯得久了总觉得浑身不自在。

说不清，可能是她的视线太专注太认真，让人想忽略也忽略不了。

他记得很清楚，有一回打球中场休息，他从操场边的厕所小便出来，洗手时水管突然爆了。

半身被淋湿，他沉着脸走到外面，遇上从教学楼过来的从悦。

隔着几步距离，她愣了一下，然后就直勾勾地朝他看去，从他湿了一半的衣服往下，视线再往下也毫不收敛。

他愣了半晌，布料湿淋淋地贴着本来就不爽，当即下巴微抬，冷声冲她道："看够了没，好看吗？"

平素表情不多的从悦突然笑了。她扬起嘴角，竟然点头，说："还成。"

印象太深刻，他一直记到现在。当时她点头淡笑的模样，和她在路灯下面无表情地从他身旁走过的样子，两个画面忽然就重叠在一起。

江也对着镜子拧了下眉。他抽出纸巾擦干净手，将半湿的纸捏成一团扔进垃圾桶，嘴角抿出一道不悦的弧度。

4

校园论坛里有关两人的八卦渐渐消失，帖子不再更新，没人再提。如此对从悦最好，她很快便把这件事抛到脑后。

周五，从悦和卓书颜约好一起吃午饭。卓书颜是校学生会的成员，从悦下课收拾好后去找她，她还在馨逸楼里，同学生会其他骨干开会。

会议室在三楼右边走廊的第三间，从悦站在楼梯口旁等候，距离不远不近恰恰好。

闲着无事，从悦从包里拿出携带的简易小画册翻看，打发时间。

她靠着墙看得渐渐入神，几个新进学生会的一年级学妹聚在斜前方等候，叽叽喳喳说着话，似乎是刚刚忙完来找文艺部部长交代事情。

从悦本不欲理会，只是她们说说笑笑全然不控制音量，在空旷安静的走廊上

吵闹声格外刺耳。

她被吵得不行，画册看不进去，只好略带烦躁地开口："不好意思，几位同学，能不能麻烦你们声音稍微小一点儿？"

那边说话声一顿，几个女生面面相觑，表情尴尬。

有个穿粉衣、扎着韩式低双辫的女生眉一皱，不以为意，大概是觉得她在找麻烦，嘀咕道："装什么装，跑到这里来看书怕谁看不到呢？"

音量不算小，至少从悦能听得到。

那几个女生里有人认识从悦，扯了扯粉衣女生的袖子："小声点，她是美院那个……"

粉衣女生甩开她的手："小声什么，我又没说错！公共场合她装什么，

这儿又不是她家。她以为认识她的人多了不起吗？”

其他几个女生表情僵硬，只有那个粉衣女生说个不停：“嘁，嘲笑她的人也不少，故意在论坛里搞那些东西，弄得人人都知道她和江也有关系，还不是想倒贴江也，当谁看不出来，说不定那些八卦就是她自己爆的……”

从悦本来只是想提醒这几个女生小声一点，没想到一句话会招来对方这么多言语攻击。

她不是泥人脾性，没有别人打左脸还凑右脸送上去的习惯，不爽之意明明白白写在脸上。

“说完了没有？”从悦合上画册，冷眼看着她们。

几个女生往后瑟缩，唯有那个粉衣女生不甘示弱地瞪回来：“你看什么看？”

从悦沉沉道：“刚才的话请你再复述一遍。”

“我为什么要复述？”粉衣女生呛声，“再说，我说错了吗？嘲笑你的人是论坛里的那些，我只是陈述事实，你有本事一个个去把他们揪出来，找他们啊！在我这儿逞什么威风！”

从悦慢条斯理道：“第一，公共场合不应该音量过高，这是常识也是礼貌。我没记错的话，这栋楼一楼的入口就贴了禁止喧哗的标志。你如果是学生会的人，应该比我更熟悉这栋楼的规矩，不需要我来提醒才对。”

粉衣女生一愣。

从悦声音冷了几分，又道：“第二，你什么时候看到我倒贴江也？麻烦你把话讲清楚。”

她追江也是过去的事，高考后那个暑假过完，他们之间就没有半点关系。这些人可以嘲笑她曾经倒追过江也，但她根本没有在论坛里“爆料”过自己和江也的事。进入大学以后，更没有想过倒贴江也。

无谓的攻击，她不接受。

粉衣女生哑口无言，脸慢慢涨红，看着从悦眼神渐沉，突然间气势暴涨，她一下子被镇住。

她憋了半天，道：“说……说你追江也的又不是我，其他人都这么说，谁知道你们……”

学生会会议正好开完，一群人陆续出来。

卓书颜看见这边的情况，快步过来：“怎么回事？”

从悦没答，只盯着那个粉衣女生，道：“你要是想知道我和江也是什么关系，不妨亲自去问问江也，我记性不太好很多事都忘了。既然你这么想知道，那还是去问另一个当事人比较好，你觉得呢？”

江也名声在外，那几个女生一听他的名字脸都白了，穿粉衣的那个更是，脸青一阵白一阵。

卓书颜眉头轻拧：“这怎么回事？”不善的目光盯向那一帮女生。

“没事。”从悦拉了拉她的手腕，摇头示意她不用较真。

从悦笑了笑，对那个粉衣女生道：“这次就算了，希望下次见到你，你能懂得不在公共场合大声喧哗打扰别人，这是基本礼貌。另外告诉你一声，我一顿吃两碗饭，力气大得很，你不会想和我吵起来的，我保证。”

说完，从悦不再理会她们，拉着卓书颜走人。

走出会议室所在的楼栋，卓书颜还在追问，从悦简单说了说，敷衍道：“没什么，就是小口角。”

两人说着话行至食堂。

“你等了我那么久，我去打饭，你在这儿坐着就好。”卓书颜把从悦摁在空座上坐好。

“你一个人行吗？”

卓书颜头也不回：“哎哟，两个托盘而已还能端不动，你要吃多少？”

从悦失笑，坐着等她。

食堂里吵吵嚷嚷，周围都是走动的同学。

从悦静静坐着，有些出神。

高一入学的时候，她的第一顿饭也是在学校食堂吃的。吃完以后在学校里消食散步，下午两点半太阳正热的时候，教学楼外几乎没什么人。

她经过德育楼，看到一个高大的男生站在宣传墙板前，拿着粉笔书写板报。

板报写了三分之一，字体大小适中，一笔一画遒劲有力得仿佛要力透墙板。

她被那一手好字吸引，不知不觉停下，驻足观看。

男生真的很高，手指修长，指节分明，握着粉笔书写的样子专注认真。蝉鸣聒噪，天气又更热了几分。他皱着眉，表情并不愉快，薄唇抿起，侧脸的线条俊朗秀气。

阳光被树叶遮挡三分之一，落在他脚踩的地面，风一吹，枝丫晃动，斑驳的光影也跟着晃。他站在墙板前，树荫在他身后，好看得像一幅画。

那是从悦第一次看到江也。

一开始，她以为他是高二高三的学长，后来在同一层楼看到他才反应过来。很奇妙的，从那个盯着他出神的下午开始，她的目光再也没办法从他身上移开，一看就看了整整三年。

“想什么呢？”卓书颜端着两个盘子回来，坐下叫了她好几声。

从悦敛神，两人动筷用餐。卓书颜吃了两口，接到周嘉起打来的电话。他问：“下午去不去保龄球馆玩？和我那些朋友。”

卓书颜听完，眉头一皱就想拒绝。

“周嘉起吗？”从悦忽地问。

卓书颜点头：“嗯。”

“他叫我们去保龄球馆玩？”

“是。”

从悦便问：“都有谁啊？”

卓书颜压低声音：“还能有谁，不就江也他们。我这就跟他说我们不去……”

“去。干吗不去？”从悦道，“你跟周嘉起说一声，我们吃完饭再打给他。”

卓书颜一愣。

从悦已经低头继续吃饭。她这样说，卓书颜只好跟周嘉起说道：“从悦说去，等我们吃完饭再联系你。”

挂断电话，卓书颜奇怪地问道：“你怎么突然想跟他们一起去玩？江也……”

从悦淡淡地道：“他在我就不能去了吗？”夹了一口菜，慢条斯理吃下去，她又说，“你和周嘉起不是一直说没必要躲着吗，确实没必要。正常社交而已，我躲什么，我没做亏心事为什么要躲？”

卓书颜愣了半晌。从悦该不会是被刚刚那个粉衣女生刺激到了吧？

从悦瞥见她担心的眼神，舀了一勺汤，无比淡定道：“放心吧，我没事，都过去那么久了。”

从悦两人和周嘉起会合，坐他的车到保龄球馆，其他人已经在三楼热身。从悦和卓书颜跟在周嘉起身后，同众人打招呼。

江也同样被从悦算在“众人”里，没有特别多看他一眼，也没有故意忽略，全然是正常的态度。

林禧几个本来还想看看从悦和江也之间会不会发生什么，一见从悦这从容的态度，登时觉得没好戏看，都跟霜打的茄子似的蔫了。江也当作没看到他们的表情，自顾自开始上手。

蓝色的保龄球从他手中被掷出，沿着球道直冲尽头，“哐”的一声，全中。

几个男生叫好，看得跃跃欲试。气氛正好，林禧拍掌提议：“来来，我们分组好了——”

一群人凑到一起，分成两队。从悦和周嘉起一块，分在林禧这队，卓书颜分去了江也那边。两个女生不太会玩保龄球，上手没怎么较真，男生们在比分数，她们打友谊球。毕竟从悦和卓书颜的技术实在一般，两人随意地打，也没谁说什么，反正一队一个很公平。

江也的存在却不太公平，他就像开了外挂，球一掷一个准，他们那队的比分遥遥领先。

扔了七八回，从悦玩累了，周嘉起让她和卓书颜去长凳上休息。

从悦和卓书颜正说着话，突然跑过来一个男生，和旁边隔了三个球道的那一帮男生是一起的，白白净净看着像是高中生模样，笑起来很好看，是个爽朗阳光的小帅哥。

小男生对从悦招了招手：“姐姐，你能不能过来一下，我有话想跟你说。”

从悦诧异地指着自己：“我吗？”

他点头：“对。”

从悦不明所以地起身，跟着他往旁边走了两步，在离长凳不远的地方说话。

“那个，就是……”小男生害羞地笑了下，脸微红，咳了声说，“能不能给我你的联系方式？”

他不好意思解释道：“就是，虽然有点突然，但是姐姐你能不能给个联系方式？”

从悦搞不清状况，往他朋友那边看了一眼：“你们是在玩‘真心话大冒险’吗？”

他忙摆手：“不是不是，我不是在恶作剧。”他摸了摸后颈，“其实刚刚你进来的时候，我就看到了……”小男生看她一眼，又飞快移开视线，“怕你等下走了来不及，所以我就过来了。”

从悦这才搞明白，原来是被高中小弟弟看上了？她禁不住想笑，刚要说话，一道人影突然走了过来。

“借过。”面无表情的江也要从他们中间经过，语气有点不耐烦。

从悦顿了顿，后退一步。小男生也退后一步，给他腾出道。

江也走到柜子边，拧开矿泉水瓶，仰头喝水。

“你还在读高中吧？”从悦清了清嗓子，问那个小男生。

他点点头，说道：“但是我高三了！”

“高三了更应该要好好学习才对。”

他着急，往前一步：“我……”

话还没说完，喝完水的江也又走了过来：“借过。”

小男生只好再度退后。

等江也走开，小男生接上先前的话：“我学习成绩很好的，你不用担心！”

从悦道：“那也不能……”说到一半忽然打住，不知道该怎么表述。

“就交换一下联系方式，也不一定说要怎么样，认识一下交个朋友也好嘛。”小男生看出她的犹豫，忙道。果然是年纪小，也可能是他的性格使然，这一句不知不觉带上撒娇语气，不仅听着不反感，还让人觉得有那么一点可爱。

从悦忍不住笑了下：“那……”

“借过。”刚刚那道身影又过来了。

从悦扭头看江也。

江也冷淡道：“你们挡路了。”

从悦扯出个似笑非笑的表情：“喝太多水膀胱负担会很重，你还是悠着点。”

江也没说话，径直从他们中间过去，到柜子上拿了一盒新的粉，而后板着脸从他们中间折返。

从悦本来就因中午那个粉衣女生的话不高兴，如果不是周嘉起过生日那晚，江也说的那几句暧昧不明的话，他们不至于被那么多人议论。

她隐隐不爽，不再和小男生多说，拿出手机添加他为微信好友。

她还不忘说教：“我不跟高中小朋友谈恋爱，如果你有不会做的题目想问我，那我倒是可以偶尔教教你。”

小男生闻言沮丧一秒，很快又开心起来：“好啊好啊，我有不会做的题目一定问你！”

小男生走了之后，从悦回到凳子上。

林禧中途休息，边擦着手边问她：“怎么，来搭讪的？”

从悦笑笑没多说，算是默认。

林禧朝那边看了一眼：“那个男生看起来好像还在念高中啊？”

“我知道。我跟他说了我不跟高中小男生谈恋爱，倒是可以教他做作业。”从悦道。

林禧挑眉：“你不接受姐弟恋？”

“没有，我不是这个意思。只是高三学生高考要紧，我不想耽误别人。”从悦说。

“那你姐弟恋也 OK ？”

“可以啊，我觉得姐弟恋没有什么问题。”

“那个小男生长得挺好看。”

从悦淡笑着点头：“确实，笑起来好看。”

看江也掷球的几个男生原本时不时转头听他们俩闲聊，忽地一下咋呼起来。

“哎？洗沟了？！”

林禧闻声回头一看，就见一帮人一脸诧异。而江也沉着一张脸，不知是不是因为失误，神情隐隐不快。

洗沟是指保龄球滚出球道，滚进两旁的沟槽里，即意味着立着的球瓶一个都没击倒。

林禧略感意外地挑眉，江也的保龄球打得很好，他们跟他玩过这么多回，还是第一次见他洗沟。

“没事吧？”林禧问了句，没人应。

被众人看着的江也一句话都没说，眼皮耷拉，周身透着低气压。他一言不发，走到柜前拧开矿泉水瓶，仰头喝水。

5

傍晚，众人见时间差不多，最后掷了两把，收拾东西走人。十多个人分两拨，从悦和周嘉起几个落后些走出去，已经有几个男生先乘电梯下去了。等电梯重新上来，从悦忽然发现手机挂坠没了，忙道：“我东西落里面了，我进去找找。”

“掉了什么？”卓书颜要跟她一起。她摆手：“不用，很快就好，你们先下去。”

说话间，电梯门关上。

从悦小跑着返回室内，在长凳周围找了半分钟，找到了那枚简易精致的小挂坠。用惯的东西一时不见，让人多少有些不习惯。

从悦抹了抹沾上的灰，出去等电梯。一到电梯前，她就看见江也一个人站在那儿。

她下意识脱口而出：“你怎么还在这儿？”

江也道：“上厕所。”

他没有问她为什么也还在这里，两个人站着不语。

电梯门打开，他俩前后脚进去。保龄球馆里正好走出一行四个人，那个问从悦要联系方式的小男生就在其中，抬眼看见从悦很是高兴，扬起笑当即就要冲过来。

电梯门忽地关上。

从悦打招呼的话卡在嘴边，转头质问江也："干吗关门？"

他道："电梯超重，载不下。"

从悦莫名其妙："他们才四个人？！"

江也一脸不耐烦："你就当我两百斤好了。"

从悦的视线顺着他挺拔匀称的身体由头看到脚，哑然无语。

匀了匀气息，正要收回目光，不经意触及他脚踝，从悦一顿。他的脚踝上戴了一根红绳。刚刚玩的时候人多，无事她的眼神不会往脚上看，不曾注意到。他人高腿长，脚踝露出一小截在外，那根红绳在他脚踝上格外显眼。

从悦忽然想起高考完的暑假他们在一起的那段时间，她编了一根脚绳要给他戴，他死活不肯。那时候，她觉得男生戴这个特别好看，尤其是他戴，肯定更好看。

可她缠了他三天，他始终没有同意。不知道什么时候转了性，他竟然戴起这种东西。

从悦移开眼不再打量，盯着电梯门上模糊的人影转移注意力。

几秒后到达一楼，两人双双走出电梯。不知谁放了一个笨重的纸箱子在电梯口外，从悦一拐弯差点被绊倒。

江也伸手扶住她。待从悦站定，他才缓缓松手。

手腕被他攥住的地方隐约传来热意，她低声："谢谢。"

他没吭声。

往前走了两步，错眼又瞥见他脚上的红绳，从悦鬼使神差地说了句："脚上的红绳挺好看的。"

江也淡淡瞥了她一眼。

她抿了下嘴唇，暗道自己多嘴，正想走快点和其他人会合，听到他开口："我觉得不怎么样。"

从悦嘴角微撇。

不喜欢就别戴。当时劝他戴她手编的那根脚绳，他就死活不肯，现在戴了一根又嫌不好看。

江也却忽然低声道："最好看的那根，弄丢了。"

她轻轻惊愕，侧目看向他。

他脸上情绪难辨，只半垂着眼，迈步朝外走。

从保龄球馆出来，一群人去吃晚饭。

落座时，卓书颜替从悦担心：“这家店的菜有点辣，你不是上火了吗？这两天，能吃辣吗？”

“没事。”

“那等会儿让周嘉起点两个清淡点的菜。”

从悦道好。众人全都坐下，从悦三个自然坐在一块，林禧和江也坐在他们对面，圆桌没有主从之分。

桌上的人都好辣口，点菜时互相商量着，最后要了十个菜，三个味道清淡的，其余都是辣的。菜一道道被端上来，因摆盘顺序，三道清淡的菜挨在一块。从悦虽然跟卓书颜说没事，真正开始吃了，还是只拣清淡的那几道下口。只是在座人多，别人也要夹菜，玻璃圆盘转来转去，她能伸筷子的机会不多。

从悦是个不喜欢让别人担心的人，这一丁点不便没有表现出来。她动作矜持缓慢，倒显得像是胃口小吃得不多，跟菜品无法入口无关。稍微吃了一些菜，从悦刚想放筷子，玻璃圆盘上清淡的那几道菜忽地转到她面前。她一瞧，对面的江也在吃那道干锅辣花菜。到底还是肚子饿，从悦趁机从面前清淡的菜里多夹了几筷子。

那道干锅辣花菜似乎特别对江也的胃口，圆盘时不时转起来，但一等别人夹完菜，下一秒江也就把它转到自己面前。

从悦是客人，跟他们吃饭不好意思太频繁地转桌子，江也不同，他跟在座的都熟悉，完全没有这种压力，动作随意自然。托他的福，那几道清淡菜品时不时停在从悦面前，尽管她进食速度慢，却也吃了个七成饱。一顿不宜吃得太多，从悦放下筷子，嘴边挂着含蓄的笑听他们说话。

林禧似乎看了她一眼。她回望过去，见他神色正常，大概只是随意瞥来，便没在意。

饭后还有活动，按照平时习惯，从悦吃完饭就回去了，今天难得心情不错加上时间空闲，她颇有兴致地跟着周嘉起等人继续赶下一场。他们决定去KTV，虽然从悦觉得那种场所过于热闹，倒也不是不能接受。这附近都是娱乐消遣的去处，一行人打电话预订好包厢，散步过去，正好饭后消食。

还有半条街就到KTV，途经便利店时，不知谁说要买打火机，一下子进去两三个人都说要买东西。卓书颜想吃薄荷糖，也拉着从悦进店。

从悦在收银台前转了一圈，一转身，差点撞上进来的江也。她小声说了句抱歉，折回收银台前。

从悦问老板："喜易果冻没有吗？袋装的那种。"

老板眺目往货架上看了看，说："本来是有的，不过，我们店卖完了。要不然你去别家店看看，前面便利店应该有。"

她有点失望："很久没吃喜易果冻了，很多地方都找不到。"

老板笑说："我们这条街有厂商直接供货，都买得到。你要是真想吃再往前面看看。"

她笑着谢过老板。江也拿着烟来收银台结账，从悦把位置让给他，转身出去。

到KTV里，包厢已经开好，一群人往楼上去。

这里的包厢是免费的，付的三百多块是酒水和零食的费用。"酒水买够多少就送等额的大中小包"——算是活动的噱头。

各种聚会向来是林禧负责，去小超市挑饮料零食的活自然也落到他头上。

"哎？老赵拿了我手机，先等下，我上去找他！"原本说要跟林禧一起去挑东西的男生摸了摸口袋，当即把他扔在原地。

"哎——"

"我跟你去。"江也忽然出声。

林禧愣了愣，见他已经朝大厅另一侧的小超市走去，立刻提步跟上。

从悦和卓书颜占了角落位置，一进包厢就有人点歌开唱。气氛活跃，连卓书颜也没忍住凑过去一连点了三四首。

"你唱歌吗？"她回来问。

从悦忙说不："我上火。"

“上火跟这个有什么关系！”卓书颜嗔她。

她耸肩，但笑不语。

待林禧他们进来，人都到齐，玩得更嗨。

听他们热唱半个小时，从悦和卓书颜聊得口干舌燥，见茶几上零散铺满的零食里有眼熟的包装，从悦眼睛一亮，一把拿起印着“喜易”标志的袋装果冻。

她晃了晃问卓书颜：“要吗？”

卓书颜费劲听清，摇头，在嘈杂的音乐声中冲她喊：“你自己吃吧！”

比起别的果冻，喜易果冻口感更接近流质，从悦喜欢，不挑口味，在她尝来全都好喝。

她坐回卓书颜身边，联机玩起手机游戏，不知不觉喝下去四五袋果冻。

原本还心虚，后来发觉满屋子除了她没人碰果冻这种幼稚零食，于是，她心安理得地一口气把那十袋全喝完。

“你悠着点，小心撑坏肚子！”卓书颜对她“不要浪费”的借口并不买账，瞪她。

手指沾到果冻，黏黏的感觉不太舒适，从悦起身去洗手。包厢里的卫生间被人占了，她和卓书颜说了声，起身出去。

经过走廊拐角，见有个人在那儿站着。

是江也。

他靠着墙却没在抽烟，不知杵在那儿干什么。

从悦脚下一顿，又觉得和他之间并非可以打招呼的关系，立时提步要走。

“你的品位越来越差了。”江也冷不丁冒出一句。

从悦停住，站了站转身：“哦？我倒是想知道我什么品位又惹到你了？”

他看了她几秒，别开头看向另一边窗户。

“高中生就算了吧，毛都没长齐学人家搞对象。”

下午发生的事，都过了几个小时了，从悦不知道他好端端地突然又提起干什么。

“说得好像你不是从那个阶段过来的一样。”她忍不住轻嗤，带着恼意自嘲，“我品位差众所周知，就是不知道江同学什么时候能放过我别再找我麻烦？反正差不差的也是我自个儿受着，不碍谁的眼。”

江也皱眉：“我什么时候找你麻烦了？”

从悦差点要冷笑，上次周嘉起过生日不就是吗？他不找麻烦，哪会有论坛里的那些？

“那请问你现在是在干什么？”

“一直以来心里有芥蒂的是你，躲我的也是你。”江也说。

从悦直视他几秒，不想再谈，扭头就走。

包厢里的人进进出出，只是总找不见江也。从悦和卓书颜窝在角落里，周嘉起正和别人说话，各人都有事做，林禧想想还是决定出去找找江也。

没怎么费工夫，林禧就在走廊拐角找到了他。窗户打开三分之一，他站在那儿吹风，不知在想什么。

林禧停步，忽然有些无奈。

江也的脾气真不知该怎么形容，他就没见过这么别扭的人。

刚刚去小超市里挑东西，江也从头到尾就拿了两样——

一瓶矿泉水、十袋喜易果冻。

要说江也的心理素质实在是强，换成别人，在他满含探究的打量目光下，多少会露出些许不自在。

江也没有，他面不改色地把东西扔进篮子里，一脸坦然，好像拿这些东西真的是因为他自己想吃。

他吃这种甜得发腻的果冻？才怪！

林禧正出神，见江也神色微变，似乎有些难受。他快步走过去：“胃疼？”

江也早就知道他来了，侧目看了他一眼，没说话。

林禧无奈地笑道：“你这又是何苦？带胃药了没？”

江也只答后半句：“没这个习惯。”

江也是能吃辣的，但不能多吃。他是计算机系鹤立鸡群的天之骄子，从大一开始就跟着导师在实验室里做项目，一忙起来顾不上时间，一年多下来，胃折腾出了毛病。

上午出门前，江也还吃了两粒胃药，然而刚才吃晚饭的时候，那道干锅辣花菜全是他一个人吃完的。清淡的菜不是没点，只是都在从悦面前。

旁观者清——林禧这个旁观者看得清清楚楚。

见他眉间隐约不适，林禧道："那等会儿早点散吧，回去休息。"

江也"嗯"了声。

"你以后还是别这样折腾，我看着都着急。"林禧说，"我比老周义气多了，他不帮你我帮你……照你这样弄下去，什么时候才是个头？"

江也半垂眼皮，用余光瞥他，半晌，胃部不适感稍缓，提步朝包厢走。

"你前天问我的那个程序我写完了，在我书桌左边抽屉那枚蓝色U盘里。"

林禧一怔，江也的东西，没经过他同意谁都不敢碰。说这么一句，也就是让他自己拿的意思。

林禧站着，弯唇轻笑。这真是越来越有意思了。

第二章

约会吧，姐姐

1

手机来电显示闪烁着她并不想看到的那个名字，此时从悦正在上课。她抽空出去回拨电话，谈完回来，原本的好心情霎时消失无踪。

老师让他们自由作画，画布上的作品很美，但她没了自我欣赏的心情。

一堂课结束，旁边的同学邀她一块吃饭，她挤出笑婉言拒绝。

下午，没来学校的卓书颜打电话约从悦逛街吃晚饭，也被从悦推脱了。

挂电话的下一秒，从悦就收到了一条消息。从盛发来一个地址，说："我们已经在酒店安顿好了，你过来，和家里人一块吃个饭。"

从悦舒了口气，换好衣服出门。

兴海酒店离学校有二十五分钟的车程，如果坐公交车则要花一个小时以上。

包厢订在一楼，服务员将从悦领到门口，她稍站了站，伸手推门。入目便是正中的大圆桌，坐七八个人绰绰有余。

前一刻还满是欢声笑语的包间，像被突然定格一般，瞬间安静。

“来了？怎么这么慢？”从盛嗓音粗沉。

“堵车。”从悦迈步而入，喊了声，“爸。”眼睛随后看向上首的两位老人，“爷爷，奶奶。”

两位老者脸上并没有多少笑意，从老爷子微微颔首，从老太逗着小孙子，过了好几秒才听到她的声音似的，睨她一眼：“怎么现在才来，一家人就等你一个。”

从悦没接话，最后看向从盛身边的张宜：“阿姨。”

从盛对她的称呼不满，张宜却好似完全不在意，一副女主人样笑吟吟地说道：“从悦来了就赶紧坐下吧，人终于到齐了，可以开饭了。”

张宜和从盛身边站着个小女孩，长相集合了他们俩的特点，和从悦倒是不怎么像。

从悦没多看，在下首位置坐下。

张宜摁铃叫服务员上菜，一家人说说笑笑又热闹起来。主要是张宜和从老太太两人，你一句我一句兴致颇高，讲起邻居趣闻、生活琐事，一派其乐融融。

从悦插不上嘴也不想说话，安静地吃菜，只在从盛偶尔问她的时候答上一句。

“学校课多吗？”从盛和她能聊的甚少，说着说着还是扯到学业上。

从悦还没答，张宜插话道：“应该很忙吧？盛大毕竟是全国都排得上名的重点大学。”

从老太嗤了一声：“再好的大学和她学画画的有什么关系，她有什么忙的，除了烧钱，一点儿用都没有。”

张宜没接从老太的话，也没反驳，视线绕了一圈回到从悦身上：“画画费神又耗时间，很累吧？多注意身体。”

“还好。”从悦道，“习惯了不觉得累。”

张宜笑道：“静得下心就是好，不像娇娇，每次上钢琴课都不安分，不知道费了我多少心思。”

被点名的从娇撇嘴撒娇，嗔道：“妈！你又说我！”

从老太护着孙女：“娇娇那是活泼，太安静了像木头似的有什么意思！”

“听到没！”从娇昂起下巴。

张宜抬指点她的额头：“你就仗着奶奶疼你。”

从娇哼了声，跑到从老太那儿，缠着她撒娇：“奶奶，你不能只喂弟弟！我也要喂！”

“多大了你，不害臊……”

满屋子都是从老太乐呵呵的笑声。

从悦夹了一筷子菜送到嘴里，面无表情地咀嚼，周围发生的一切她都漠不关心。

吃着吃着，从娇忽然跑到从悦身边，见她包上闪闪发亮的装饰物，忍不住伸手摸了又摸。

“这个好漂亮。”她看向从悦，“姐姐，送给我吧？”

从悦淡淡道：“不行，你还小。”

“那我大了你就送我吗？”从娇不肯放手，摸个不停，又注意到从悦手上的银戒指，眼睛一亮，“姐姐手上的戒指好漂亮，这个也送我吧！”

“不行。”那是卓书颜送她的生日礼物，她戴在中指上。没有别的意思，也并不昂贵，但那是卓书颜的一份心意。

从娇歪着头，撇嘴：“你画画戴着戒指不会不方便？给我不是刚好。”

“我要画画，你不是也要弹钢琴？”

从老太看着便道：“你妹妹难得要个东西你也不肯给，越大越小气！”

从悦脸色冷了几分，左耳进右耳出当作没听到，拿起筷子继续夹菜。

从娇站着不走还想痴缠，张宜皱眉，斥道：“娇娇！”

从娇脸一红，撇嘴就要哭：“我就是想要嘛！”嚷着便跑到从老太身边，扑进她怀里。

从老太心疼，温声哄她，没好气地乜斜了从悦一眼：“这别人家的女儿啊，就是亲近不起来，冷心冷肺，跟白养了似的。我看这脾气真是随了她那个没心肝的妈！”

“那从娇这死乞白赖的劲也是随了她妈？”从悦冷冷抬眸。

张宜脸一沉。从盛皱眉斥责：“从悦！”

从悦眉目平静，淡定地舀了一勺汤，喝完。她用餐巾擦擦嘴，站起身：“我吃饱了，还有点事要先走，你们慢吃。”

从老太气得脸色发白，指着她对从盛说：“你看看你养的女儿！读那什么劳什子的美术学院，家里大把大把的钱供她，她就是这样报答家里的！白眼儿狼！”

从盛脸色难看：“还不给你奶奶道歉！”

“道歉？”从悦挑眉，“抚养我到大学毕业是你们离婚的时候，协商定下的条件。”

“你——”

从老太还没说完，从老爷子一拍桌子：“吵够没有！吵吵吵，吃个饭也要吵！”

屋里安静下来。从娇姐弟俩挤在从老太身边，缩了缩脖子。只有从悦面不改色道：“我先走了，你们慢用。”

言毕，她不再多留，提步离开这个不愉快的地方。

从酒店出来，冷风直冲鼻腔，从悦在路边稍站，摸摸口袋，还有几个硬币。正好公交车驶来，她投币上车。车厢里空荡荡只有两个人，她挑了倒数第二排靠窗的位置坐下。

车窗打开些许，她盯着窗外出神。

从盛和她妈离婚的时候，她七岁。她妈什么都没要，作为净身出户的交换条件，从盛要抚养她到大学毕业。

倒不是因为她妈有多爱她，只是嫌麻烦。

她妈再婚的家庭条件不比从家差，从盛经商挣了不少钱，但人家条件还要更好。对她妈来说，带着个拖油瓶女儿，怎么也不如一个人来得方便自在。

有了后妈就有后爹，张宜进门后，从悦深刻领会到这一点。待后来多了弟弟妹妹，从悦的存在更是尴尬又多余。

公交车停在路口等红灯，从悦收到从盛发来的消息：

“学费的事，你自己也知道学美术有多烧钱，从你开始学画到进美院，花了家里多少我就不说了。虽然不指望你体谅大人，但你要知道你没资格怨你奶奶，我们都对得起你。长辈说话都是为你好，你自己想想。”

“另外告诉你一声，前两天家里来客人地方不够，睡了你的房间。你那间空着也是空着，爷爷改成了客房，以后方便招待客人，反正你也就放假才回来。”

后面还跟着一条数落她的信息：

“你这么大了该讲点礼貌，爷爷奶奶都在那儿坐着，身为晚辈你还甩脸色给长辈看，饭没吃完就走人是谁教你的？太没规矩了点！”

从悦把短信来来回回看了三遍，摁下待机键，屏幕光一刹熄下去。

她学画画，跟的是画室的老师。一间画室三个老师教课，差不多要教三四十个学生。而从娇学钢琴上的是一对一课程，按课时收费。

从娇学琴的第一个月，家里就添了一架钢琴，虽然张宜的意思是等小儿子长大了也一块学琴，买一架正好姐弟俩都能用，但毕竟也一口气花了几十万，算是个大物件。

那时候家里却没人觉得烧钱。

从悦闭了闭眼。

公交车报站声响起，夜色在窗外倒退，马路上弥漫着独属于夜晚的喧嚣。

这趟公交车只开到学校附近，不过一站路的距离不算太远。从悦下车，踏上站台。

没收到回复，从盛打电话来质问。

“你在哪儿？！”

“学校。”

“你现在翅膀硬了是不是，说你两句脾气就这么大，跟谁学的？！”

从悦手插进兜里，悠悠道：“你有事没，没事我挂了。”

从盛怒了：“你怎么跟我说话的？我是你爸爸！”

“……原来你知道？”

那头的人沉默了两秒，而后是更不悦的语气：“还跟我顶嘴！”

从悦懒得开口，干脆沉默不言。

稍顿几秒，那道熟悉又陌生的男声压抑怒气，说："今天的事就算了，明天我们一家人在盛城逛，你看着有空就来。对了，你今晚犟嘴实在是不应该，记得找个时间跟你阿姨还有奶奶道歉……"

他长篇大论，直至尽兴才挂了电话。

夜凉如水，脸上不知何时也湿湿的，泛着凉意。

本来以为早就不会难过了的，从悦吸了吸鼻子，抬手抹掉眼泪，从包里掏出喜易果冻。因为有些店没有卖，她特意网购囤了一小箱。拧开盖，她咬着塑料管口站在站台上，果冻和果汁顺着吮吸力道而上。喉咙里滑腻一片，味道特别甜。

从悦吃完果冻，把塑料袋扔进垃圾桶，往学校走。经过面店的时候，她觉得有点饿了，进去要了碗牛肉面。木筷用热水烫过，鼻子泛酸，她正想抽纸巾，一个人影突然走到她对面坐下。

从悦愣了下，皱眉。

"一碗牛肉面。"江也对老板道完，将网球拍球袋放到一旁。

视线对上，他一派从容。

"旁边有空桌。"她说。

他道："我想坐这儿。"

从悦抿唇，想走，又觉得太小题大做，抿着唇沉默起来。

面先后上桌，从悦一看碗里堆满的香菜，表情微滞。碗底"刺啦"摩擦过桌面，江也把自己的那碗推到她面前，和她调换。

从悦不吃香菜，但他的行为突兀又莫名，她心下抗拒，坐着不动。江也没管她，大大方方动筷，倒显得她小家子气。她犹豫良久，最后还是闷头吃面。

面吃完，从悦正要用手机给老板转账，江也掏出纸币付了钱。她不爽："我自己有钱。"

"上次你借给我五十。"江也说。

从悦一听，瞥他一眼没再多言。走出店门，行了几步，身后的人如影随形，从悦猛地扭头："你跟着我干什么？"

江也懒散地眨了下眼，往旁边看："回学校就这一条路。"

从悦不想跟他争执，走到靠里的一侧。谁知江也跟在她身后，也往里走。背后灵一样的存在让人实在不舒服，从悦忍不住停下，问他：“你有完没完？”

江也手插兜，垂眸看她，半晌没说话。

跟着她走进面店之前，他刚打完球从健身房出来。那家健毅健身房离学校不远，他背着网球拍下楼，就看见她站在对面公交站台上。她叼着一袋果冻，边喝边掉眼泪。没有情绪起伏，没有失态表情，只是木然地站在那儿，眼泪淌一道，她便自己抬手抹一道。

他从没见她哭过，高中三年，就连和他决裂的那天她都没有红一下眼。

突然一下，心就像被揪起了。

从悦问：“你到底要干什么？”

江也站着不动，亦不言不语，那张精致的脸蒙上一层朦胧夜色，添了几分颓靡美感。

从悦转身要走，他忽然道：“你说不要再联系的那天，自己说过的话，还记不记得？”

她一愣，一年多以前的事，他再提做什么？

从悦疲惫道：“太久了，我忘了。”

“你说，‘别再联系了，如果没意见，我就先走了’。”他记得很清楚。

“所以呢？”

“我想了很久。”江也看向她，“我不同意。”

从悦愣住，而后真的气笑了：“你想了多久？一年？”她冷然道，“你是不是有毛病？”

揉了揉太阳穴，她怕再说下去她会控制不住自己的脾气。江也拉住她的手，不让她转身。

从悦猛地甩开，没好气道：“我拜托你，不要再耍我了！”

一晚上累积的怒气早已到达顶峰，她身心俱疲，哭过的眼睛干涩发疼，胸口至今还是闷闷的，偏偏这个时候他还要来给她添堵。是想怎样？难道所有人都觉得自己能肆意践踏她的心情？

“我跟你不一样，你要什么有什么，你比很多人都了不起。我不是。”从悦自嘲道，“我没爹疼没娘爱，一窝蜂扑上来的追求者，为的也只是我这张脸。我真的很累了，你放过我好吧？”

情绪上来，什么话都说得出口，对着自己的痛处插刀也比别人还狠。

也没什么，反正除了她自己，真正把她放在心上的人没几个。

十几年来她外表光鲜，实则如履薄冰，和一帮名义上的“至亲”生活在同一个屋檐下，小心翼翼地像个隐形人一样活着。

就连十八岁生日，所谓的成人礼也没有人记得，除了卓书颜和周嘉起这两个朋友。

从悦不想提，但记得很清楚。

她等了江也一晚上，每一次服务员推门进来问她是否需要服务，她都以为是他来了，然而笑意还没扬起就被失望狠狠击落。

手机早已耗完电关机，等到二十三点五十八分，她还是一个人。她一个人把蜡烛一根根点着，再自己吹灭。

那天，她走路回的家，除了睡下的爷爷奶奶，客厅里一片温馨。

她爸带着张宜和弟弟妹妹从外面刚回来，从娇拿了区钢琴比赛的优秀奖，从盛喜不自禁，引以为荣，一家四口订了餐厅吃饭。他还给从娇买了个一米八的熊娃娃，买了一件粉红色的公主裙，那张奖状被裱起贴在客厅墙上。

看见她回家，从盛只是点头，还教训她说虽然高考结束，但也不能在外玩到这么晚，完全没有女孩该有的样子。

他忘了她的生日。

手机连上电源，整个晚上，她妈也没有给她打一个电话，甚至连短信祝福也没有。

十二点过半，她穿着睡裙坐在窗台上，给担心她的卓书颜和周嘉起回了短信，不去管其他，将手机再度关机。

手机列表里有江也后知后觉打来的未接电话，和询问她在哪儿的短信，她不想看。

太迟了。

她的父母各自拥有家庭，然而这两个家庭都不属于她。

她没有哭，不过是有点难过。

小时候想要什么东西，她会和爸爸妈妈说，努力争取；长大以后才发现，有些东西原来是争取不来的。

就像亲情，还有爱情。

那晚，她喝了三袋喜易果冻，甜腻腻的味道充满口腔。她望着夜空，突然之间不想再为这些不属于她的东西浪费生命。

亲情也好，爱情也罢，不属于她的，她全都不想要了。

十八岁成人礼这天，她开始学会做一个懂得爱自己的大人。

刹那间，旧情绪齐齐涌上心头，和今晚饭桌上生出的憋屈感交织在一起，从悦瞪着江也的脸，努力平复气息。

“路这么宽，你走哪儿我管不着，别跟在我背后就行。”她扔下这句话，将他甩在身后。

2

从悦的身影向着前方越行越远。

旁边商店里的光斜斜映照在江也身上，一边亮，一边暗，他站在光影交界之中，地上的落寞影子被拉得极长。

分手的时候，江也没想到他们会分开这么久，或者说他根本没意识到，从悦是真的想和他分手。

当初从悦有多喜欢他，学校里无人不知无人不晓，不管是同一个年级的同学，还是后来进学校的学弟学妹，谁不知道？

那个看起来不太好相处的从悦，只要江也出现在她面前，她的眼里就只剩满满当当的笑意，怎么都遮掩不住。

从悦喜欢了他三年，其间规规矩矩，没有半点出格举动，连最简单的情书也没递过一封，但就是生生将这件事变成了和吃饭呼吸一样自然的东西。

对她而言，喜欢他成了一件自然而然的事情。

表白是她开的口。那个时候，高三学生的暑假比其他学生更先开始。江也说不清自己喜不喜欢她，总归是不讨厌的，可能还有一点好感。

鬼使神差地，他答应了。

那一个月里，他知道了很多从悦的事。

她其实没有表面看起来那么不好相处，私下里她话很多，一点都不安静，说起话来完全停不了。天上的云，水里的鱼，就连地上的蚂蚁也够她讲上十几分钟。

她眼中的世界丰富有趣，她善于发现生活里细微的美好，只是不喜欢对陌生人讲。

除了学习好，她喜欢做手工，会剪纸、会编手链，时常用这些打发时间。

她说高中三年里，空闲时一个人走遍了城区，知道很多风味十足的小吃店，有的隐藏在老街深处，或是在其他学生从未去过的巷子里。

她带他去逛、去看，去尝那些她独自珍藏的美味。

每次见面，她都会比约定时间早到半个小时，随身背着她的小画本，在他到达之前涂涂画画。他见过好几回，每当那种时候，她总是特别认真和专注。

夏天的午后艳阳炽烈，她静静坐在树荫下心无旁骛，所有棱角都被柔光融化，那一方小世界安详又幽静。

一个月三十天，明明很短，想起来却觉得一起做过的事情好多，每一次约会都无比充实，没有一刻是浪费的。

他甚至还记得第一次牵手，她抓住他的食指，在吃完晚饭逛街的时候。他没有抗拒，张开手掌任她握住。

走到沿河的街道边，路灯正好亮起，一刹照亮整条街。

他盯着前方，她看着路旁的花花草草，两个人沉默着绕了一条又一条街，谁都没说话。

如果不是她生日……

没有如果。

那天，他和发小们聚会，替关佳庆祝比赛拿奖，一屋子人玩嗨的时候他想起了从悦似乎和他提过生日的事。

就在三天前，她还跟他说，选了怎么样的蛋糕，提到哪一家 KTV 的小包厢环境最好。

只是当时他在接发小们约定聚会的电话，没空听她说，随口应付了几句，过后就忘了。

他拿出手机看了一遍又一遍，除了六点多给他发的一个笑脸，从悦还打来了两个电话，他都没接到。

他回拨过去，从悦的电话已经关机。

当下，他抓起手机要走，还没走出包厢的门就被拽住。那些朋友和他不在一个学校，但从小一起长大，隔段时间就会聚在一起。

他们都不让他走，最后他也没走成。

他坐在卡座角落，无意识地滑着手机屏幕，给她发了几条信息，问她在哪儿。

没有回复。

一直以来都是她主动联系他，见面的时间、地点、去做什么，她想好了就会打电话跟他说。

他想，或许是记错了，如果是她生日，没等到他，她不应该关机，不应该不回消息，不应该不接电话。

她会等他才对。

可是到后来，从悦的电话依旧打不通，而周嘉起的电话却打了进来。只问了几句，周嘉起就在电话那头对着他一通大骂。他们认识那么久，他从来没见周嘉起那样发过火。

他打从悦的手机，依旧关机中，发给她的消息也如石沉大海。想去她家找她，才想起来，他不知道她家在哪儿。

他从来没有问过，不仅是这个，她的很多事情他都不知道、不清楚。

每一次见面，她絮絮叨叨不停说话，都是她先问他才答。她像颗小行星，所有话题、所有事情，都围绕着他转。

那一晚格外漫长。

第二天，从悦联系他时，和平时好像没有什么不同，声音带着笑，语气温柔，不急不缓地和他约好见面的地方。

他以为没事的，从出门开始就在酝酿道歉的措辞，可惜从悦没给他机会。

她和他聊天，路上在小吃摊买了两串鱼糕，还有一杯奶茶。

饮料喝到一半，她跟他说："我们不合适，分手吧，如果你没意见的话，我就先走了。"

他停在原地，措手不及。而从悦跟他挥手，把擦完嘴角的纸抛进垃圾桶，脚步轻快地走向公交车站，坐上车远去。

他当时想，她可能是生气，气一气就好了，过几天或者过一个星期，说不定就会气消，会肯接他的电话。

谁知道时间过了那么久，她再也没回头。

盛大美院全国驰名，和计算机系一样是挤破头都难进的存在。大学报到的第一天，他在周嘉起身边看到从悦，她眼里一片平静，看着他像是看陌生人一样，再无波澜。

好像有哪里不对，他却说不上来，只觉得喉咙发紧，呼吸不畅。

大学的第一年，他和从悦见面的机会不多，周嘉起因为他们分手的事在暑假和他吵过一架，冷战完之后，几乎不在他面前提起从悦的名字。

偶尔有几次，从悦和周嘉起一块出门，被他们一群舍友碰上，从悦没和他说一句话，也没理他。

每见一次，烦躁就更多一分，他宁愿不见面。

恰好大一时他就被导师看中带着进了实验室，每天埋头忙那些项目，时间过得飞快，他也没有时间去想别的东西。

于是，就这么过了一年多。

直到周嘉起生日那晚。

记得以前有谁调侃过他，说他被那么多人喜欢不是好事，情债欠多了总有一天是要还的。

后来每次看见从悦波澜不兴的眼睛，他都会想起朋友说的那句话。

有时候，他觉得自己不敢和她对视。

她的眼里，有天堂，有地狱，还有他的报应。

汽车在路上穿梭，江也停在原地出神许久，当从悦的身影快要接近路口的时候，他慢慢回过神来。

她就要走远，又一次将要走出他的视线。

——就这样吗？

鸣笛声乍然响起，江也看着她的背影，下定决心般，迈开步子朝她走去。

从悦本以为已经甩掉江也了，谁知刚拐弯没多久，身后又响起脚步声。

她顿住，回头一看，果然是他。

深吸一口气，她往左边走，江也跟着往左；她往右去，他不依不饶跟着往右，

像个影子似的甩不掉。该说的说了，赶也赶了，从悦没办法："你到底想干什么？跟着我干吗啊你？！"她指着路边，"那边不可以走吗？！还有那里！那里！地方这么大，你为什么非得跟在我背后？！"

江也默了默，说："一个人走怕黑。"

她怒道："谢谢，我不怕！"

"我怕。"

"……"

明知道他说的是鬼话还得和他浪费时间，从悦气得不行："你怕黑就跟着我？我会发光啊？！"

"会啊。"江也垂眸睨她，答得毫不犹豫。

路灯折射进他眼里，黑沉沉如曜石一样的瞳孔，亮着一点一点的光。

"……"会发光的那是灯泡！从悦暗暗咬牙，对他的无赖无可奈何。她今天才发现，他不仅无赖，还是属跟屁虫的。

甩不开他，赶也赶不走，从悦彻底没辙，忽略身后的人影闷头往前走，只当不知道他的存在。

江也就这么默默跟在她背后，保持两步的距离，跟进校区，直到走到女寝区域前才停下。

宿舍楼近在眼前，从悦加快脚步，踏进大门前回头一瞥，他站在不远处的路灯下，望着她，像棵风吹不断雨淋不倒的白桦树。

她深吸一口气，猛地扭头，提步上楼。

周三上午的课上完，临下课前，老师心血来潮搞了个主题小测。从悦抽到字条，展开一看，上面写着"温情"俩字。

周围的同学都在聊各自抽中什么，老师拍掌让众人安静。

"这次限画异性，根据抽到的主题发挥，明天课上检查，大家注意

切题。”

老师说完笑呵呵走了，留下众人你一句我一句，叽叽喳喳又是一番讨论。

从悦看了看字条，塞进口袋，收拾好画板随其他人一起离开。

去食堂吃过午饭，从悦给周嘉起打电话。

“下午有空没？来C栋三楼最靠里的画室。”

他问：“干吗？”

“老师让我们画一幅人像，规定只能画异性，明天课上要交。”除了同班同学，从悦认识的人没几个，班上的男生也得画女生，没空来给她当模特，她能找的只有周嘉起。

周嘉起一听，当即应了：“行，那我一会儿过来，不急吧？”

“不急。”从悦说，“你慢慢来，三点能到就成，我最多只用两个小时。”

和他说定，从悦回宿舍休整。两点十分拾掇好后，她带上要带的东西去了C栋。

其他同学一般都去A栋的画室，C栋年份久，位于教学园区西南角，是几栋楼里离出去的主道距离最远的，虽然也有画室，但大家都不爱来。

从悦喜欢清静，闲着没事就会一个人去散步，距离远近对她不成问题。

到三楼最靠里的画室，她支好画板，略作打扫，而后摆弄好一应工具，在纸上练手找感觉。

两点四十分的时候，周嘉起忽然打来电话道歉。

“我这边临时有事走不开，你知道的，就我们系那个‘兴术培育计划’，上次我不是报了名吗？名额分配下来了，我跟的导师已经定好，刚刚突然让我们过去，好像是要给我们新进去的这一组布置第一个作业……”

他怕她不高兴，解释了一大堆。

从悦虽然无奈，但也知道这是要紧事：“那你去吧，我这边再找别人看看。”

“不用！”周嘉起忙道，“老师打电话给我的时候林禧在我旁边，他说他正好没事，我把具体哪个画室告诉他了，他在来的路上。”

“林禧？”

“对，你等他就可以了，我现在赶着去见导师。”

从悦和林禧不熟，因为周嘉起的关系打过几次交道，他挺好相处，从悦对他的印象还不错，但他突然这么热心帮忙，教她怪不好意思。

“那……好吧，我等他。你赶紧去吧，我这边不要紧。”

周嘉起赶时间，简单交代几句就挂了电话。

从悦舒了口气，既来之则安之，一边继续练手，一边等待林禧。

两点四十八分，脚步声渐近，高大的人影出现在画室门口。

从悦忙起身：“你……”

她抬头看清来人，话音顿住，礼貌的笑意渐渐回敛，脸沉了下来。

“你来干什么？”她没好气道。

江也在门口站了站，蓝白色运动装明艳鲜亮，袖子微微挽起，两边各露出一截手腕，纤瘦但有力。

“林禧有事走不开，让我过来。”

从悦想翻白眼：“走不开？他不是跟周嘉起说正好没事做吗？”

江也不急不缓地走进来，随意道：“啊。本来是，突然他有事情抽不开身，我也不清楚。”他淡淡觎了觎四周，视线落到她脸上，“他求我来的，我不来他差点就哭了。”

“……”谁信谁傻，从悦默然。

江也道：“你如果觉得过不去心里那关，面对我没办法控制情绪，我也可以走。”

他暗暗激她，说得好像是她放不下。

从悦听出他的弦外之音，换成平时肯定要和他刺上一刺，这会儿作业优先，横竖画谁不是画，懒得跟他计较。

就当是被他挑衅刺激到，她顺坡下驴认了他这个模特。

“坐吧。”从悦不再看他，在画板前坐下，更换纸张。

一抬头，她却见江也正在拉外套拉链。

“你干什么？”她愕然。

他已经脱了外套，答得理所当然：“脱衣服。”

“……脱衣服干什么？！”

他睨她一眼：“不是画画吗？”

“我画的不用脱！”从悦指着凳子，“你坐下就行，不要做多余的事！”

江也看了她几秒：“哦。”

说完，依言落座。

从悦静心凝神，抛开杂念，提笔开始在纸上作画。轮廓才刚定好，江也悠悠道：“真的不用脱？”

她咬牙：“谢谢，不用！”

从悦打定主意，他要是再开口捣乱，她就把他赶出去，哪怕明天交白纸她也认了。之后，江也却很安静，没说什么不该说的。

只是，他的视线一直黏在她身上，一开始还能忽略，可他却越盯越起劲，一刹都不错眼，就快在她身上盯出个洞来。

从悦被看得头皮发麻，捏紧了笔：“你看着我干什么？！”

“不然我看哪儿？”江也道，“我直视前方不对吗？”

是没什么不对，但他的眼神灼灼似火，实在太磨人。从悦忍了，加快速度，比预计的提前半个小时完成。

她看了看画板上的人像，松了口气，再看向站起身一边拉着拉链一边低睨她的江也本人，还是觉得纸上的顺眼多了。

从悦收好画笔，对他道了句：“谢谢。”不管怎么样，作业还是完成了。

江也并未对她的致谢表态，一言不发地朝外走，高大的身影转瞬便消失在门外。

从悦看着他走远，心累地用指节揉了揉太阳穴。

周嘉起从导师那儿出来后，得知江也代替林禧去给从悦当模特的事，当即往篮球馆赶。

林禧一见他来，扬手和他打了个招呼。话音刚落，下一秒就被周嘉起揍倒在地。

“干什么你——”林禧一脸愣怔。

“你还好意思说！”周嘉起气不打一处来，“你不是说突然没空去吗，怎么有时间在这儿打篮球？”

林禧咳了咳："刚刚有点事，只好让江也过去，后来不是忙完了，从悦那边已经用不上我了，我就来打球了呗。"

"我信你的鬼话！"周嘉起说着便又挥来一拳。

林禧这次反应倒快，躲了开来："你有必要这么生气吗？"

周嘉起狠狠瞪他："你懂个屁！"

"我是不懂。"林禧笑说，"江也不就是和从悦见了一面，值得你发这么大火吗？再说，你自己上回不是还让从悦去接江也。"

周嘉起怒道："要不是你们跑去郊外吃什么农家菜，一个人都找不到，我用得着让从悦去吗？！"

当时江也手机没电又没带钱，等了他很久，再加上卓书颜因为表白的事激动之下跑开，他一时情急乱了分寸，不然打死都不可能让从悦去找江也。

"我觉得你有一点搞错了。"林禧说，"你为朋友着想，是很好。我不太清楚他们之间发生了什么，也确实没有发言权，但这是他们俩的事，你和我，还有别的人，其实都说了不算。"

周嘉起不爽，警告他："少废话。这次就算了，下回你再把他们凑一块，有一次我揍你一次。"

林禧笑了笑，忽地看向他身后："哎，卓书颜，你怎么来了？"

周嘉起一愣，下意识回头看。

林禧把手里的球一砸，正中周嘉起的后脑勺。

"林禧，我去你的！"

周嘉起捂着头发飙，林禧已经大笑跑开了。

从悦自然不知道周嘉起和林禧私下闹的那一出，日子照常过。

隔天课上，老师点评着每个同学的作业，一向表现优秀的从悦少见地挨了训。

回到宿舍，有个陌生号码打来电话，从悦接通一听声音，顿时勾起了怒火。

"你打我电话干吗？"

大一刚到盛城时，从悦就办了本地的卡，她和江也都没有对方号码，周嘉起肯定不会给他，也不知道他是从哪儿弄来的。

江也问：“那幅画完成得怎么样？”

“关你什么事。”

他一副正经口吻：“好歹画的是我，问一句不过分吧。”

从悦气得咬牙：“怎么样？得了个C！要不是你，我不至于被点名批评十多分钟！”

“……”江也稍作沉默，“我就说要脱，你非不让。”

“跟这个有个鬼的关系——”

从悦气得头疼。因为和他关系弄僵了，昨天画的时候导致她忘了自己抽到的主题是“温情”，再加上他目光如炬，眼里实在找不到半点温情成分，最后的成品，画工上完全没有问题，但就是偏题太远，所以只拿了个C。

以前沉迷美色被蒙蔽了眼睛，现在她算是发现了，除了优越的外貌和卓然出众的能力，江也这个人，绝对有毒。

在被气死以前，她“啪”的一声挂断电话，果断将他拉进黑名单。

3

难得没课，从悦打算待在宿舍里看看书画会儿画，悠悠哉哉过一天。谁知十点不到，手机铃声就响个不停。

没有备注的陌生本地号码，她接通礼貌问道：“哪位？”

那边答了两个她最不想听见的字：“江也。”

从悦沉默两秒：“什么事？”

“没什么。”江也说，“就是告诉你，这是我的新号码。”

“哦。”她毫不犹豫挂断电话，将这个号拉进黑名单，动作一气呵成。

翻开书继续看，五分钟后，手机又响了。

还是个陌生号码，归属地也是盛城。

从悦皱眉接听：“哪位？”

“江也。”

“……有事？”

“没有。”江也说，“这个也是我的号码。”

从悦不发一言，“啪”的一下再度终止这段没营养的对话，并重复之前添加黑名单号码的流程。

十分钟后，当江也再一次打来电话时，从悦彻底忍不住了。

“你到底有多少部手机？”

“一部。”他答，“早上刚办了三张卡。”

“换卡好玩吗？你也不累！”

“你累吗？”

从悦倒是想直接拉黑电话卡户主，可惜没这个功能。她道：“别再打了，这是最后一次。”

他的第三个号码，同样被她丢进黑名单里。

耳根终于清净。

中午，从悦吃完外卖，短暂地睡了个午觉。

睡醒后继续看书，舍友们都不在，她外放音乐，舒缓轻畅的调子在室内流淌，驱散些许躁意。

这时，林禧突然打来电话。如果不是看见来电显示上备注的名字，从悦差点又想骂江也。

她放缓语气：“找我有事？”

“有啊。”林禧爱笑，说话时声音也总像沾染了笑意，“晚上不忙吧，我们聚餐，一起来吃个饭呗？”

“吃饭？”从悦一听就要拒绝，“不了吧，你们……”

“我们昨晚比赛赢了，打算庆祝庆祝。”林禧说。

从悦和林禧的关系说不上熟，因为周嘉起的关系才留了他的号码，私下联系这还是头一回。

她正犹豫，林禧又道：“好歹我们也见过这么多回，周嘉起的朋友就是我们的朋友，你不必跟我们客气。”

从悦想了想，问：“赢了什么比赛？”

林禧沉默几秒，说：“《枪战星球》网游，遨游杯大赛。”

“遨游杯……这个遨游，是我知道的那家开在学生街街尾的遨游网吧吗？”

“咳。”那边的人尴尬地应了，“是。”

抢在从悦开口之前，林禧道：“昨晚我们组队比赛，这不是赢了吗，就庆祝一下。”他强调，“全网吧都坐满了，全是特地来参赛的，战况激烈，非常不容易。”

从悦毫不留情地质疑道：“网吧比赛拿个第一第二就要吃饭庆祝，你们平时忙得过来吗？”

“没。”林禧解释，“我们是四强。”

“……”

从悦不跟他掰扯，回到主题：“你们自己去庆祝吧，我不懂游戏。”

“先别挂——”林禧喊住她，“其实吧，主要还是为周嘉起庆祝。兴术培育计划是我们系每年都有的，你应该听过。我们跟江也不一样，他大一就被导师看中，我们没那个能耐。周嘉起这回好不容易通过审核，能跟着导师进实验室，你说是不是得庆祝？”

他这话一出，从悦犹豫起来。

“我就明说吧。”林禧下猛料，“你不想来是不想见江也吧？要是顾忌这个，那完全没必要。你也知道，他要干什么没谁拦得住，你就算避过了今天的饭局，总还有明天、后天。”

他又道：“他那三张电话卡……光是看他折腾，我的头都大了。他指不定等会儿怎么找你呢，你要是图清净，反而不避着他更好，反正你又不怕他什么，对不对？”

林禧循循善诱，继续说道：“卓书颜也会来，我等会儿就让周嘉起给她打电话。以前又不是没有一块聚过，上次打保龄球不也好好的，你担心什么。”

他句句在理，说得还挺对。

确实，避着江也干什么？一来她问心无愧；二来，不和他碰面，她也并没有过得很清净——手机都快被他打爆了！

“我知道了。你告诉我时间地点，我晚点过来。”从悦无奈，最终还是应承下来。

从悦和林禧说完吃饭的事，过了半个小时，又有一个陌生号码打进来。

接通后却是江也打来的。

“你怎么还有新号码？”从悦服了。

江也清朗的声线从听筒中传来：“借的别人的手机。”

她也不拖泥带水，干脆道：“什么事？”

“晚上聚餐……”

“林禧打电话和我说了，我知道，我会去！挂吧，没事的话就这样。”

还没等她挂断，江也问：“你想吃什么？”

“什么？”

“我说，你想吃什么菜，或者想去哪一家店？他们让我定地方。”

让他定地方？他一个目下无尘的大少爷，这些事懂个球。只是既然他们宿舍的人这样定了，从悦也懒得多管闲事。

“随你们，我都行。问周嘉起或者林禧，他们肯定清楚。”

江也“哦”了声：“那……你想吃什么？”

她一顿：“我刚刚讲话你没听到？”

“听到了。”

“那你还问？”

“他们想吃什么我不管。”他说，“我问你想吃什么？”

从悦无声叹气：“随便。随便听不懂？不要再问了，我没空，就这样——别再打电话给我！”

说着，结束通话。

把手机往旁边一扔，从悦坐到书桌前看书。

之后江也没再打电话来，从悦被这一出又一出闹得提心吊胆，看书都看得不安稳。

其间，周嘉起和卓书颜联系了她，就聚餐的事说了几句。他们不在学校，从悦便不跟他们一起出发，因约好的时间是七点，此刻还早，她便不疾不徐先忙手里的事。

时间不知不觉拍马走过，从悦揉揉僵硬的脖颈，正要停下休息之际，两个舍友风一般冲进门。

“从悦！从悦——”

“怎么了？”从悦回头，诧异道，“发生什么事了？”

这两个姑娘都不是闹腾的性子，这般激动的样子十分少见。

她俩道："你有没有看论坛？学校论坛啊，你看了没？"

从悦不解："没啊，怎么了？"

两个舍友连水都顾不上喝，忙点开手机给她看。

从悦狐疑地凑过去一瞧，傻眼了。

"就刚刚没多久，十几分钟的样子，论坛就变成这样了！"

学校论坛被黑了，所有帖子的标题名，还有点进去之后所有回复楼层里的内容，全都变成了一句话。

——"从悦，你想吃什么？"

这七个字，其中还有她的名字，堂而皇之地挂在学校论坛的各个角落，无比显眼。

两个舍友是在回教学楼的路上，听到别人议论，点开一看吓了一跳，随即跑回来找她的。

"是谁干的啊？你知道吗？"舍友担心地问。

从悦发愣，脑海里当即蹿出一个人影。

"是我们学校的吧？计算机系的谁啊？"舍友知道从悦不爱交际，学校里的同学认识的也不多，更何况校外的。校内的，又能黑了论坛的，那必定是计算机系的那些大佬。

从悦头都大了两圈，想捏眉头，生生忍住。

她几句话应付完舍友，打消了她们的好奇，然后抓起手机躲进卫生间。

学校论坛是以前的学长学姐们自发创建的，并非官方网站，但学生们有事都喜欢在上面讨论，久而久之聚集起人气，校方偶尔也会上去查看学生们的动态。

江也的电话一打通，从悦沉声质问："是不是你黑的学校论坛？"

"啊。"他似应非应。

"你黑论坛干什么！你想被老师请去喝茶？"

"只是借用一下，等会儿就改回去。"他语气淡漠，顿了顿，略带批评道，"论坛的安全度太低了，很差劲。"

黑了人家还嫌人家脆弱，从悦对他的强盗行径服气："你知不知道自己在干什么？”

“知道。”他说，“没办法，你拉黑我，不接我电话。”

“所以你就把论坛黑了？！”要是能顺着电流爬过去，从悦真想一拳砸在他脸上，只是这时候顾不上别的，“马上改回去！”

“哦。”他很平静地应下，“那你想好吃什么了吗？”

从悦无奈，怕他再弄出幺蛾子，语气中有几分颓然：“东街口新开了一家东北菜，味道好像不错，就那个吧。”

江也的情绪好似明朗了好几分：“好，我知道了。”

“就这样。”从悦稍作停顿，加上一句，“要是老师请你喝茶，千万别带上我。真的怕了你了……”

不等他再说话，这次她真的按下挂断。

从悦一语成谶，江也果真被老师叫去训话。那么大一个论坛，被他当成传话板用，闹得学校众人议论不停，挨训是自然的。不过不是官方网站，老师把他叫去训了半个小时的话就放他离开了。

从悦和周嘉起那帮朋友早已在东北菜馆点好菜，上茶水的时候，江也才姗姗来迟。林禧脸上的笑憋都憋不住，起身相迎：“我们江大神回来了！来来来，赶紧喊他们上菜。”

江也没理他，瞥了从悦一眼，在她斜对面坐下。从悦安然端坐，自顾自往杯子里倒热水冲洗餐具，看也没看他。

知道江也把论坛黑了，就为了问一句从悦想吃什么，一帮人心知肚明，绕着他们二人打量的眼神比上回在保龄球馆碰面时玩味多了。只是个个都很识趣，谁都没把调侃摆到台面上来。

在满桌乐见其成的人中，只有周嘉起和卓书颜是最不乐意的。打从江也一来，卓书颜就一直拉着从悦小声说话，生怕被对面的大尾巴狼钻了空子。

一餐饭吃下来倒也愉快，菜品味道不错，气氛还算融洽。

饭局结束，周嘉起被林禧拉去柜台，卓书颜被甜品勾起馋虫，没吃过瘾，找服务员要餐盒重新打包一份。

从悦从洗手间洗脸出来，到门口吹风。那帮男生在说话，她不好过去，站在离他们几步远的地方。

江也忽然走到她身边。

从悦瞥了他一眼，没理会。

他道："老师叫我去，问起你，我说你不知情。"

"本来就不知情。"从悦没好气。

他"嗯"了声，没有顶嘴。

高大的身影立在她身边，夜风一吹，她闻到他身上类似薄荷叶的味道，轻浅一缕，极淡极淡。

想到他近来不寻常的所作所为，从悦有点儿烦躁："你最近是不是受什么刺激了？"

她真的搞不懂，进入大学一年多，大一时两人一直相安无事。怎么到了大二，他突然就怪里怪气不按常理出牌，折腾出这些事来？

"没有。"

"那你弄这些事到底想干吗？"

江也垂眸看她："追你呀。"

4

江也那一句"追你呀"，从悦花了一晚上时间也没能消化。她尚未反应过来，江也却已经化语言为行动。

第二天起，他就开始频繁地出现在从悦身边，食堂、图书馆，甚至是她回宿舍的路上，他始终保持着一段让人无法发作的距离刷存在感。

吃饭坐她隔壁桌，看书时在她斜后座，不远不近，让她赶也没法赶。

从悦无奈地接受现状，而这一切也被校友们看在眼里。撞见的人多了，嘀咕的人自然不少，连不甚八卦的舍友都好奇起他们的关系，旁敲侧击地找从悦问过。

从悦被江也"追"的第七天，论坛里出现了一个匿名帖子。

——"美院二年级的某位，有点过了吧？"

以颇有内涵的标题开始，楼主阴阳怪气地说了一堆酸话针对从悦。

先是说从悦和江也常常同时出现在一个地方，江也去食堂她也去，江也去图书馆她也去，江也走到哪儿她跟到哪儿。

又提起之前有人在论坛爆料的事，暗指是从悦自己一手导演，怎么看怎么不对。

全篇内容，只有一个意思：从悦厚颜无耻，故意往江也身边凑。

有挑事的，自然有明事理的，有几个校友在帖子里回复说："那去女生宿舍也是江也想去，从悦跟着去的咯？你们有些人真的挺逗的。"

只是这类话语都被看似有理有据实则胡搅蛮缠的攻击淹没了，几个路人校友被怼得烦了，干脆不再回了。

从悦是在帖子被热议之后，从舍友那里得到消息的。

一层层回复浏览下来，她越看脸色越沉。

手机不合时宜地振动了一下，是江也发来的信息。托林禧做说客的福，从悦怕做得太绝反倒惹江也发疯，所以没再拉黑他。毕竟黑论坛传话的事出现一次就好，再来她真的吃不消。

他发了一张蓝天白云的照片，天湛蓝得像被水洗过一遍，衬得那朵云格外洁白。这样无意义的信息，她收到过不止一次，从悦从没回过。

本来这次也想忽略，突然动作一顿，她对着电脑屏幕拍摄一张，将论坛里的那个帖子拍下发给了他。

从悦就是想让他看看，这都叫什么事儿？

图片发过去，她把手机往旁边一搁，转身忙正事，去做老师布置的手工作业。

江也这个人，说好听点叫无所谓，说难听点就是冷心冷肺。

高中的时候，他身边也有过别的女生。高二那年，他们年级里盛名在外的"级花"，在江也身边出现了大概两个星期左右。

级花长得甜，一双眼睛又大又水灵，只是成绩不太出众，是作为艺术生特招进他们那所重点高中的。

很多男生对她有意思，她也过得有滋有味，如鱼得水。后来不知是腻味，还是百战百胜觉得无趣，到高二时，她瞧上了从来不正眼看人的江也。

级花天天往江也面前凑，江也却一副半死不活的样子，没半点反应。刚开始其他人都说没戏，级花估计也要折戟而归。没办法，谁让江也实在太难搞。

谁知，半个月后的某天，当江也和一帮男生去打球的时候，级花出现在球场边拿着水等他，还抱着他的外套，惊倒了一片吃瓜群众。

那天，从悦也在球场边，之后有好长一段时间她都没怎么在人群里找江也的身影。看到他就会看到他身边的人，看一次难受一次，所以干脆眼不见为净。

不过级花没能在江也身边待很久，也就一个多月的样子，后来就再没看到她和江也在一块过。

那时候还闹了一场，有个明恋江也的学姐在贴吧发帖点名辱骂级花，两人的一众好友在帖子里吵起来，最后演变成约架。

上晚自习前，她们在巷子里解决矛盾，不少认识两方人的同级学生去凑热闹，说和的有，添油加醋的也有。

而江也，连教室门都没出，他趴在桌上睡得人事不知。他被人叫醒听完来龙去脉以后，皱着眉睡眼惺忪，一脸不耐烦地说了个“哦”字，然后扔给朋友一句：“帮我带个三明治。”

往桌上一趴，他继续蒙头大睡。

他这样的脾气，眼里根本没有别人。从悦不指望他能一下子变得善良有爱心，只希望他能看看那个帖子里都在说她什么，看完以后能有点给她添了麻烦的自觉，收敛一下自己的行径。

默默叹了口气，从悦低头做手工，将论坛帖子和江也一块打包从脑海剔除，扔进犄角旮旯。

消息发送之后，江也没有半点动静，过了十多分钟也没有回复。从悦求之不得，安安静静地做她的手工灯笼。最难的步骤完成，即将进行下一阶段时，舍友在微信群里艾特她，手机在桌上振得嗡嗡作响。

“从悦！”

“看论坛！”

从悦无奈地叹了口气，又闹出什么幺蛾子了？那些人骂她还没骂够，难不成还骂出什么新花样来了？

她没问，认命地点开论坛，一进去就见那个嘲讽她的帖子排在第一位，回复数量远超其他帖子数倍。

她点击进去粗略往下浏览，看着看着，愣住了。

骂她的人没有骂出新花样，在回帖总量三分之一左右的位置，内容全然跑偏。

帖子里，楼主原本洋洋洒洒写了好长一段内容攻击从悦，可还没等附和她的人开始狂欢，一个新注册的一级小号恰好在楼主楼下回复，就从那儿开始彻底歪楼。

那个 ID 叫“江也本人”的账号回复了一句话：

“并没有，是我在追她。”

于是，之后的内容，就全都在讨论这个“江也本人”到底是不是本人？

从悦拿起手机发信息问江也：“你回帖了？”

那边回过来一个字：“嗯。”

过了一会儿，他又加了一句：“注册太慢，费了点时间。”

从悦不知该怎么回复他，视线转到电脑上，点了点刷新，拉到最底下。

被震惊到的楼主大概缓过来了，在一片讨论是与不是的声音中，转载“江也本人”的留言进行回复：

“这是从悦亲自下场来了，还是亲友团啊？你当盛大的都不认识江也是吗？戏精小姐姐，麻烦你搞清楚，谁不知道江也虽然是计算机系的，但是他从来不玩论坛这些东西？装也装得像一点好吗！”

有顽强的楼主带头，那些先前欢快嘲讽从悦的人再度复活，跟着附和：

“还江也本人，你怎么不把‘江也’这两个字写脸上？”

“请问你替江也表白，江也知道吗，这位江也本人？”

“为了挽尊真是豁出去了啊，美院的都跟你一样低智商吗？朋友。”

……

从悦纵使脾气再好，这下也很生气了。她一边考虑着要不要注册个号回复他们，一边按下 F5。页面刷新，她揉了揉太阳穴，鼠标拉到最底下，还没看其他的新回复，刚一瞥，目光顿住。

两秒前更新的最新一条内容，是个人用户自主选择发布于楼内的系统消息，和版面公告一样字体都是正红色——

【1739楼】ID-江也本人：计算机系501班“江也”，学生证身份认证审核通过。

帖子里静了半分钟。

而后，满楼的“6666”和“真的是本人”大肆刷屏，占据视线。

吃瓜群众哪会错过这个搞事情的机会，一看楼主被打脸，纷纷开启嘲讽模式。谁让楼主先前对从悦的言辞过分刻薄，还怼了不少理性发言的路人校友，这会儿事情反转，个个都不客气，以彼之道还施彼身。

聊着聊着，帖里众人开始讨论楼主的身份，神通广大地开扒她所在院系。

从悦收到江也发来的消息：“搞定了。”

她想了想，说：“别再回了，到此为止。事情闹大了没意思。”

他问：“你不喜欢？”

好端端的谁喜欢做人群焦点，况且又不是什么好事情。她回道：“很烦。”

江也说：“我知道了。”

从悦奇怪：“你知道什么？”

他没答，没多久，他又道：“你刷新论坛看看。”

从悦隐隐猜到他会做什么，依言点下刷新标志。

果然……

首页所有帖子都没了，最顶端的一个帖子，发表时间是昨天。今早零点后的帖子，齐齐消失。

从悦瞠目结舌，失言半晌，发消息质问他：“你怎么又黑论坛？！”

他回了两条：

“……”

“一不小心删多了。”

从悦真的很想扶额，何必叫“江也本人”，他分明是“麻烦本烦”！

不管怎样，事情算是告一段落。

关掉论坛之后，从悦点开江也的号码，给他加上了一个名副其实的备注——

麻烦！

去食堂的路上，从悦被部分时常混迹论坛的校友们暗暗打量，目光里满是遮掩不住的好奇。

江也等在食堂门口，从悦当作没看到他，打好饭菜径直找位置坐下。

他跟着坐在斜对面，比前两天离得近了些，缩短到一个座位的距离，和她坐到了同一张桌旁。

从悦吃相斯文，半个小时后吃到七分饱就停下。她放下勺子，拧开矿泉水瓶盖喝水，手机突然亮起，上方弹出一条微信消息提示。

上一回在保龄球馆碰见的高三小弟弟问她："在忙吗？方不方便说话。"

互加微信后，从悦和他聊过一次，没说几句，只知道他叫唐耀。

从悦回道："不忙。怎么？"

唐耀直接发来一个语音通话，铃声乍响，从悦差点儿没拿稳手机。

"有什么事吗？"她问。

唐耀道："周末你有空吗？一起去打保龄球吧！"

"我……"正想拒绝，余光瞥见斜对面的江也，从悦想说的话到嘴边转了个弯，"周末打保龄球？高三学生不用上课吗？"

他说："不用，周日一天没有课。你有空吗？一起去啊！"

自己的事，从悦向来不喜欢拖别人下水，只是不给江也添点堵，他是绝对不会往后退的。

知难而退，得先有难。

"有空是有空。"她顿了下，"不然我周日再跟你联系？"

唐耀一听，欢喜应道："好！我等你！"

从悦暗暗在心里叹气。她没想和唐耀去玩，跟高三学生吃喝玩乐，总有种在祸害别人的感觉。这会儿应下不过是应给江也听的，等回宿舍，她再回条消息和唐耀说清楚，只说没时间推了就是。

刚收起手机，江也就朝她看了过来："保龄球馆那个高三学生？"

从悦说："对。"

他睇了她三秒："你喜欢那样的？"

从悦想起江也对唐耀的评价，他自己也没多大，还一口一个"毛都没长齐的”称呼人家。

心里腹诽，从悦嘴上毫不犹豫地答道：“对啊，喜欢。我就喜欢年纪小的。乖乖巧巧的弟弟多好，黏人、可爱、有活力，什么都听你的。”

“我知道了。”江也抿了抿唇，不再停留，端起盘子走人。

从悦看着他走出食堂，松了口气。这下总算识趣了？

理好桌面，她把盘子端到餐具归置处，然后回了宿舍。将明天要带去给老师检查的手工作业装进木盒子里，从悦洗漱完，站在桌前擦晚霜。

这时，江也打来了电话。

她愣了愣，接通：“喂？”

那边声音淡淡：“睡了吗？”

“……还没。”

“明天晚上有空吗？”

“干吗？”

他默了默，没回答，两秒后“啪”的一下挂断电话。

从悦一脸莫名其妙，微微皱眉，正要放下手机，掌中忽地振了振，屏幕中跳出一条新消息。

江也发来的，只有一句话：

“约会吧，姐姐。”

第三章

对不起，我还是想追你

❶

这条直击心灵的短信让从悦惊了十多秒，她实在无法想象江也说这句话的样子，在屏幕上打字回复他消息的手指略微滞顿。

“你叫哪门子的姐姐！”

江也回复道：“你七月，我十一月，早四个月，没错啊。”

“拜托，我十九岁，你二十岁！你怎么不说差了一年！”她在末尾打下几个感叹号，想想情绪过于激动，在发送前又删除了。

江也一点儿都没觉得不好意思：“年份不重要，这个忽略不计。”

从悦：“……”

江也自顾自将话题展开：“所以你同意了吗？”

从悦拉开椅子在书桌前坐下，一只手打字：“同意什么？”

他道：“约会。”

她毫不留情：“并没有。”

良久，江也只说了三个字：“知道了。”

文字体现不出情绪，从悦不想去深究，对着屏幕想了想，道：“以后别再那样叫我。”他喊她“姐姐”，听得她一阵别扭，鸡皮疙瘩都起来了。

半分钟后，他回复：“好的，姐姐。”

“……闭嘴。”

从悦关闭对话界面，把手机扔到一边，踩着床梯爬进被窝。

第二天，风和日丽，因温度升高，暖和不少。

上午的课结束后，从悦从食堂回宿舍，刚歇息没多久就接到卓书颜的电话。

“下午篮球馆有比赛，去看吗？”

从悦倒了杯水，浅饮一口，问：“比赛？谁跟谁？”

“我们学校篮球队和盛附大打友谊赛。”

“周嘉起上场？”

“对，我问过他了，会上。”

周嘉起是篮球队的，因为球队成员众多，每场比赛人员都不固定，偶尔安排这个，偶尔安排那个。

卓书颜对球赛并没太高热情，只有周嘉起上场，她才会提起兴趣充当观众。

从悦爽快应下：“行。你来学校了没？篮球馆见还是？”

卓书颜道：“在来的路上，咱们篮球馆见吧。你要吃点什么不？”

“我不饿。”

“那我给你带喝的。”

“好。”

讲定后，她俩闲话了几句，就挂了电话。

球赛两点开始，从悦穿上外套，略收拾一番，动身出门。卓书颜比她到得早，已经占好位置，见她进门抬胳膊冲她招手。从悦快步过去坐下，接过奶茶，抬眼朝场上热身的几人看去。

“江也竟然也在。”下一秒，卓书颜就抱怨道，“平时他都不来的，没想到今天居然也上场，我还以为我眼花了呢。真讨厌。”

只要有周嘉起的篮球赛，每一场卓书颜都不会错过，从悦却不是，有空了就来，没空则不强求。江也上场的频率从悦并不清楚，闻言只是瞥了眼远处那个高大的身影，没说话。

卓书颜喝了口奶茶，问她："我听说他最近一直找你麻烦？"

从悦不知怎么说，含糊道："还好。"

"你就是脾气太好了。"卓书颜嗔她一眼，撇嘴。

从悦弯唇："行了，别说那些了。"

两人聊起别的。

她们说着话，那边正在热身的周嘉起看到她们俩，趁开场前的空当，过来和她们打招呼。

周嘉起瞥了眼从悦："今天有空？"

从悦说："下午没课，来陪书颜。"

他看向卓书颜。卓书颜咬着奶茶吸管，眼神往旁边瞄，就是不和他对视。

"少喝点。"

目光触及杯身标签上"焦糖奶茶去冰"几个字，周嘉起皱眉："大冷天喝冰的也不怕伤胃。"

"哦。"卓书颜飞快睨他一眼，佯装自然，"知道了。"

他的视线盘桓在她身上，半晌收回，同从悦打招呼："快开始了，我先过去。你看着她点。"

从悦笑了笑，目送他跑开。

卓书颜这才敢看他，小声嘀咕："每次都像训女儿一样训我，烦死了。"

从悦笑意不减，看着卓书颜，直看得后者脸上一臊，伸手推她。

随着裁判一声哨响，比赛正式开始。

盛大篮球队实力强劲，但盛附大的球员体格更健壮，比分胶着，双方互不相让。不过从局势上来说，盛大稍占上风，隐隐压了盛附大一头，在队友的配合以及队员的灵活性方面，盛大要比盛附大强得多。

篮球馆里全是给盛大加油的声音，除去主场因素，江也一向迷妹众多，周嘉起亦是爽朗阳光，其他几个队员个头高、身材好、长相端正清秀，醉翁之意不在酒的女生们嗓子都快喊破了。

上半场结束时，比分终于拉开差距，盛大远远甩开盛附大。

卓书颜虽然不好意思叫周嘉起的名字喊加油，却也没忍住拍红了手掌。

球员中场休息，从悦不得不提醒她：“你悠着点，明天上课还得拿画笔。”

卓书颜笑嘻嘻地应了声，一听裁判吹响下半场开始的哨声，当即把她的话抛到脑后，用力鼓掌给盛大队伍鼓劲。

从悦没办法，只能由着她去。目光放到场中，第一个搜寻的自然是周嘉起的身影，然而随着球员奔跑移动，时不时落在另一个人身上。

尽管不愿意，她还是得承认，江也这个人天生就有吸引别人目光的能力。

篮球馆里开了暖气，两队男生穿着短款球衣，身上都出了汗。

江也做什么事都犹有余韵，或许是这种从容使然，就连流汗看起来都比别人清爽几分。

他奔跑在球场上，身体的每个细胞都在躁动燃烧，眼里却是淡漠一片，仿佛什么都不在他视线里。

嚣张跋扈，目中无物——这就是江也。

从悦看着江也略有出神，忽听观众席传来惊呼。

“啊——”身旁卓书颜惊叫出声。等从悦回神，周嘉起已经冲到她们面前，挥手狠狠拍开飞来的篮球。

赶得太急，周嘉起脚下一崴，摔倒在场边。

卓书颜“腾”地站起身，提步就要往下冲。

还没跑下阶梯，裁判朝这边跑来，吹着口哨示意她坐好。

从悦快步过去拉住她，摇了摇头。

下方球场外围，周嘉起站起身，盛大的队员纷纷跑过来询问：“没事吧？有没有弄伤？”

“裁判！”卓书颜指着盛附大一个球员，冲聚集的那群人喊道，“那个人犯规！他故意往这边丢球，他犯规！”

从悦顺着卓书颜指的方向看去，眉头拧了拧。

她出神之际，周嘉起正和那个人在球场上对峙，对方运着球，被周嘉起挡住，左右皆无法突破。当时他们所站位置离她们这个方向不远，之后球就朝着她们飞过来了。

裁判吹口哨再度示意卓书颜坐好，从悦见周嘉起面色尚可，抿着唇将卓书颜拉回座位。

“先坐下！”

卓书颜揪心之意写在脸上，咬咬牙，愤愤地回到原位。

满场都瞧着这出插曲，裁判跑到卓书颜指责的那位盛附大球员身边，似乎在和他谈话。不知说了什么，裁判跑向盛大的一群人，交谈过后，似乎准备吹哨示意继续比赛。

“就这样？！”卓书颜激动得嚷出声，“他故意伤人！为什么不罚他下场？！”

周嘉起朝她们看来，皱着眉摇了摇头。

卓书颜瞧见他的示意，动了动唇，最终还是闭嘴，不甘心地将唇抿得死紧。

从悦用口型询问：“没事吧？”

周嘉起弯唇笑了下，摇头安抚她们。

从悦稍稍放心。说不气愤是假的，那个盛附大球员分明是看到开场前周嘉起和她们说话，在被周嘉起拦住进退不得之际，故意泄愤把球朝她们扔来。

这种行为不仅没品，而且低劣，可以说是在侮辱篮球这项运动。

可惜裁判没有看到，奈何不了他。

盛大的队员们围着周嘉起询问他脚的情况，商量过后决定让另一位替补换下他。

从悦关切地看着他们，见他们似乎要重新上场，暗暗捏了一把汗。

江也忽然朝她看来，眼睛里平淡依旧，瞳色却似乎深了些许。从悦和他对视的刹那，他眉心蹙了一下，很短的一瞬间，没等她看清，他便转身和队友一块走向场中。

比赛重新开始后，盛大篮球队突然间换了个打法，原本几个队员相互呼应、彼此配合，变成了一人突进、其他人助攻的模式。

江也一改之前略显懒散的状态，举手投足间每个动作都用上了劲，眼神亮得有些凌厉。

他速度快得令人瞠目结舌，转眼之间连过三人，直冲对方篮下，投篮得分。

全队回防后，队友拦截对方的反攻，球传到他手里，他反应极快，当即左突右进，攻势迅猛，在被堵截前绕到侧边弹跳抛投，又一个球命中，得分。

主动权牢牢掌握在盛大这边，江也带动全线，所有队友帮他助攻，他敏捷迅速，像道摸不着的闪电，雷霆万钧。

盛附大齐齐将拦截目标锁定在他身上，可惜作用不大，有队友在外配合，他一个假动作虚晃，将球传出去，待他们更换目标时飞快突破防守，接过队友传回的球攻至对方篮筐。

大灌篮得分，满场欢呼。

就连一向不喜江也的卓书颜，这下也被他感染，她看着对方吃瘪的模样大出恶气，连连叫好，毫不吝啬地拍掌呐喊。

最终，比分拉开无法追赶的差距，最后三分钟，球一直在江也手上，他却没有展开投篮攻势，而是开始了一连串的“失误”。

带球过人的时候，原本准备传给队友的球，一不小心脱手砸到了对方球员脸上。

投篮的时候出现差错，起跳直至快落地时才将球投出，结果命中准备抢篮板球的对方球员。

抢篮板球的时候用力过猛，双方谁都没抢到，球飞出去打在了侧边一个对方球员的脸上。

传球过程中……

整整六次，失误的球恰好都招呼在同一个人身上。

盛附大那个穿七号球衣的男生脸都被球砸红了，眼睛隐隐发肿，忍无可忍地冲江也发怒：“你是故意的吧——”

盛附大的人赶忙拉住他，没让他冲上前去将比赛演变成斗殴。

江也睨他一眼，懒散半垂的眼睛写满蔑视，运着球理都没理他。

最后二十秒，江也以一个完美的投篮给这场比赛画上句号。

篮球馆里的观众都在为盛大篮球队叫好。

两方球员面和心不和地握完手，裁判离开场馆，负责组织这场比赛的盛大学生开始搬裁判用的桌椅凳子，将其运回仓库。

其他人都去长凳边擦汗喝水，周嘉起正和刚刚打完比赛的队友们说话，忽听侧边传来“嘭”的一声巨响。

场馆内还没离开的零星观众，和篮球队的人齐齐看向那边。

江也站在场边，被他扔出去的篮球，在命中目标后悠悠往回滚。

“江也你——”

被砸中的仍旧是那个七号，他眼睛都红了，满脸怒气，一副要跟江也干架的架势，队友们七手八脚地扯住他的胳膊。

“我想扔进球筐来着。”江也毫无歉意道，“不巧你挡路了。”

盛附大那群人所在的长凳后，放着一筐备用篮球。

他这个理由倒也算是一种说法，但谁都听得出这分明只是搪塞。他的球技刚才大家有目共睹，那么大个筐怎么可能扔不准。还有，他方才在场上的那几次失误，也太过巧合了。

盛附大的队长摁住七号，站出来道：“他刚刚确实做得不对，球脱手飞到观众席是我们队员的失误，让你的队友扭伤脚我们也很抱歉，但你会不会太过分了？”

“过分？”江也微抬下巴，垂眼看人的模样嚣张至极。他的视线从盛附大队长脸上扫过，移到愤怒咬牙的七号身上，扯了扯嘴角，一字一句地说道，“砸的就是你。”

七号这下再也忍不住了，捏紧拳头向前一步，然而没等他做什么，他们队长及时拉住了他。

盛大篮球队的也不是吃素的，一见这状况全都过来了，两队人剑拔弩张地瞪着眼。

盛附大的人到底没敢在盛大惹事，悻悻离开。

从悦和卓书颜愣愣回神，忙从观众席跑下来，近前查看周嘉起的伤势，确定没有大碍之后才放下心来。

卓书颜缠着周嘉起絮叨，从悦到另一边长凳上，帮周嘉起收拾背包。

面前忽地笼罩下一道阴影，从悦抬头一看，是江也。

从悦想说话，犹豫着不知该不该开口。

江也直接得多："你想说什么？"

当然是说刚才的事，想说他的暴脾气或许该收敛一些，然而他和盛附大的人正面起冲突，是因为帮周嘉起出头。事出有因，她也无法因为别人的下作而指责他，所以有点开不了口。

从悦暗暗叹了口气，只道："他们那些不是什么好人，你别那么冲，要是其他人不在，你今天就吃亏了。虽然你为周嘉起讨公道，我和……"

"不是因为他。"江也打断她。

她蓦地止住话音，微微一愣。

他说："有一部分，但不全是。"

气氛安静了两秒，从悦咳了声清嗓，跳过这个话题："他们都走了，你也走吧，我陪周嘉起去诊所看看。"

江也站着没动。

从悦疑惑地看向他，就见他皱了下眉，问道："每场周嘉起的比赛你都有看？"

顿了顿，她道："没有，偶尔有空才来。"

"下一场你来吗？"他问，"下一场，下周五下午的那场比赛。"

他给周嘉起出了口气，从悦难得对他态度好点，略一思忖后答道："要看有没有时间。"

"来吧。"

"啊？"

"来看周嘉起比赛。"

江也微微抿唇，眼角睨了睨她，声音低下来："……也看看我。"

2

从悦没有回答江也的问题，四目相对，十几秒间她都在犹豫着不知该如何应答。她还没想好怎么张嘴，卓书颜就过来叫她了。

周嘉起的脚问题不大，卓书颜来叫她一块去门诊。

其实，周嘉起想让她们俩直接回去休息的，他的意思是连门诊都不必看，不过轻轻崴了一下，缓缓就好。卓书颜没他那么心大，执意要检查过才放心，还要拉上从悦一块去。

江也却突然插了一句：“我也去。”

惹得他们三个人齐齐看向他。

“我没事，你……”

周嘉起推辞的话被江也打断：“他们都走了，你的脚现在用不上力，我搀你，等会儿一块回宿舍。”

从悦和卓书颜对视一眼，碍于刚才他在球场上的表现，卓书颜少见地没有给江也脸色看。

脚踝的确有些疼，周嘉起便答应了。

到校外的诊所检查过，医生给他开了两支药膏。

卓书颜看着他红肿的脚踝又唠叨了一通，末了埋怨道：“这下好了，明天估计也没法出门，我还想喊你陪我们一块去水族馆写生，看来只能我和从悦两个人去了。”

“水族馆？”

“对啊。”卓书颜白他一眼，“我打算画一本水族馆写生册的。”

周嘉起忙道：“能动！怎么不能动？我恢复能力强，明天绝对就没事了！”

“行了。”从悦笑叹一声，“能不能去再说吧，不是还有我吗？”

他俩这才止住话，没再纠结这个。

倒是江也，他一直沉默作陪，将周嘉起搀到诊所后就在一旁站着，从头至尾没有掺和他们的对话。

从悦他们三个是多年好友，他们之间，他一句都插不上嘴。

水族馆全天开放，午后，从悦和卓书颜先到，入内稍稍逛了一圈，没多久周嘉起就来了。不过，除了他以外，还多了一个不速之客。

一见江也，从悦微怔片刻，面色却很快舒缓。大概是最近此类事情太过频繁，她已经开始习惯他作妖。

卓书颜小声嘀咕两句，听周嘉起悄悄跟她们解释说实在拦不住江也：“他要出门的时候，票都已经买好了，我不跟他一块，迟早也会在这里碰上。”

水族馆不是她们开的，谁爱来她们没资格拦着，当下便没有纠结这个。

馆内很大，不同园区生活着不同水生动物，卓书颜画了一幅速写，之后就开始拍照。集成册，画页数量少不了，纵使她有八只手，一个下午也画不完，拍下来待回去后一张一张完成即可。

有的拍的是整个玻璃面全景，有的只拍动物近照，周嘉起帮她找位置、拿东西，力求角度最好，拍出来的画面足够漂亮。

从悦慢慢跟在他们身后，优哉游哉地赏起景儿，全然一副单纯游玩的游客模样。

“你不画？”江也和她走在一块。

“我不用画，这个是书颜他们老师布置的作业，我跟她不是一个班。”这画册就跟她之前做的手工灯笼是一个性质。

从悦步伐悠然，微昂着头看透明玻璃内的水底世界，不时有巨大的鱼类荡开水波穿行而过，漫步于昏暗光线下，眼前深蓝色的画面美妙而浪漫。

江也和她并肩走了一段，忽地说：“你们应该不想我来。”

从悦瞥他，视线又转回到水景中：“这儿又不是我开的，买了票谁都能进来。”

她避重就轻，江也心里却有数：“我知道，卓书颜不喜欢我，周嘉起不想我和你碰面。”

从悦挑了挑眉，看着游弋的鱼群没说话。

“你呢？”江也忽然问，“你想见我吗？”

从悦道：“说实话，我并不是太想见你。”

江也垂眸：“我想。”

“我不想。”

“我很想。”

从悦白了他一眼：“那你想着吧。”

他似乎笑了一下，唇边弧度轻浅：“所以我在这儿。”

从悦懒得跟他贫嘴，提步欲走，忽地想起一事，扭头问他：“你的门票是提前买好的？你是怎么知道我们上午来，还是下午来？周嘉起告诉你的？”

“不是。”江也说，“我关注了你的校内主页，然后找到了卓书颜的主页，看到她发的门票图片。其实提不提前买票都没关系，周嘉起出门的时候直接跟上就行，今天不是周末，门票到窗口买也来得及。”

从悦稍感无言，吐槽道：“费不费劲，就为了跟我们一块逛水族馆？你有病啊？”

“可能有。”

“那就去治！”

江也凝眸看着她，眼里微微发光，那一刹的笑意确切又真实：“在治啊。”

那边，卓书颜和周嘉起在这一区域拍照拍够了，扬声喊他们。从悦从微怔中回神，暗暗瞪了江也一眼，扭头走人。

江也两手插兜跟在她身后，五官线条如往常一般罩在一层淡漠之下。他盯着面前的身影，迈着长腿慢慢踱步，唯有嘴角弧度隐隐约约，与往常不同。

离开海底观光区，一行四人逛至别处，卓书颜拍下数量足够的照片，恰好赶上海豚馆开放自由参观，他们马上兴致勃勃地往那儿去。

体验项目很多，从悦感受了一回与海豚近距离接触的滋味。周嘉起想上厕所，拉着江也一块去男厕，从悦和卓书颜两个兀自在水池边逗弄两只海豚。

两只海豚年纪略有差距，握手皆有模有样，十分亲近人。从悦和年纪小的那只握完手，它立在池子边发出叫声，像是想传达什么。

从悦疑惑地朝陪在一旁的驯养员看去：“它怎么了？”

驯养员一笑，解释：“看样子它很喜欢你，你要不要和它亲一下？”

可爱的生物没有谁不喜欢，从悦眼睛微亮：“可以吗？”

“可以啊。你往前倾一点，小心不要掉到水里。”

她依言身子前倾，将脸颊凑近海豚，未料到它却没亲在脸上，尖尖的嘴啄在她嘴角。

从悦一愣，小海豚在水里浮沉，一个跃身扎进水里，又探出一半。

她摸着嘴角浅笑，卓书颜一脸艳羡，早就按捺不住，忙道：“我也要，我也要！”

驯养员吹哨，让海豚再度靠到池边。

另一只年长的海豚听到指示，在水里翻了个身，听话地靠近。卓书颜把脸凑过去，它在她脸上亲了一下，连连叫了几声。

恰好周嘉起两人回来，瞧见她俩和海豚亲近，周嘉起走过来道：“干什么呢？亲了这个亲那个，我也亲一个来？”

卓书颜嗤他贫嘴。

江也却开口问道：“谁都能亲吗？”

包括驯养员在内，四个人齐刷刷看着他。驯养员笑了笑，回答：“虽然男生比较少，但是确实都可以。”

他一脸平静地说出四个字：“那我也要。”

驯养员只好吹哨，做手势指引海豚。很快，有一只海豚靠近池边，是年纪较大的那只，驯养员朝江也招手：“你倾身……”

话没说完，江也就打断道：“不是它。”

“啊？”驯养员一愣。

江也指着从悦，一本正经：“要刚刚亲她的那只。”

从悦狠狠踩了他一脚，在周嘉起和卓书颜别扭的表情中，向驯养员道歉。

“真的不好意思——”

水族馆之行在傍晚结束，因从悦隔天有早课，不想在外多加逗留，四人没有一起吃饭。卓书颜回她的公寓，剩下三人返校，在宿舍区前分开。

从悦点好外卖，进卫生间洗澡。二十分钟后，她裹挟着满身热气出来，边擦着头发，边靠在书桌旁查看外卖送到哪儿了。

校内主页有新消息提示，从悦顺手点进去，查阅完本想退出，想起在水族馆时江也的话，动作一顿，点进新粉丝那一栏查看。

今天增长了三个新粉丝，中间那个就是江也。

他用的是灰白色的头像，名字起得直白——“ye”，简练又好认。

从悦点进他的主页，只有三条动态，还都是废话。她百无聊赖地点进个人简介那一栏，随意看了几眼。他的资料她再清楚不过，正要退出来，蓦地瞥见什么，停了停又把页面往下拉。

简介里有身高、年龄、血型、爱好等，还有一些大多人都不填的内容。

从悦不知道江也是不是刚更新简介没多久。

近期目标那一栏，他写了一句话：

“想亲海豚，想亲你。”

3

这学期第二场考试结束，临时抱佛脚的学生不管结果如何，总算是松了上紧的发条。

从悦学习好，并不担忧成绩，考前考后一样轻松。

而江也，在一开始的锲而不舍过后并未失去兴趣，纠缠得越发频繁，从悦对此甚至都快习惯了。

日子有好有坏，在轨道上正常前行，但偏偏就是有人不肯让从悦安宁。

考试后的第二天，从盛打来电话，张口就是一句：“你阿姨的朋友有个儿子，年纪和你差不多大，也在上大学，这几天会去盛城玩，你好好招待一下他。”

从悦莫名其妙地问道：“我招待什么？”

“你好歹在盛城待了那么久，算半个地主，替大人照顾照顾朋友的儿子怎么了？！”

从悦不好反驳，沉默不语。

却不想从盛的意思远远不止如此，听她不说话像是安分地同意，他立马得寸进尺。

“那个孩子一表人才，很不错的，他爸爸是你阿姨的朋友，和咱们家最近也有生意上的往来。你看着和人家相处，都是年轻人多交交朋友没有坏处，别整天闷在屋里捣鼓那些破画！”

从悦听得眉头一皱：“爸，你这话什么意思？”

从盛道：“什么什么意思？让你别跟个榆木疙瘩一样，多和人来往的意思！”

从悦不跟他绕弯子，直接一语道破：“我不会跟他处对象，你们省省吧。”

从盛一顿，勃然大怒道：“你这是什么态度！家里人为你好为你着想，你别不知好歹！人家那孩子哪点不好，轮得着你挑三拣四瞧不上？！”

从悦没见过对方，确实不知道他是好是坏，但从盛的话如同一盆凉水，兜头将她浇了个彻底。

“别人的孩子都是好的，除了我，对吧。”她轻笑一声，语气冷然，“你爱让谁去相就让谁去，反正我不去。实在不行叫他们等几年，从娇很快就大了，她样样比我强，待价而沽肯定能比我卖个更好的价钱。”

“你——”从盛怒不可遏，“你怎么说话的？！怎么这样说你妹妹？！你还有没有一点……”

“对不起，没人教我，我就这么没教养。”

从悦挂断电话，暂时拉黑了从盛，省得他没完没了地打电话来骂人。

从悦坐在书桌前发呆，画册入眼，心底一片烦乱，她郁然地吐了口气。

手机“叮咚”响起，她情绪低落地拿起一看，江也发来消息：“下午陪你上课。”

她下午的课是可以旁听的。

从悦心情不好，没有周旋的力气，回了两个字：“别来。”

那边没有回复，她将手机推到一旁，起身换衣服。

四十分钟后，从悦收拾好下楼，走出宿舍楼，就见江也等在楼下。这一片来往女生众多，经过他身旁时纷纷偷偷打量。

从悦一出现，两个人瞬间成了焦点。

脚步止住，稍稍站了站，从悦心里有说不清的烦躁，无视他继续往前走。

江也走过来拦住了她。她双眸低垂，不想抬眼：“让开。”

他顿了顿：“你心情不好？”

“没有。”

“撒谎。”

从悦皱眉，语气不耐烦：“走开，别挡路。”

江也微怔，轻轻蹙眉，抬手朝她额头探去：“生病了？”

“啪”的一声，他的手被打开，手背浮起一片淡淡的红。

从悦意识到自己有些失态，深深吸了两口气：“我要去上课，你回去吧。”

江也站着不动，居高临下地注视她。

“谁惹你了？”

“没有。”她提步绕开。

他挪动一步，挡住她：“说啊。”

“没有！说了没有，你听不懂？！”

从悦猛然瞪他，眼里腾起怒火，短短片刻又很快熄下去，沉声道：“你很烦。”

江也僵了一刹，在她要走时，扯住她手腕。

从悦猛地甩开他的手，反应比以往来得强烈得多。

“你够了！麻烦你差不多得了，你能不能看看周围，看看别人，不停给别人添麻烦的时候，能不能替别人想想！”

她这一声压抑不住的斥责招来无数探询目光，无人敢靠近，但都在偷偷关注。仿佛看笼中鸟，又似看困场兽，无尽的非议和八卦，肆无忌惮地围绕着他们二人揣摩。

“我被人挂到论坛爆料，被人开帖子骂，走在路上被人看被人议论，这些乱七八糟的事情都是因为你！你有没有问过我，有没有考虑过我的感受？没有！

“在一起也好，分开也好，你从来没有一点反应，过去这么久突然又跑来要和好！你了不起，你是天上最亮的星，别人没你这么好的命！麻烦你，过家家能不能找对人？！”

情绪波动最大的一次是十八岁生日那天，她以为自己可以豁达地看开，却并不是这么回事。

压抑，憋闷，无处倾诉。

这么多年，她始终可有可无，她的感受永远不被看重。

她不喜欢做的事情很多，却一直在被迫承受。

好像没人考虑过她的想法——从盛是，面前这个人也是。

积压许久的怒意急需出口，一夕全爆发出来。

闸口大开，内心的凶猛狂兽张开血盆大口，吟啸叫嚣。

“我很烦！我烦死了！麻烦你收一收你的自作主张——”

从悦激动得有些颤抖，脸涨得通红，浮上来的一点点泪意还没见光，就被她全力压制下去。

“你觉得我烦？”江也一脸平静，语气波澜不兴，仿佛被骂的人不是自己。

从悦深吸一口气，沉声道：“是。”

沉默半晌，他静静地看着她道：“我知道了。”眼皮慢慢垂下，又成了那副半耷拉着的模样。

他在周遭打量的目光中，漠然地转身走人。

从悦站着平复情绪，胸腔里好似堵着什么，呼吸一下都带着“哼哧哼哧”风刮过喉管的声音。

她闭了闭眼，再提步时，除了四周好奇的八卦者，前方已无那人的身影。

一步步行至教学楼前，终于甩开那些好事目光。

卓书颜的电话来得不合时宜：“晚上要不要一起吃饭？”

从悦很疲惫，手机里有好多未读信息——从盛用张宜的号码一连发了七八条骂她的短信，都是训斥她不顾家、不像话的内容。

从悦粗略扫过，忽然之间累得连课都不想去上。

她知道有些东西是她要不到的，她早就明白。可总是有人一次又一次地要将她的血肉心肺剖开，一下一下地划出血痕碾成肉糜，百般折磨。

卓书颜连唤两声，从悦婉拒：“不了，你找周嘉起吃吧。”

那边听出她声音不对劲：“你怎么了？”

“……没怎么。”她慢慢平静下来。

从悦扯了扯嘴角，却是苦笑。

她没本事，她心态失衡，只会迁怒他人，对着无关的人发泄。

从悦和江也开始了冷战，不能算是冷战，应该说是回到大一的状态更贴切。

江也没有再来缠着她，电话不打，短信不发，有两次在校内碰见，也只是远远打了个照面。

他高大清瘦的身形越发懒散，神态依旧恹恹的，视线扫过哪里都是不带温度和情绪的。

冷战后第一回碰上是在自动贩售机前，一个女生上前拦他，似乎想要表白。

江也微微仰头喝水，没等女生把话说完就直直从她身旁走过，视线始终没有移动半分。

和他一道的林禧歉然地对女生解释："他戴着耳机，没听到。"

谁都知道这话不过是托词，即使给了个台阶下，女生当下还是羞愤地跑开了。

从悦不知道他是否看到了自己，但另一次大概是看到了的。

他们走在同一条小道上，迎面相对，江也眼睛都没眨一下地从她旁边经过，微拧的眉间，不耐烦和烦躁显露得那样明显。

江也还是那个江也。

计算机系的天之骄子，如今进了叉院，更是目下无尘、傲不可言。看人目不斜视，即使站在他面前也未必进得了他眼里。

从悦早就知道，没有人比她更了解他。他在她面前卖乖讨巧，放下身段撒娇，无所不用其极地纠缠她，那些不过仅仅只是他的一部分。

他可以有温和的一面，而暴躁、戾气、高高在上，也是他的另一面。

全在转念之间。

这样的情势之下，周嘉起和林禧都察觉到他们之间的不对劲，但从悦没给他们询问的机会，将自己扔进书海之中，不作回应。

整整一个星期，从悦和江也没有说过一句话。

又是一个下午，从悦独自在宿舍温习，林禧火急火燎打来电话。

"你有空没？找你帮个忙！"

林禧甚少有这么失态的时候，从悦笔尖一顿："怎么了？"

林禧道："江也跟实验室一位老师吵架了。刚刚研究课题的时候，他们讨论到一半，两个人意见不合发生分歧，争着争着就吵了起来！江也把电脑一收直接走人，那老师气得半死，在实验室里破口大骂！"

从悦听得发愣："啊？"

“我们都在找他！他一个电话都不接，我们宿舍几个人都快找疯了！你帮个忙，试试看能不能联系上？”

从悦抿唇。前阵子或许能，现在想都不用想，江也不接别人的电话，更不可能接她的。

“那我试试吧。”她没拒绝，反倒叹气应下。林禧这么焦急，她不好袖手旁观。

“好好好！要是打通了，你帮我们劝劝他！能当面劝就劝，电话里劝也行，跟老师闹成这样不合适，你让他把脾气收一收……”

从悦不禁苦笑，林禧对她还真是寄予厚望。

挂断林禧的电话，从悦点开通讯录，盯着江也的号码看了半分钟，犹豫着点下拨号键。

铃声一直响到结束，那边都无人接听。

果然。

说不清是什么心情，她抬指，指尖在屏幕上滑过。

她又拨了一遍，这次仍旧无人接听。

八成是帮不上林禧的忙了。从悦心下暗叹，本着事不过三的原则，打了最后一通电话。

谁知这一次，竟然通了。

那边江也不说话，沉默弥漫了足有七八秒。

“江也？”从悦试探出声。

他不应，听筒里传来沙沙轻响。

从悦不知道他有没有在听，受人之托，忠人之事，只好继续道：“你是不是和老师吵架了？”

其实有点尴尬，一个星期前怒骂他的场景，想必他和她一样都没忘。

他还是不说话。

“你在哪儿？”从悦问。

她皱眉，语气生硬少许：“你在哪里？”

电话那端仍然沉默。

“我问最后一遍，你不说就算了。”她微微吐气，“江也，你在哪儿？”

过了三秒钟，又像是过去许久，一直不说话的江也终于开口，声音低哑："西南园区，六角亭。"

4

问出江也所在位置，从悦本想联系林禧，指间停在他的号码上，略想了想又改变主意。

她决定自己去。

走到宿舍门口，她记起东西没拿折返回来，一时不察撞上柜子。

放置于柜子上的画是她前两天烦闷时画的，夹在画板上，随手搁在那儿。慌乱中，她下意识伸手去接，没能托住，手腕却被画板边缘磕得发红。

"嘶——"

不轻的一下，从悦差点叫出声。她揉着手腕缓解痛意，把掉落在地的东西归置好，而后顾不上皮肤泛起的薄红，拿好手机出门。

西南园区的六角亭，位置偏僻，前阵子因小水潭周围施工修缮，整日都是聒噪的机器运作声，来这里闲坐的人少了很多。

江也靠着圆柱而坐，静默出神不知在想什么。

听见从悦走来的脚步声，他抬眸瞥了一眼，眼里消沉，情绪不高。

从悦踏进亭子里，一时也不知如何开口。江也半垂下眼，视线落在地面，面无表情的样子和前几天扮乖的模样大相径庭。

在他对面坐下，从悦轻咳一声，主动说话："你在这儿干什么？"

他淡淡道："你不是知道吗？"

当然知道，不知道也不会来找他。

从悦劝他："中途跑出来不好吧？林禧他们都在找你。"

江也没接话。

"就算不想见老师，也可以回宿舍。"总之让人担心不好。

从悦语气放得够轻，江也像是没听见，没有半点反应。

她眉头轻蹙，正要再说，他忽然抬眸和她对视："你不是嫌我烦吗，又来干什么。"

不是疑问的语气，平静却又带着一丝难以察觉的……委屈？

从悦一愣，还没来得及分辨，江也已经移开视线，百无聊赖地看向亭外花坛里的细枝绿叶。

“我现在不想回去，来劝我就省省吧。”

她还想再劝：“你和那个老师……”

“这是我的事。”

被他一噎，没说完的话被她尽数吞回腹中。

江也不看她，只说了这么几句，不配合的态度可见一斑。但他又肯接她的电话，肯告诉她自己的所在位置。

从悦不知道他是什么意思，却顿感不爽，当即没了耐心。

那天在女生宿舍楼下，她因为家里的事冲江也发火，虽说明面上是责怪他给自己找事，把她推到风口浪尖上，但她心里清楚，当时更多的是迁怒。

有心想挽回稍许，所以林禧找她帮忙她才来了。

现下江也一副油盐不进的死样子，她心底的火气又被勾起。

从悦扭头就要走人。

“林禧让你来的，还是周嘉起让你来的？”身后突然传来江也的发问。

从悦不想再吵架，到底还是忍住脾气，站住脚转身，板着脸道：“林禧。”

他脸上一派了然，忽地扯起嘴角笑了下，转瞬即逝的刹那看得人一愣。

“也是。如果不是这样，你哪会理会我的事？”

从悦盯着他，怒极反笑：“理不理你又怎么样？理你是我待人礼貌，不理你是我的自由。爱理谁不理谁，这是我的权利。”

这人真的很有惹别人生气的本事，意识到自己情绪又开始起伏，从悦忙深呼吸几下平复情绪。

“我没有资格对谁说教，但是你——”从悦面色沉沉，双眸里透出几分少见的认真，“江也，你明不明白，不是所有人都应该要绕着你转。”

六角亭里全是她清朗的声音：

“那天我在宿舍楼外对你说的话，有些虽然过分，但并不全是无端的指责。“你说你不接受分手，那我问你当时你怎么不说？分开以后足足有一年，你又在哪儿？

“当初在一起，你随随便便点头，交往的时候又压根不上心，分开以后也没有半点反应，结果过了这么久，突然跑来跟我说不接受……你到底有什么资格？”

所剩无几的树叶在冬枝上摇晃。

从悦敛眸，语气缓下来：“我说这些没有别的意思。只是你真的完全不在意别人的感受，以前是、现在也是，一点都没变。

“以前暂且不提。你知不知道就今天的事，林禧和周嘉起他们找不到你有多着急？他们担心你跟老师起冲突影响学业，拼命在给你打电话。你接了吗？你理他们了吗？”

她又说：“江也，谁的感情都不是白来的。关心你的那些人，有的时候你至少也考虑一下他们的感受。”

江也注视着她，许久未言。

以前，从悦也是“关心他的人”里的其中一员。

高中时，他生病缺课，她会托周嘉起把她的笔记转交给他，虽然他其实并不需要。

在一起后，她会在意他吹夜风怕他着凉，会反对他抽烟，会不赞成他熬夜。他不高兴，她开解宽慰他；他烦躁无聊，她陪他说话解闷……

现在不了。她看他就像看一个普通校友，只不过他们之间比别人多了那么些渊源。就像如今，他情绪糟糕的时候她仍然会出现，却只是因为受人嘱托。

亭里弥漫起一阵长长的沉默，最终被风吹散。

“上次我说得过分了点，不中听的地方我向你道歉。其他的不说了。”从悦不再多言，“我还有事，再见。”

走出凉亭，快到小道尽头处时，她停了停。

回头一看，六角亭里的那道身影，安静而落寞。

晚饭是在校外解决的，冬日天黑得早，从悦到附近商场闲逛，买了顶新毛线帽，到校门口时才想起忘了去药店。

手腕的红痕淡化，不过并没完全消退。

明天大概会好一些，从悦懒得再倒回去，一边安慰自己一边往宿舍走。

离宿舍楼还有大半距离时，周嘉起打来了电话，从悦停住脚步，站在原地和他说了好半晌。

等聊完，她稍作停顿，想起江也的事。

“对了，江也他……后来回宿舍了吗？”

“他没回宿舍。”周嘉起说，“到现在我们都还没见着他人，不过，他打了电话给我们说没事，而且也去实验室了。林禧不是发消息跟你说联系上人了吗？你没收到？”

“我没看手机。”从悦在意的却是另一句，“江也去实验室了？”

“对。就林禧给你打电话之后，不到一个小时吧，他回实验室去找那个老师了。”

从悦莫名地心一紧，问道：“找老师，然后呢？”

周嘉起顿了顿，安静几秒，说：“他去找老师道歉了。”

“啊？”

“他不是第一次跟老师闹矛盾，以前也有，因为在课题研究上产生分歧，他不止与一个老师争执过。不过，今天是他第一回中途走人，也是第一次……道歉。”

周嘉起似是受到冲击，语气颇有些难以形容。

“他去找那个老师的时候，其他学生还没走，本来大家都以为他是回去找碴的，老师也是，一看他就气得瞪眼。结果还没等老师骂呢，他站在门口先说了一句——‘老师，对不起’。当时在场的人都听愣了。”

从悦也听愣了。

球场上敢跟品性不良的篮球队员打架，实验室里敢和意见不一的老师争执，这些都只是凤毛麟角。

江也的脾气有多大，了解他的人都知道，发起火来十个人都摁不住他。

周嘉起也说了，这是他第一次道歉，破天荒头一回。

“你下午是不是找到了他？”周嘉起忽地想起林禧找从悦帮忙的事，“你那时候找到他了吗？跟他说什么了？”

从悦从诧异中回神，不想也不便回答这个问题，避重就轻地掩过话题，挂了电话，继续往宿舍楼走，脚步却莫名滞慢减速。

从悦胡乱出神，快到女生宿舍时，瞥见路灯下站着一个高大的身影。

柔黄光线将江也凌厉的面庞线条刻画得温和了些，他站在那儿，黑沉的眼睛直直朝她看。

从悦愣了愣，慢步过去，被他叫住。

江也将手里拿着的那一小袋东西递给她。

“……什么？”

“药膏，消肿化瘀的。”他略略往她手上一瞥，“你手腕不是磕到了？”

从悦略感惊讶，他竟然注意到了。

“算了。”

见她默然，江也抿了抿唇，干脆从袋子里拿出药膏，当场拆开。

“干什么……”

从悦发愣间，手被他抬起，衣袖被撸上去，露出整个手腕。

江也手指蘸取药膏，轻轻给她涂抹。

从悦试着用力，挣不开。

“别动。”他皱眉，视线专注于她的手腕。

夜风寒凉，他的指腹温热粗糙，路灯下所有东西都平添了几分暖意。

药膏抹完一遍，江也忽然说：“对不起。”

从悦抬眸，视线扫过他的脸，暗暗在心里叹气：“我说的那些也有不对……就当扯平了。”

他抿住唇瓣，指腹将她手腕上的药膏抹得更匀更淡。

“对不起。”

“嗯？”她不知道他为何又说一遍，“你刚刚不是讲过一遍。”

“这一遍不是。”

“什么？”

江也看向她的眼睛，不曾退却：“第二遍是为了别的事。”

从悦愣愣地看着他。

“你说我烦，我已经躲得远远的，躲到了六角亭里，结果你又来了。”

从悦下意识想提林禧的名字，却被他截断话头：“是你自己找来的，这回想赶我没门。虽然你嫌我烦，但是——”

江也垂了垂眼，他向来高高在上，这一刻声音里竟然有些难以察觉的小心翼翼。

“对不起，我还是想追你。”

5

从悦拎着江也送来的那袋药膏上楼，每一步都走得稍显犹疑。

江也没走，站在原地看她。

一回头，就能看到正门前路灯下他的身影，这段距离明明足够长，从悦却觉得他的视线，强烈到仿佛他就在她身后一般。

回到宿舍，和舍友打了声招呼，从悦愣愣出神，在屋里站住脚。药膏中有薄荷成分，手腕擦过药的地方泛起清凉之意，又有轻微的灼热在脉动，突突跳着，一阵又一阵时有时无。

她蓦地抬起另一只手捂住伤处。

“你怎么了？”躺在床铺上敷面膜的舍友探头看来，“干吗站着发呆？不洗脸吗？”

从悦回神，笑了下：“这就去。”

还在书桌前看书的另一位舍友，和床铺上的那个女生说起话来，从悦就在她们谈天的声音中，走进卫生间。

她在卫生间里换好睡衣，待洗漱完出来，敷面膜的舍友正好叫她。

“从悦！”

“怎么了？”从悦放下盛衣服的塑料盆。

舍友撕下面膜，一只手拿着手机，一只手指间滑过屏幕：“班长找你有事儿，你看群消息。”

“找我？”从悦一边疑惑着，一边拿起桌上的手机。

群里未读消息太多，从悦还没点进去一一浏览，班长已经单独私聊她了。

“在吗从悦？有点事。”

她回：“我在，你说。”

班长言简意赅，挑重点讲："是这样的，这周我们院的汇报演出，原定的《足印绘舞》那个节目有个女生临时上不了，你能不能帮忙替一下她的位置？"

从悦微愣："那个节目是在地上铺画纸，然后边跳边用脚印作画吧？可我不会跳舞啊，而且节目都是早就排好的，临时让我上我也来不及学。"

班长说："没有那么难，其他人是要跳，但是缺的那个女生是站在中间的，全场压根不用怎么动，有几个节拍需要转几下动几步，其他时候只要站在中间，很简单的，两天就能学会。"

既然这样为什么不找别人？从悦犹豫着，不知该怎么回。

班长像是知道她心里所想，解释道："我们院学生会下午开会的时候讨论了很久，觉得你比较适合，其实一开始准备节目的时候就想让你参加，你不是推了吗？"

怕她再次拒绝，班长马上补充："时间来不及了，你就当帮忙应了吧，到时候院里领导都会来。"

……

几分钟后，本就不是太坚定的从悦成功被班长说服。

舍友得知从悦将要参加院里的汇报演出，欢呼道："班长说得没错，你就应该去！往那儿一站都不用动，就笑一下那画就美了一半了！"

从悦笑着嗔她，低啐一声，扯开其他睡前话题。

第二日，从悦就加入了舞蹈组开始排练。班长还真没说假话，从悦跟着学了一上午，动作基本已经全部掌握，说到底还是这个站位动作原本就不多。

和其他人道过再见，从悦从舞蹈房出来，卓书颜早就在楼下等候多时。她上午有课，一结束便过来等从悦，约好一块去吃午饭。

从悦接过她递来的热饮，吸管尖戳破塑料封皮，吸一口，甜香在口腔中弥漫开，半点不腻，恰到好处。

卓书颜絮语不绝，从悦正听着，手机铃声突兀插入。

来电显示是"从盛"两个字，从悦的表情顿时沉了下来。

"我接个电话。"从悦往旁边走开几步。

卓书颜识趣地没有去打搅，但从悦也没想避开她，不过四五步的距离，从悦的说话声卓书颜能听得清清楚楚。

前几句还很正常，从悦的语气虽然淡，表情仍是沉稳的。不知他们后来说到什么，从悦眉头拧了拧，足足好几秒才展平。

“我再告诉你一遍，我不去，你们死心吧。”

她冷然说完这句，毫不留情地挂断电话。

“怎么了，是不是有什么事？”卓书颜担心地问道。

从悦却笑了笑，摇头：“没什么。”

见卓书颜满脸忧心，从悦反倒宽慰她：“说了没事就没事，这么久了你见我吃过什么亏？放心。”

从盛打电话来，为的还是变相相亲的事。

这件事她不会服软。

其实很多事她都不想服软、不想低头，但是现在还不能。

从悦掩下眼里的坚毅，和卓书颜说笑转移注意力，暂时将这些烦心事抛到脑后。

她总会摆脱这一切的，总有一天，一定可以。

先前因为学生家里的一些事情，从悦做家教带的那位学生暂停了两周的课，他家里的事情似是终于处理好，周日下午两个小时的一对一课程重新恢复。

小男生叫伍秋，是个学业繁忙的高中生，有时话偏多，絮叨起来挺聒噪，但胜在还算乖巧，不是太烦人。

在画画这件事上，他有些天赋，从悦教他并不难受。

作为被雇佣的家教老师，从悦从不过问雇主的家事，伍家发生了什么事情以至于暂停课程两个星期，她虽能猜到一二，但并不想探究。

但见伍秋兴致不高的低沉模样，任凭她有天大的本事，也教不好一个不专心的学生。

给伍秋布置了一道题目，从悦在旁看书，让他自己画，时不时走到他身后指点他下笔。

两个小时过去，从悦说了通鼓励的话，正收拾东西要走，拿着笔对着画纸发呆的伍秋突然说："老师，我请你吃饭吧。"

"什么？"从悦微愣回头。

"我爸妈都不在家。"伍秋自嘲地笑了下，"他们今天肯定也顾不上我，也没人会陪我吃饭。"

他抬起头看着从悦，一双暗淡的眼睛慢慢亮起些许光："老师，你忙吗？一起去吃饭好不好？"

从悦很想拒绝，但话到嘴边，最后却成了无言的叹息。

伍秋的请客吃饭，结果就是把从悦带去了麦当劳。或许是心情不好，伍秋想到处逛逛，以送从悦回学校为由，特地到盛大附近的几条街逛了一圈。

学校附近玩乐消遣的东西多，转着转着，他的情绪逐渐好转。

见他周身低沉散去，从悦也顾不上计较吃什么，进了麦当劳后，特意挑了个不靠窗的位置。

本想吃完早点把伍秋哄回去，谁想，伍秋刚端着点好的餐在她对面坐下，一个不速之客就杀了进来。

江也和伍秋大眼瞪小眼，前者连声招呼也不打，一进来就大大咧咧地在从悦身旁坐下。

"你怎么来了？"从悦一愣。

江也侧头，说："路过，在外面看到了你。"还有对面的不知道谁。

于是，他就进来了。

他看向伍秋，眼神不善地盯着人家。

伍秋扯出一个僵硬的笑，问从悦："他是……"

"我同学。"从悦同样尴尬，笑容中带上了几分安抚。

江也还在直勾勾盯着伍秋，像是想用眼神吓死人家。

从悦暗暗在桌下踢了他一脚，他懒懒换了个坐姿，稍有收敛。

伍秋被看得发毛，虽然不知道原因，还是决定先离这个奇怪的人远一点。

"我……我还有东西忘点了，我去一下柜台。"

江也殊不知自己吓跑了人，看着伍秋的背影，眼角余光睨向从悦："你找的怎么一个比一个小？”

“你乱说什么！”从悦抬脚踢他，比刚才克制的那一下用力得多。

他挨了踢却反应平平，只问：“你们在约会？”

“当然不是！”

从悦朝天翻了个白眼：“他是我的学生，我教他画画。他才上高中，懂事又听话，老实得不得了，这段时间心情不好，你别欺负人家！”

“他心情不好就找你一起吃饭？”

“差不多。”

江也酸溜溜地撇了撇嘴角：“我也老实巴交的，你怎么不也疼疼我呢？”

“……”从悦被他的厚脸皮震惊了。

这人怕是对“老实”这个词有什么误解。

没多久，伍秋端着盘子朝这边走来，从悦小声警告江也：“你要坐在这儿就安分点，不许用眼神吓唬他！”

江也哼了声，似应非应。

伍秋一坐下，从悦正式介绍道：“我学生，他叫伍秋。”

说罢，她又指着江也：“这个是江也，他是……”

江也臭不要脸地接上：“你老师的男朋友——”脚下被从悦狠狠碾住，“……我自己认的，她暂时还没同意。”

伍秋满脸都写着无语。

这人是个傻子吧？

6

一顿饭吃得伍秋食不下咽，不怪他定力不好，任谁遇上一个盯着自己不停打量的“怪人”，都会像他一样觉得不自在，哪怕这个怪人高大又帅气。

从悦贴了无数个笑容仍然于事无补，在喝完一整杯冰可乐后，伍秋终于找借口走人。

“这下好了。”从悦将责任全归咎到江也头上，满脸写着“看你办的好事”，暗暗怪他把人吓跑，嘴上叹气，“他东西都没怎么吃，晚上估计也吃不下了。”

“是啊。”江也跟着悠悠叹了一声，“大冬天喝那么大一杯冰可乐，吃坏肚子有够难受的。”

合着他以为伍秋提前走是吃错东西了。

从悦再次领教了他毫无自觉的一面，无奈地拈起薯条往嘴里送，不再说话。

和他纠结下去，很有可能会噎死自己。

江也忽地抓住她手腕，她一愣：“干吗？”

他的视线在那皓腕上停了停，止住她的动作后很快松开：“别吃这个。”

“为什么？”

“带你去吃点别的。”他起身，见她坐着不动，回头看来，“走啊，傻坐着干什么？”

“这些……”看着桌上那一堆，从悦不想浪费。

江也懒散一瞥，没说话，将东西全都装进纸袋里。他一只手牵起发愣的从悦，另一只手拿着纸袋，经过路边时，将吃食轻轻放在一个乞讨的男人面前，随意但并不粗鲁。

走过半条街，从悦才反应过来，手腕从他手中挣出：“去哪儿？”

“去你常去的那家。”他微抬下巴。

“你知道我常去哪家店？”

他撇嘴：“周嘉起票夹里的那些发票上都写着，有时候打包有袋子，偶尔还叫外卖，我又不瞎。”

待他行至目的地，从悦一看那熟悉的店门，确信他是真的知道。她和周嘉起、卓书颜三人常待在一块，她喜欢去的店，他们俩自然常去，时间一久，生活痕迹就这么不知不觉互相渗透。

从悦瞥了江也一眼。

连这种细节也能观察到位，看来他未必不会察言观色，只是取决于想不想。

面对面在第二桌落座，江也扫视菜单：“雪菜肉丝，还是鱼香茄子？”

这家店专做盖浇饭，虽然小炒也拿手，但味道不如前者出众。

从悦没从他给的选项里选，要了一个常吃的："红烧鱿鱼盖浇饭，谢谢。"

老板应声记下，看向江也："这位同学呢？"

他却说："我不用。"

从悦不解，江也略颔首送走立在桌边的老板，对上她的眼神，淡淡道："我不饿。"

"那你请我吃什么饭……"

"想请。"

"……"

"你吃就行了。"

从悦轻咳一声，低头取餐具避开他的视线。

服务员很快从后厨把盖浇饭端上来，被人看着进食，从悦实在吃不下，吃了三分之一就放下了勺子。

江也没有强求她吃完，等她擦拭完嘴角，起身："走吧。"

走出店门时，钱放在老板的桌上。

"饭吃完了，那就……"

从悦话没说完，江也指着前方人流会集的入口："夜街亮灯了，去逛逛？"

盛大附近几条街都被称作"学生街"，这是外校的人起的名字，叫着叫着成了不成文的别名。不过盛大的学生一般都喊它"夜街"，原因无他，这里晚上热闹，长街实属于夜晚。

从悦下意识想拒绝，她和江也之间的气氛有所好转，但并未亲密到这种程度。刚刚那顿晚餐已是意外，再逛街……

话到嘴边，莫名却有些说不出口。

这是呼吸会在空气中化成白雾的季节，江也的眼睛漆黑如同一对漂亮的曜石，泛着灼然但不刺目的光。他站在车水马龙的街口发出邀请，耳垂末端因寒意泛起轻微的红。

有同级的学生经过认出他们，隐忍着雀跃和兴奋，眼神在他身上疯狂扫视。

他眼里只看着她，平静地等着她的答复。

“……好。”

从悦微微低头，终归答应了他的提议。

夜街其实有三条，位于盛大三侧，围着这所学府连成一线。

街旁各色小吃摊生意红火，刺刺冒油的铁板、沸腾的汤锅、炭火旺盛的烤炉……各种香气热腾腾交织在街道上。

逛着逛着，从悦就发现一个问题——江也好像在喂她。

不是把东西递到她嘴边让她吃这种动作上的“喂”，而是不停给她找东西吃的投食行为。

每到一个摊前，江也都要问从悦吃什么，然后必定会让她选——

绿豆糕和桂花糕，她选了桂花糕；

鱿鱼串和章鱼小丸子，她选了鱿鱼串；

关东煮和麻辣烫，她选了关东煮；

奶茶和冰激凌，她选了冰激凌；

炸土豆片和猪肉脯，她选了猪肉脯……

半条街还没走完，从悦吃得有点撑。奈何架不住江也的热情，她连说“不”的时间都没有，他就已经帮她选好接下来要吃什么。

手里的猪肉脯只咬了一口就塞回袋子里，从悦长舒一口气，下一秒就见站在甜品摊子前的江也朝她看来。

“酒酿小丸子要来一碗吗，还是吃裹了馅的大汤圆？”

“……”太诡异了，真的！她十分怀疑这个人想要喂胖她。

胃着实没有容纳空间了，从悦忙摆手：“不了，我吃不下了，再吃要吐了。”

江也一顿：“吃不下了？”

“对。”她做了个要呕的表情，摇了摇头。

“那好吧。”他收了期待的眼神，看着似是有些失望。

从悦暗暗翻白眼。怎么的，还真想看她撑到吐？

于是，后半段路便用来散步消食。

其实从悦没有撑到那么严重的地步，但她真的不想再吃了。

走过长长的斜坡，快到街尾出口，经过几家香气煞人的小吃摊时，江也多看了好几眼，满脸遗憾。

从悦见江也在她不能继续吃东西以后情绪明显低落许多，好心捧场："那几家小摊的东西闻起来挺香的。"

江也如同捕食的雄鹰，闻言，眼神熠熠："去吃吗？"

"不了吧……"她尴尬地笑笑，摇头。

"哦。"他敛了眼神，又沉寂下来。

从悦搞不懂他，但为了不再被"投喂"，还是选择不再自找麻烦。

几分钟后，他们走出夜街，时间虽然还早，但冬天天黑得快，大冷天也没谁乐意在外挨冻，他们便往学校走。

经过校门旁的便利店，从悦让他等等："我进去买瓶水。"吃多了有点腻，十分不清爽。

江也道好，安静地站在屋檐下等。

从悦付完钱出来，正拧瓶盖，瞥见江也捧着手机一脸沉色，眉头皱在一块。

他不知在看什么，连她的脚步声都没听到。

好奇心起，从悦轻轻挪到他侧边。

专注的江也并非在看东西，而是在写东西。他指尖轻触屏幕，在备忘录里记着什么内容。

从悦悄悄一瞄，愣了。

江也亦发现她的存在，收起手机，扭头："买好了？"

她没答，几秒后才开口："你不会是在记我刚刚吃的那些东西吧？"

红烧鱿鱼，桂花糕，鱿鱼串，关东煮，冰激凌，猪肉脯。

除了第一道盖浇饭，全都是他让她二选一里，她选了的东西。

"你在……记我喜欢吃的东西？"从悦脑海里灵光闪过，忽然明白他晚上的反常行为是为何。

从吃盖浇饭开始，江也给的选项就是二选一。

雪菜肉丝盖浇饭，还是鱼香茄子盖浇饭？菜单众多，于是他猜测着给出两个，但没想到都不是她喜欢吃的。

然后她要了自己喜欢吃的一道。再然后，他在夜街各个小吃摊前问她，她都选了喜欢吃的那样。

四下静了片刻，直到一辆大众从车道上飞快驶过，鸣笛声划破沉寂。

从悦说得没错，见她道破，江也便没否认。

“我不知道你喜欢吃什么，喜欢玩什么，很多都不知道。”他微微垂眼，说，“我想知道。”

她的喜好，和她有关的东西，他都想弄清楚，一一了解。

可能有点迟，但他还是……

想知道，很想很想。

从悦愣愣地看着他那张略微暗淡但又认真的脸，好半晌才找回语言：“你想知道，为什么不问我？”

那样省事得多，她还不用吃撑。

他说：“怕你笑我。”

“……”笑话你的时候还少吗？她很有品德，没把腹诽说出口。

从悦默默在心下叹气：“走吧。”

她比江也快半步，等江也长腿迈开和她并肩，她从口袋里掏出一颗薄荷糖。她看着前方，目不斜视地把薄荷糖递到他手里。原来，不管再聪明的人，犯傻的时候，也是很傻的。

江也拿在手里，打量着没拆：“这个你也喜欢吃？”

“是了，喜欢。”从悦暗暗翻白眼，“你要不要拿手机也记一下？”

他一本正经答：“等会儿记。”

从悦撇了撇嘴。

气氛突然变得古怪，江也想着事不说话，从悦莫名也不再开口。

马路上的细微尘粒，在他们的脚下被踩得咯吱作响。一路行至校园内，江也送从悦到女生宿舍门前。前面的路要她自己走，他停在路灯下。

他道了声晚安。从悦闷闷“嗯”了声，算是应过。往前走了几步，她忽地停下转身看向他。

江也以为她有事：“怎么？”

呼出的热气化成白雾袅袅飘起，从悦抿了下唇。

“酒酿小丸子和裹馅的汤圆，我喜欢酒酿小丸子。”

没等江也有反应，她说完转身就走。

没来得及吃的那家甜品摊子，她还是给出了答案。

她自己也弄不清突然停下说这句话的理由。

或许是因为……他是第一个，这样在意她喜好的人。

第四章

他悬了一颗心在万丈高空之上

1

难得全都不用上课，一帮人从极度消耗脑细胞的程序中解脱出来，凑在一玩国际象棋

林禧他们宿舍一向是一帮人玩游戏的首选地点，原因无他，周嘉起在校外租了公寓，一周有一半的时间不在，江也又常常泡在实验室，神龙见首不见尾。

周嘉起照旧不在，江也却少见地窝在宿舍没有出门。林禧摘掉耳机，从书页中抬头看向几人：“你们小声点，别吵着他。”

几个人沉浸于厮杀，知道林禧指的是在卫生间的江也，不禁都降低音量：“知道了，知道了。”

棋局继续，卫生间的门推开，江也顶着一头湿漉漉的黑发出来，细小水珠顺着他的发梢淌下，淌过精瘦锁骨，隐没在低开的睡衣襟领之下。

一只手拿着干毛巾擦拭湿发，江也用另一只手扯开凳子坐到书桌前。

林禧从床铺上探头朝他看来："上午不用去导师那儿？"

"不用。"

"课题结束了吗？"

"还没。新课题刚开始。"

……

他俩你来我往，一时间桌上销声匿迹，满室只听他们浅润温然的对话。

老A突然问道："对了，老周昨晚没回来？他今天回宿舍吗？"

"会吧。刚刚他打电话还问要不要带喝的。"

"成，那就等他。"老A忽地兴起，扬声问，"老林，下午咱们去打球吧？"

被点名的林禧合上书，饶有兴致地瞥向江也，盘桓几秒，噙着笑拒绝："不了，下午有点事。"

"中饭点了没？"江也忽然插话。

"啊？"老A想起这茬，忙应，"还没呢，你想吃什么？"

江也将毛巾往桌上一甩，从墙上的纸兜里扯出一张纸，走过去放在桌上。

"点这家？"

"嗯。"他没多言，走回卫生间。

老A和下棋观棋的几个人开始琢磨中饭的菜单，先前的闲话被抛到脑后。

林禧被问及要吃什么，随口应道："随你们。"

他坐在床铺上，笑意满满的目光追随着江也的背影，直到被卫生间门隔绝。下午他们有事，他要陪江也去看美院的汇报演出——表演的人里，有从悦。

午餐点好，除了下棋的几个人，江也和林禧待在各自的位置上各忙各的。

老A接了个电话，不知那边说了什么，听他含含糊糊应了一通，接着就撂下棋局出去了。

"他干吗去了？"

“谁知道。”

剩下几个人边下边闲聊，不知谁笑了声：“老A最近好像和文学系那个系花走得特别近。”

“文学系的……安萃？真的假的？老A厉害啊！”

“有什么厉害的，我碰见过几次，她找老A好像是有事要老A帮忙……”

他们聊得热火朝天，林禧和江也对此倒没什么兴趣。

没多久，老A回来了，空手出去，怀里却抱着台电脑进门。

“谁的电脑？”

“朋友的。”老A咳了声。

“朋友？”桌边一群人调侃，“我看是安萃吧！”

老A没理起哄的其他人，抱着电脑走到江也身边：“也哥。”

江也抬眸，面沉如水。

不知怎么莫名有点慌，老A稳住心神，道：“也哥帮我修下电脑呗？”

江也蹙了蹙眉：“你自己不会？”

“会是会，这不是没你厉害嘛……”

盛大计算机系的人，和其他大学里学这个专业的普通学生相比，可以说是处在两个世界。

如果说盛大学生是“不同寻常”，那么江也则是比这些非常人还更夸张的“异端”。

就拿上次攻击论坛的事情来说，老师为何第一时间能逮到江也，就是因为他厉害。

他不一般，水准高。而高水准便是首选怀疑对象。

但就修电脑这事儿，他们一帮人没谁不会。老A自己不修，非得让江也修，这就很耐人寻味了。

林禧不禁朝他们多看了两眼。

江也瞥了瞥电脑上的标志：“我记得你的电脑不是这个牌子。”

老A哑然，似在斟酌用词。

嫌火力不够，江也又添了一把柴：“我没看错的话，底下贴着粉色贴纸。”

老 A 只好承认：“这电脑确实不是我的……是安萃的，安萃把她电脑弄坏了，让我找你帮忙修一下！”

江也和老 A 对视几秒，沉静的眸光看得人心里发毛。

江也却问：“安萃，是谁？”

老 A 一愣，宿舍里其他人闻言也齐齐看来。

“不会吧，也哥，你真不知道？”下棋几人顾不上下了，“人家去年追了你那么久，就文学系那个，笑起来眼睛亮亮的，非常甜美……你真想不起来？系花啊！”

江也对他们的描述没有半点印象：“不记得。”

老 A 趁热打铁：“那你帮忙修一修这台电脑，修完她自己会来拿，到时候她跟你道谢，你也好知道她是哪个！”

江也淡淡扫了他一眼，一秒都没考虑：“没兴趣，找别人修。”

他起身去倒水喝，拒绝得不留余地。

老 A 凑过去又劝了几句，被江也一句话堵得语塞。

“谁应的谁修，我没空。”

见老A追着江也还想再说，林禧及时阻止:“别劝了,江也是真的没空,你让他们几个帮你看看吧。”

林禧的人缘最好，说话有分量，且最常和江也待在一块，连他都这么说，老 A 明白修电脑这件事彻底没戏，歇下话头不再纠缠。

用过午饭后，林禧和江也收拾好准备出门。趁江也去洗手的工夫，老 A 偷偷拉着林禧追问：“江也他怎么了？”

“你又不是第一天认识他，他本来就是这个脾气。”

“可我不是听说他最近转性了，经常去别的院，我以为他……”

林禧失笑道：“你当谁都是从悦啊。”

他拍了拍老 A 的肩膀，这意味深长的话，弄得老 A 愣怔半晌。

2

每个系都有好看的女生，自然也就有所谓的“系花”。在文学系，安萃就是这么一个代表人物。

她长得甜，性格开朗，大一入学不到半年就和周围同学打成一片，慢慢混进学长学姐的圈子。

单就长相这一方面来说，安萃绝不是最出众的，放眼整个盛大，比她长得好的女生，每个系都有那么一两个，从悦就是其一。

不过安萃总是笑脸迎人，人缘好，人脉广，提起她的名字几乎没有学生不知道。

花开一群，各表各枝。倒也没谁无聊到非要拿这些系花做比较分出个高下，只是安萃名声在外，提起她的人格外多些。

而她之所以“名声”大，全因和她有过绯闻的男生数量众多，只要是盛大出名的，不管是清秀学长、俊朗学弟，哪怕没和她谈过恋爱，或多或少也和她传过绯闻。

就像江也，他不是安萃第一个看上的。大一那会儿，安萃在追江也的同时，也和其他系的男生走得近。

用林禧的话来说就是：这姑娘像是有集邮的爱好。

或许是越难啃的硬骨头越招人惦记，在听说江也常往美院跑以后，安萃一下子又想起了他。

她惦记江也，江也却连她是谁都没记住。听林禧在身边念叨了几分钟和她有关的事，江也终于不耐烦：“说完没？你今天废话怎么这么多？”

林禧一噎，而后噤声，笑着摇了摇头。

他们正坐在美院汇报演出的会堂现场，冗长的开场白乏味无趣，江也一向最不喜欢这种场合。林禧本想和他聊点别的解闷，不想他满心都只有等的那个人，自落座起眼睛就一瞬不错地盯着舞台。

最不喜陈规的江也，也有这种像个期待春游的小学生一样乖巧等候的时候。

会堂坐满了人，最前一排是美院的老师与领导，这场汇报演出无愧于前两个字，算是整个系交出的一份期中考成绩单。

一阵掌声后，表演开始。

江也面容沉静，专注的眼中看不出情绪。林禧和他说话，他有一搭没一搭地应付。实在看不下去，林禧碰碰他的胳膊。

“干吗？”

又碰了碰，他才转过头来，林禧一笑，把手里的节目表递给他。

“别看了，从悦参演的节目在倒数第三个，早得很。”

江也的脸色顿时不那么愉快：“哪儿来的？”

林禧笑眯眯道：“每个座位旁边的袋子里都有一张，你自己没注意看。”

“……”

之后的时间，总算不用看江也翘首以盼、一脸期待的模样。

整场汇报演出临近尾声，排在倒数第三位的《足印绘舞》节目终于开始。

一群美院女生穿着纱质舞衣，妆容发型偏古典风格，不过没有那么繁复，改进后虽简易但不失美感。

她们全都光着脚，踩在一块巨大的纸板上，而从悦站在圆形阵容的中央，身上是和其他人一样的服装，定点起了势便站着一动不动。

江也的目光一直盘旋在她眉眼之间，粉红的桃花妆衬得她娇艳五官如桃似李，芳华灼灼，她低垂着眼，亭亭玉立，一不留神像是要钻进仕女画，成为最标致的那一个。

在这样的场景中，她明明和别人一样，但又不太一样，飘飘欲仙，近在眼前，却又仿佛永远触不及摸不到。

视线再往下，江也的眸色一沉，微微抿唇。

从悦的服装比起其他人，多了一些别出心裁的特殊设计。就比如裙子，她身上的那件内衬更短，外裙薄如蝉翼，她站着不动，一截白皙细嫩的小腿就露在外，待动起来，开衩的裙摆必定遮不住大半长腿。

音乐响起，舞蹈开始，会堂里安静无声，所有人的注意力全都聚焦在灯光下。

林禧也愣了一会儿，过后不吝赞美：“这支舞排得真好。”他顿了顿，话题随着视线集中在某处，“从悦的腿真的……”

剩下半句话还没说，江也凉凉扔来一个眼刀。

林禧噎住，无奈：“别吧，我只是夸一下而已，这是艺术，赞美艺术懂不懂？”他不怕死地继续，“而且从悦的腿是真的挺好看，又长又匀称，那……”

江也直接抬手在他眼皮上一抹，合上了他的眼睛。

林禧：“……”

音乐还在继续，林禧睁眼为自己抱不平：“这么多人你倒是一个个去抹人家的眼睛。”

江也理由充足：“你离我最近。”

林禧这下彻底无语，又觉得好笑，连看都不能看了，这人真是霸道得不行。

正笑着，余光瞥见一个人影，没待林禧细看，那身影很快闪过。身旁的江也重新投入到看表演中，他想了想，于是懒得开口。

彩排时，卓书颜就在后台陪着从悦，等《足印绘舞》这个节目表演完，她当即拿着外套迎上去。

“赶紧披上，别着凉。”

“不冷，有暖气。”从悦失笑，指着暖气口给她看。

又是鞠躬又是击掌，同合作的一众人寒暄过后，从悦和卓书颜两人一块回了后台休息处。

表演开始前，卓书颜才发现江也和林禧来了。周嘉起有事，中午回了趟宿舍，一点不到又出了学校。

当下，卓书颜和从悦说起这事。

从悦没她那么大反应：“来就来嘛。”

卓书颜想说什么又不知从何说起，最后干脆道：“我就问你，你现在对江也什么感觉？还……讨厌他吗？”

拆发饰的动作停顿，从悦认真思考了一会儿，说：“也谈不上讨厌不讨厌，还好。”

有这一句话，卓书颜明白已经不用再问，想想也是，换作几个月前，连这个问题都不必问。

两人正说着话，有个挂着牌子的女生跑进来：“从悦，有人找你。”

卓书颜还当是江也追到后台来了，扭头一看，却不见预料中的人。

从悦也顺着她的视线看去，看见来人，微微顿了顿。

安萃来找她了。

3

从悦和安萃并无交集，本就不是同一个院系，同校一年多，甚至还未说过话。从悦对学校里谁风头盛、谁追求者多这种事兴致缺缺。若不是其他同学八卦时传到她耳朵里，再加上几次校内活动见过安萃出场，她怕是连安萃的名字和脸都对不上号。

从悦不知道对方是否认识自己，但看她主动上门这个架势，应当是认识的。

“你好，你是从悦吧？我叫安萃。”

没等从悦从不解中缓神，安萃唇边弧度盛了几分，笑得极为亲和。如果不是她突然找来的行为太莫名，这般看着不带半点杀伤力的模样，很容易就教人放下心防。

“我是。”从悦略微颔首，“你是？”从悦知道她是安萃，疑惑的是她的来意。

“我可以坐下吗？坐下再和你说。”安萃指了指一旁的空位。

毫不见外的行径让从悦无所适从了一秒，她倒没拒绝：“当然可以。”

安萃笑着坐下，没答从悦的问话，看向卓书颜：“这是你朋友？我有点话想和你说，比较私人，能不能……”

卓书颜一听，防备心生起，表情登时正经了几分。这个女的莫名其妙跑来找从悦，谁知道安没安好心。

只是不待卓书颜拒绝，从悦拍拍她的手背，说道：“你出去等我，有什么事我叫你。”

一个安抚眼神，意思足够明确。卓书颜和她毕竟多年相交，默契十足，知道她是在告诉自己她不容易吃亏，略一思忖，起身离开。

小休息室里只剩她们两人面对面。

安萃眼里盈满笑意，切入正题：“你知道我为什么来找你吗？”

从悦摇头。

"因为江也。"她说，"我听说，最近江也一直去美院找你，对吧？"

从悦一怔，绕了一圈原来是为这个？怪不得，往常没有交集的人会突然找来。

从悦的视线缓缓扫过安萃的脸，后者不闪不避任由打量。这情况和一般的找碴挑衅不大一样，她似乎不带恶意，好声好气不露半点凶色。

从悦一时拿捏不好要用什么态度对她，想了想干脆以正常的口吻回答："对，他确实来过美院。"

"但是你对他，不说讨不讨厌，反正是不喜欢被这样纠缠的吧？"安萃眼里亮着胸有成竹的光，"虽然我们没有打过交道，但是我知道你，你不是那种喜欢出风头的人，因为江也被挂上论坛推到风口浪尖多少次了？至少有两次？"

"你想说什么？"从悦皱了皱眉。

安萃不急不缓，道出重点："说出来不怕你笑，我大一的时候追过江也，很可惜没成功。也不止我一个，他那时完全不想谈恋爱，对这种事毫无兴趣，谁追他都一样。现在……既然你觉得烦，那不如我们各取所需？"

"哦？"从悦眸光闪了闪，也笑了，"怎么个各取所需法？"

"很简单。江也这个人心高气傲，你本来就烦他，别的都不需要做，只是拒绝得再坚定一点，他自尊心强，次数多了自然不会再来烦你。"

"那你呢？"

"我？"安萃状似带着赧意，笑了笑，"我就做该做的，去年没追到，今年再试一试，实在不行那就是我们有缘无分。"

从悦垂了垂眼，轻笑出声。

"怎么？"安萃见她表情有异，挑眉。

从悦不言，再一次打量安萃的脸，比先前多了几分认真。

听起来不过是无伤大雅的一件事，她躲开烦心的人和事，安萃追求成功的机会也大些。

但不知怎么，她突然想起了张宜。

她的那位后妈，也惯会这一套。在某种程度上，安萃和张宜极度相似。

张宜就是这样，见人三分笑，全凭一张嘴，不管是谁都会被她的"热情”打动。她嫁给从盛不到一年，飞快和他朋友的太太们打成一片，就连刻薄挑剔的从老太，也被她哄得服服帖帖。

从悦从小生活在她的阴影下。

记得小学的时候，有一回排座位，从悦被排到了后三排。张宜知道以后特意去了趟学校，亲自找老师，最后从悦被调到第一排之前——就在讲桌边，抬头就是老师，黑板在侧边，不管做什么都在全班同学的注视之下。

从悦并不喜欢，可每当在饭桌上提起这件事，才刚开个头，张宜就会笑吟吟地说：“哎哟，先前你说坐得太靠后看不清黑板，把我给急得，我们悦悦成绩这么好，可不能耽误了。我找老师好说歹说，她才同意让你往前坐。悦悦，你就专心上课，有什么事我都会帮你处理好，别担心。”

于是，家里人都觉得张宜很好，即使从悦不是她的孩子，一样放在心上，没有丝毫怠慢。

当时年纪小，不善言辞，从悦常常一句话还没说完，就被张宜一通话堵回去。其实张宜明明知道的，从悦那个时候正处于内心敏感时期，总是躲在房间里偷偷地哭，张宜撞见过好多次。她不喜欢出门玩，不喜欢和人交际，更别提长期处于焦点中心。

坐在讲桌旁的两个月，每天从早到晚被整个教室的人看着，对从悦来说是那一整个学年里最煎熬的一段日子。

她总是低着头躲避别人的视线，注意力难以集中，神思恍惚，结果就是她的成绩下降，一掉再掉。

从盛训了她好多回，张宜更是焦急，倒教从盛反过来宽慰了一番。

这种事情多不胜数。

眼前的安萃和张宜肖似，戴着温和无害的面具，牢牢抓住所有对自己有利的东西，不放过一星半点儿的机会。

明明是自己得利，却打着“为你好”的幌子，算得上是另一种意义的面目可憎。

“从悦，你怎么了？”见她久久不说话，安萃露出关切之意。

从悦敛了敛神，收回飘远的思绪。

其实江也这件事，安萃倒没有坑她，如果她不喜欢被推上风口浪尖，想要避开，稍稍配合安萃也无妨，两个人确实能各取所“需”。

但张宜给从悦留下的心理阴影实在太深，她一想起成长过程中的那一件件一桩桩，本能地就从心里生出抵触情绪。

褪去无关情绪，从悦正色道：“如果我没理解错，你的意思是让我远离江也？”

“也不算，就是……反正你烦他，不如拒绝得再干脆一点？”

从悦消化完她的深意，笑了下：“不好意思，要怎么对江也，用什么态度对他，这是我的事情，我自己会决定，就不需要别人来替我操心了。”

安萃大概没想到她会拒绝，愣了一愣：“你……”

从悦不想和她继续废话，转身面向镜子，继续卸妆：“没什么事就不聊了，我朋友在外面等了很久。”

“你是不是觉得我是为了自己才来找你的？”安萃面上划过焦急，换了个坐姿，仍不放弃，试图说服她，“你想一想，我大一的时候就追了江也，他那时候态度那么……你应该懂的。大一我都敢，现在更没什么好怕的。我只是想你应该很头疼，所以才来……”

安萃这般“为你好”的腔调一出，更让从悦坚定了拒绝的决定。

不管之后安萃再如何劝说，从悦都不予理会，最后，安萃只好悻悻而归。

听完从悦交代她和安萃的谈话内容，卓书颜气得火冒三丈：“她怎么好意思跑来找你说这种话？她以为她是谁啊，让你配合你就要配合？还为你好？我呸！厚脸皮……”

从悦扯她的袖子，卓书颜这才不情愿地止住话头。

“不说这个，晚上吃什么？”

她话题跳跃得太大，卓书颜差点没跟上，想了想报出几家常去的餐馆的名字。

没谁再提安萃的事。

江也知道安萃找从悦谈话，是在汇报演出的第二天。周嘉起难得回宿舍，全程一张冷脸对着江也，直看得另外两人后背发毛。

找了个空，周嘉起把江也堵在卫生间里，把卓书颜跟他吐槽的内容复述了一遍，并且警告他："那些乱七八糟的事和人，自己处理好，别整天给从悦添麻烦。"

说完扭头就走，一副"我今天不想搭理你"的表情。

不知是不是周嘉起的警告太过严正，晚上在校门口被拦住的时候，从悦见到了一个一脸凝重的江也。

"你干吗？"从悦正准备去校外便利店买果冻，冷不丁被他吓一跳，强忍住倒退半步的冲动。

江也皱了皱眉，说："去买东西？我陪你。"

"不用了，又不远……"

江也没给她拒绝的机会，已然提步往前。

从悦觉得今晚他看起来很古怪，忍不住朝他打量。

走过小半条街，江也忽地扭头："好看吗？"

"……"是了，还是他，如假包换。

他不说有什么事，从悦就跟他耗着。直至买完果冻，返程时，江也才终于开口："昨天安萃找过你？"

从悦还没说话，就听他道："对不起。"

脚步稍停，从悦朝他看去："你来就是为了道歉的？"

江也替她提着那一小箱果冻，眼睑半垂："嗯。"

"其实……"从悦斟酌用词，"也没必要道歉。"她耸了耸肩，"你不提我都忘了。"

"我不知道她会来找你。"江也轻轻皱眉，他想不起那个女生的长相，但这并不妨碍他不虞的心情。

"行了。"从悦是真的没放在心上，"不说这个。"

江也准备了一大堆话，登时都没了用处。但见她不想提，他便很干脆地不再言语。

走着走着，从悦似是想到什么，饶有兴致道："安萃说她大一追你，但是那个时候你不想谈恋爱……你大一不想谈恋爱？"

江也瞥她一眼，淡淡道："要谈也不会跟她谈。"

从悦晓得他脾气古怪，失笑摇头，没再问。

快到校门口，江也忽地道："她让你离我远一点，是吗？"

从悦点了点头，也疑惑起来：“哎，对，她来找我，你怎么知道的？”

“周嘉起说的。”

想想卓书颜的性子，她一向对周嘉起什么都藏不住，从悦便不觉得奇怪。

“那你……”江也顿了顿，犹疑着开口，“是怎么回答的？”

周嘉起只告诉了他安萃去找从悦，以及谈话的大致内容，其余并未多说。

从悦愣了愣，侧目看他。

江也微垂眼眸，长睫阴影遮在眼睑上，阴影比夜色还浓。他嘴角抿得有些紧，隐约蹙起的眉心，莫名显出几分忐忑。

向来桀骜张狂，可那一点点蹙弯，再服帖不过，乖巧等着垂怜。

从悦忽然笑了：“你觉得呢？我要是答应她，现在还会跟你站在这儿？”

江也盯着她半晌没有说话。

她抬手在他面前晃了晃：“嘿。”

江也偏头，避开她的视线。

从悦不知道，他悬了一颗心在万丈高空之上，就这一句话，够他死里逃生好多遍。

4

离平安夜还有一个多星期，学校里已经洋溢着浓厚的节日氛围。江也对这种节日一向是嗤之以鼻，往年从来不过，但今年不同，早在林禧提起这个话题的时候，他就表过态——要和周嘉起一起过节。

原因很简单，每到平安夜和圣诞节这种日子，周嘉起都会陪卓书颜以及从悦一块过。

周嘉起原本并不是很想带上江也，不知卓书颜私下和他说了什么，不到半天的工夫他就改变了主意。

这边按下不提，随着平安夜渐近，周四中午，林禧正和另一位舍友在电脑前讨论一个程序时，上完课的江也背着单肩包推门进来，满脸沉思。

林禧闻声扭头："回来了？"

江也"嗯"了声，放下东西，抓起衣帽架上的衣服，动作却莫名滞顿。

林禧本已转头看向电脑，注意到他的异样，又扭头问道："怎么了？不去换衣服？"

江也有个习惯，每次从外面回宿舍，都要换一次衣服。

江也不知在想什么，眉头皱了又松，松了又皱，好半晌才说："你来一下。"

林禧微诧，随他到阳台角落说话。

来电显示亮起从盛的名字，从悦看着手机，直至铃声过半，才摁下接听键。

没事从盛从来不会打电话给她，果然，他一开口连句关心都没有，直接道："周末你妹妹上的兴趣班组织课外旅行，老师带他们去盛城看艺术展，会在那儿待两三天。"

"然后呢？"

从盛对她的态度略有不满，忍住没发火，口气沉了几分："这次活动需要家长陪同，你阿姨和郑叔叔的老婆约好了有事，去不了。你在盛城，到时候去照顾一下你妹妹。"

从悦蹙眉："我也要上课，我怎么照顾？"

"这有什么难的！"从盛斥她，"每天去一趟，到老师面前报个到，能陪多久陪多久，让老师知道娇娇有大人在就行了，其他的他们老师自己会处理！就这么点事你也推拖，再说了，就算请几天假不上课又怎么了，你妹妹还比不上几节课重要？！"

他的强盗逻辑一向如此，她有没有事情无所谓，只有他的事，和他老婆、孩子有关的事，才算要紧。

从盛不和从悦多说，蛮横道："上次让你去吃饭交个朋友你也不肯，这回别再跟我扯些有的没的，你阿姨对你那么好，哪怕腿折了你也得去！"

从悦默了默，这件事估计是拒绝不了了。几秒后，她道："我下个学年的学费……"

"你才刚上大二！今年的学费才交了多久，你现在就着急要大三的学费，你是不是想造反！”

她对从盛的斥责不以为意，咬定话头不放：“大三的学费，你先给我，从娇来盛城我会去陪着。”

从盛被她这番话气得七窍生烟，破口大骂，在电话那端把她从头到脚骂了个狗血淋头。

从悦却似和他较上了劲，不管他说什么就是不肯退让。

从娇才上初一，七八千的手机自己用小金库就能买，眼睛都不眨一下。去年的型号还没用旧，今年一出新款立刻就换，她抽屉里的手机，多到可以垒着玩。

她想要什么，从来只要说一声就有，或者撒个娇，立刻就会被满足。

像是特长这一项，钢琴、小提琴和芭蕾她都曾学过一段时间，因受不住苦累才放弃。而她这些一阵一阵的兴趣，从来没人会训斥她不懂事或是浪费钱。

从悦呢？贵的颜料稍微用得多一点，从老太就能絮絮叨叨说上三天。

如果可以被重视，谁想斤斤计较、绞尽脑汁地去争那一亩三分地。

但从悦不能不争。

学费的事她想得很明白，进入大学以后，她和从盛闹不愉快的次数越来越多，能早一点要到，自己暂时存着也好。

从盛骂了半天，见从悦始终油盐不进，气得不行，却也没办法。

“行行行！我明天把学费转给你，行了吧！”

“今天，”从悦道，“下午转。”

下一秒，从盛怒骂：“你是不是要气死我——”

后边还跟着一连串内容，他激动得都快破音了。

从悦很平静，得了答复，静静听他骂，待他骂得差不多了，果断挂掉电话。

……

下午五点前，账上多了一笔转账，不多不少正好够下一个学年的学费。

从悦看完短信，记下从盛发来的老师信息和酒店信息，收起手机。

周日中午，林禧做东，请一帮朋友出去吃饭。

菜一道道上，色香味俱全，桌上老饕们筷子出动得极勤。

“这个不错。”夹了一筷牛肉，老A忍不住想比个大拇指，筷子又拐向莴笋，瞥了眼空着的座位，道，“老周怎么还没回来？”

“不清楚。”坐周嘉起旁边的男生说，“有点事吧。”

“电话接这么久……江也是不是去洗手间了，怎么也没回来？”

林禧打断他们：“吃饭呢！先别管那些，我跟你们说，点的这桌菜要是吃不完，你们一个都别想走。”

“就这还能吃不完？开玩笑！”

“你钱带够了没，宰到你哭啊……”

一听林禧的话，个个摩拳擦掌，别的事也就不去关心了。

另一边，被议论的江也早从洗手间出来了。他靠在走廊拐角处，等不远处的周嘉起终于打完电话，当即走了过去。

突然出现的人影吓了周嘉起一跳，他问道:“……你什么时候来的？”

江也注视着他还未展平的眉头，不答反问：“从悦和她家里的关系很不好？”

周嘉起眉头皱得更深，还没说话，江也又道：“你刚刚在和卓书颜打电话？我全听到了。”

“你偷听别人讲电话？”

“我从洗手间出来，正好碰到你在这儿。”

纠结这些没意义，周嘉起见他一副打破砂锅问到底的架势，顿了顿说：“你知道还问什么。”

江也只是隐约晓得一点，了解得并不多。

高考后的那个暑假，虽然两个人只相处了一个月，却也可见一斑。从悦不爱回家，闲暇总在外面消磨时光，哪怕实在无聊，也情愿轧马路逛大街，对家里反感到这个程度，是个人都看得出她和家里不对付。

江也盯着周嘉起追问：“你刚刚和电话那边的人说，什么课外旅行，什么泼水，讲清楚点。”

虽然不爽他刨根究底，但比起从家那些人，想要吃回头草的江也当然要顺眼得多。周嘉起正好窝火，便告诉了他。

“还能有什么，还不是从悦那个同父异母的妹妹！年纪不大，心眼多得要命，跟她妈一样满肚子坏水！”

昨天是星期六，从娇和她所在的兴趣班同学，在老师的带领下到达盛城，加上一帮家长在内，住进了离艺术馆不远的德瑞花园酒店。

从悦作为姐姐，在兴趣班到达后就赶去了酒店，下午特地请了假陪着一同参观艺术馆的 A 馆。

这一天，从悦尽心尽力暂代“监护人”一职，也算是尽责。晚饭前，从悦和老师道别，之后去找从娇。那会儿，她们一帮兴趣班的小女生在温泉泳池里游泳，从悦进去的时候，她们扎了水球在温泉池里打水仗。

有个小姑娘不小心砸到进门的从悦，水球炸开，她的左肩处立刻湿了一片。

小姑娘内疚，慌忙起来道歉，从娇一把拉住她，睨了从悦一眼，说：“你怕什么，我姐姐有什么好怕的，她又不会生气。”

从娇说着又抓起一个水球砸向从悦，“啪”的一声在她胸前炸开水花，整件毛衣就这么湿了。

她笑嘻嘻说：“姐姐，来打水仗！”

从悦脸色登时就沉了，站在池边忍着怒意道：“从娇，你知不知道现在是冬天？”

“又不冷……”穿着泳衣泡在池子里的从娇委屈地往水下沉了稍许。

从悦眼里融了火淬了雪，睨着从娇的模样有几分骇人，一时间气氛凝滞。

其他女生都不说话，从娇站在水里和从悦对视。而后，她突然游到池边，拽住从悦的衣摆，猛地将从悦拉进水池里。

从悦毫无防备，在水里扑腾挣扎，落汤鸡一般狼狈不堪地站起来。她咬牙瞪着从娇，从娇却撇着嘴，眼眶红红地“哼”了一声，好似受了多大委屈。

后来还是老师带从悦回她的房间，也没有合适的衣服给从悦换，只能让从悦用干净的毛巾擦拭一遍，待衣服被空调烘得半干，穿上回了学校。

回去之后，从悦第二天就感冒了。

“今天上课都没精神，晚上还要去陪着受罪！”周嘉起和从悦认识的年头不短，她初中时就没少被家里那些破事折腾，他和卓书颜听一回气一回，后来怕他们担心，从悦就渐渐不提了。

不提不表示不存在，就像这回，要不是从悦病了，卓书颜刨根究底追问，他们哪知道还有这么一出。

江也眉间凝着一股郁气："不去不行？"

"不行。"周嘉起想到这个就烦躁。他的脾气不比江也好多少，读中学时也是小霸王一个，要是当时在场，他怕是要把那个熊妹妹摁进池子里，让她好好尝一尝温泉水的味儿。

江也略作沉吟，道："我知道了。"

"……你知道什么？"这一句话没头没脑，周嘉起乜斜了他一眼。

江也却没再答，转身朝外走去："走吧，再不出去他们就快吃完了。"

从悦吃了感冒药昏昏欲睡，用凉毛巾擦脸，总算清醒了些。

她穿好衣服下楼，卓书颜发来消息，一句接一句全是不放心的叮嘱，她边看边笑，回道："放心吧，她今天再敢那样，我一定收拾她。"

回完收起手机，从悦刚走出宿舍楼大门，步子一顿。

"你在这儿干吗？"

江也等了她很久，说道："你病了？"

她道："已经吃过药了。你……"

他递来一样东西。

"什么？"

"暖贴。"他塞进她大衣口袋，"晚上要是冷就贴上。"

从悦朝口袋看了眼，收了他的好意："好。那……"

"我们走吧。"

"什么？"她微愣。

"你太笨了，初中生都能欺负你。"江也说，"我陪你一起去。"

——你也就只有欺负我的本事。

这一句，他没说出口。

艺术展不大，花了一天不到的时间就将所有展馆看完，下午兴趣班的活动是在盛城游玩。这一趟行程也短，总共停留两天，隔天他们就要回程。

从悦下午没有跟着去，这一顿收尾前的晚饭，老师通知了一定要到场——她不仅到了，还带了个拖油瓶。

江也跟在她身边，顶着一张冷淡没有表情的脸随行。

老师和从悦问好，一看她带来的这位，笑意僵了僵："这位是……"

"他是我朋友。"从悦笑了笑，解释道。没有对他为何会来过多阐述，反正其他学生也有来了两个家长的。

老师和家长们寒暄完，之后便陆续落座。从娇拉着几个关系好的女生，占了走廊最尽头处的小包厢。从悦两人本应和家长们坐在一起，可位置不够，老师又拜托她看着离得比较远的从娇等人。

最后，从悦和江也同一群初中小女生坐在了一起。

老师害怕江也的冷脸，从娇却喜欢，看见江也的第一眼就两眼放光。她还是十三岁的小孩，谈不上什么特别感觉，就是天生喜欢长得好看的东西。

当着从悦和江也的面，从娇和她的小闺密咬耳朵，音量根本藏不住："你觉不觉得他像那部电视里的那个？"

"哪个？"

"昨天你看的那部电视，好像男主角……"

从悦懒得看她，扯了扯江也的袖子，在末座坐下。

菜一道道上桌，从悦却没什么胃口动筷子。

从娇真的是被家里宠坏了，骄纵不知分寸，席间一直和身边的女生凑在一起挖苦从悦，时不时发出咯咯的笑声。

从悦旁边的小姑娘让她帮忙剥虾，见剥完后虾壳完整无损，小姑娘夸了句："姐姐你好厉害！"

从娇就说："厉害什么呀。你们不知道，我姐姐很笨的，她小时候成绩很差，我爸爸都气死了！"

要么别人夸："姐姐你眼睛好大哦，你长得好好看。"

从娇就道："那是你们没看过真的好看的，我妈妈就很好看，我家里人都觉得我妈妈最好看。我姐姐那样就不好，我奶奶说像她那样的眼睛，大得像要掉出来了一样，是没福气的长相！"

……

一句又一句，没完没了。

江也夹了几根青菜，压根没怎么吃东西，到最后直接把筷子一撂。

从悦在桌下扯了扯他的衣袖，朝他一笑。

江也挑眉。

从悦压低声音说："没事，听她还能说出什么来。"

从娇没有察觉，自顾自拆台，到后来没人夸从悦了，她自己还不过瘾，又挖苦了一通才停住。

都说潜移默化，家里的气氛如此，就拿从老太来说，长辈对从悦已然如此，从娇自然有样学样。

吃到半饱，从娇忽然从椅子上下来，蹦蹦跳跳地跑到江也身边。

"哥哥，那个濑尿虾很好吃的，你怎么不吃呀？"

江也理都懒得理她。

从娇笑嘻嘻地去晃他的手臂："我想吃，哥哥你帮我剥好不好？"

江也撇开她的手，执起筷子从盘子里夹起一只濑尿虾，慢条斯理地将扎手的虾壳剥干净。

从娇笑弯了眼，正要凑近，下一秒，江也却将虾肉放进从悦的碗里。

"尝尝。"

他看向从悦，仿佛没看到身边有个人。

从娇不乐意了："我让你给我剥！"

江也像是这才看到她："你让我给你剥？"

"对啊。"从娇睨了从悦一眼，"你给我姐姐剥，我是她妹妹，那也给我剥一只！"

"不剥。"江也想也没想就拒绝了。

"为什么？"

江也定定地看了她两秒："因为你长得丑，我不给丑八怪剥。"

从娇一愣，脸慢慢涨红，扭头看向从悦："姐姐——"

从悦当作没听到，专注吃菜。

从娇狠狠一跺脚，气恼地跑回座位。

江也靠着椅背，也不动筷，就这么坐在那儿给从悦剥起了濑尿虾。从娇气呼呼地看着，看一下就瞪从悦一眼。

小女孩的娇嗔天真，一旦过头，就是讨人嫌。

从悦吃了满满一碗，见好就收，趁空低声对江也道："别剥了。"

"为什么？"

"不好吃。"

"那正好。"江也爽快地放下，大爷样地往后靠，"我也不想剥了。"

"为什么？"

"手疼。"

两人对视，不禁悄然一笑。

主菜上完，到了上甜品的时候，服务员推进来一个蛋糕。

从娇恢复活力，将她身边那个小闺密推出来："快看，今天你生日，我特意给你点的蛋糕，你喜欢不喜欢？"

小闺密自是笑着说喜欢。

一群小姑娘切蛋糕，从娇似是想到什么，余光瞥了从悦一眼，大声说："这个蛋糕还不算好的，我今年过生日的时候，我爸爸给我买的是三层的蛋糕，你们去了我家，还记得吧？我爸每年都会给我庆祝生日，我跟你们讲，我的娃娃熊都堆了一个房间了。我跟我爸说不要买了，他就是不听……"

江也和从悦端坐在位置上没动，他小声问从悦："她在说什么？"

"能说什么，炫耀我没有的东西呗。"从悦嘴角勾起，耸肩。

她无所谓的语气，听在江也耳中，却觉得堵得慌。

他正想要不要和从悦先走，那边蛋糕已经切了大半，圆桌中放了好几块。

从娇端着一块蛋糕走到从悦面前："姐姐，吃蛋……哎哟！"

她"绊"了一下，那一块奶油满满的蛋糕砸在了从悦身上。

又来。

温泉水池那一次不够，还要来第二次。

从悦怒极，反而想笑。

江也脸一沉就要起身，从悦拉住他的手腕。

有些事，别人可以帮忙一次，但帮不了一辈子。她身上流着从家的血，她是从盛的女儿，这些糟心的东西，还是得她自己处理。

“对不起姐姐，我不是故意的。”从娇笑嘻嘻地道歉，料准了她不敢如何。

是啊，从小到大，从悦都只能忍，在外强硬带刺，在家却只能做个锯了嘴的受气包。

为什么呢？

还不是因为那点血缘，因为她姓从，她要吃从家的饭。

“你是不是以为我不敢打你？”从悦笑着问从娇。

从娇眼神闪了闪，说：“姐姐，你说什么……”

“我不打你，是因为你比我小，因为你叫我一声姐姐，你搞清楚。”

从娇见她神情吓人，往后退了半步，小声说：“晚上我要跟爸爸打电话，我会告诉爸爸……”

从悦从圆桌上拿起一块蛋糕，“啪”的一下，狠狠盖在从娇脸上。

“你现在跟他说也可以。”

从悦拿起第二块蛋糕砸在从娇头上，砸得她一颤，头顶被奶油糊满。

“要不要我帮你打电话？”

从娇傻在原地，过了好几秒才想起来哭。她张着嘴开始号，一边号，一边用手去抹脸上的奶油。

从悦倾身直视她：“昨天我就警告过你了，你再发疯试试，我让你把所有蛋糕全部吃下去，你信不信？”

她是笑着说的，然而眼里分明不带半点温度。

从德瑞花园酒店出来，从悦长舒了一口气。

“其实我早就做好了这样的打算。”面对江也略带担忧的询问眼神，她道，“早一天晚一天都是一样。”

她早就想过不再和从家牵扯，开口管从盛要大三学费也是存了这样的心思。本来是想着从盛把学费给了她，她照看从娇，算是最后一次听他的话。谁知从娇在她面前骄横惯了，这回才两天，也能折腾出这么些事来。

不过还好，她再没什么要求从盛的，一切到此为止，都结束了。

她心里有数，江也便不多言。

两人漫步走着，他忽然叫她的名字：“从悦。”

“嗯？”

“你以后……要再凶一点。”

“什么？”

“凶一点，有什么说什么，不高兴了就表现出来，不要为了别人委屈自己。”

江也看着她的眼睛，神情有些恍惚。

他以前觉得，她太冷硬、太决绝，说放下就放下，尽管如今已经知道是他把她逼到极致，她才会如此，但到底曾经也有过那么一瞬间的怨怼。

然而今天——

当他看着她被人这样欺负，他忽然觉得她太过温和。

他希望她能永远张牙舞爪、凶猛无畏，好让谁也不能伤她，谁也不能令她难过。

包括他在内。

第五章
这一切全都与她无关了

1

同预想中一样，从盛的斥责电话当晚就打来了。

要斩断和从家的联系，不是一两句话的事，需要一个循序渐进的过程。大晚上的，从悦懒得和他浪费口舌，把手机反盖在桌面上，扎起头发进卫生间洗漱。

从盛骂骂咧咧口都干了，却对从悦毫无影响。本该挨骂的人不在手机边，他骂了半天无人应答，“喂”了两分钟，恨恨挂断电话，又再打来。

他打，从悦便接，接通了盖着往桌上一放，该做什么做什么，碍不着半点事。

如此反复几次，从盛知道白费力气，终于安生。

第二天，卓书颜听说后不免担心：“你跟你爸闹得这么僵，会不会不好？”

从悦无所谓道：“没什么不好。大三的学费他已经给了，大四给不给无所谓，这一年我做家教，有足够的时间攒钱。”

换成十几岁的她，不管再难受都只能忍耐；现在不同了，她已经成年，开始有挣钱的能力，再不济也不会饿死自己。

至于学费，那是从盛离婚时给的承诺，本就是他的责任。该拿的，从悦并不心虚。

“那你的户口、证件什么的……”卓书颜担忧起别的。

从悦笑了笑，早有准备：“我父母离婚的时候，我的户口就单独迁出来了，我自己一个人一本户口本。来上大学时，所有证件我从一开始就随身带着。”

卓书颜愣了愣，“哇”的一声，抱着她的胳膊赞叹：“想得还挺周全！”

从悦笑了笑。

“哎，不对。那你过年还回去吗？”

“再看吧，反正早晚都是要离开家过的。”从悦并不难过，亲情的羁绊有时并不一定是正面的，能摆脱反而是好事。

“也是。不然这样，我家人少，到时候你可以……”

卓书颜一听，思绪越飘越远，开始计划起从悦的春节安排。

从悦任她抱着胳膊，嘴角弧度带着发自内心的轻松。

平安夜来临，从悦照旧跟卓书颜、周嘉起一起过，只是今年稍稍不同，他们二人之间那层窗户纸越来越薄，加之卓书颜已经表白过一次，气氛大有不同，更何况还多了一个江也。

晚上，从悦和卓书颜一起动身，按约定到市中心时茂广场前和周嘉起两人碰头。

一见江也，从悦便愣了愣，手指向他身上那件印着白色符文的黑外套：“你这件衣服……”她犹豫道，“你也看那部动漫？”

课余闲暇，从悦时常会画一些电影角色和动漫人物，看得多了，自然有比较偏好的。

江也身上穿的这件外套，似乎是她这半年追的那部动漫男主角的服装。不过她不敢确定，即使再像也存着疑，只因江也平常是不看动漫的那类人。

从悦还道出动漫的全名，江也扯着她的胳膊将她往身边拉了一把：“小心。”

推着运货推车的大叔和她擦肩而过，她差点撞上人家。

“看路。”江也视线朝前，手插在兜里，看着远处说道，“今天人会很多，那边等会儿有喷泉，十二点还有烟花，逛一圈再过去。”

他好像没听到她的问题，并没有答复她，不过想想也不是什么重要的事情，从悦便没再问。

“知道了。”

四个人逛了半个小时，卓书颜极度兴奋，看见什么都要拉着从悦去买，结果吃不完，全到了周嘉起手上，到后来周嘉起拿都拿不下。

人流摩肩接踵，来往都是人。走着走着，卓书颜拉着周嘉起去买鸡蛋仔冰激凌，四个人两两分开，互相找不到了。

从悦给周嘉起打电话，打了三个对方才接起。

那边嘈杂，周嘉起说：“她在这儿排队买娃娃，看到个喜欢的非要买，牛都拉不回来……”他一副无奈的语气，“你们在哪儿？要不过来一起等，或者先找个地方坐下，排完队我们就来。”

从悦听得发笑：“那你们排吧，我们慢慢往前走，到广场上会合。”

周嘉起说好，她便挂了电话。

江也问了一句，听她阐明前后，自是毫无异议地同她一起前行。

一路上，各式招牌亮着五颜六色的光，堆出了一条灯火辉煌的街。这条道上的写字楼，玻璃窗格有大半都还亮着，冷静地穿插在热闹的商场之中。

呼吸化成白雾，弥散在店员招揽生意的呼喊里。

江也忽然停下，从悦只得跟着站住：“怎么了？”

他默不作声地从口袋里拿出一样东西，是一个半脸面具，晚宴风格，黑底色，白花纹描边。

从悦看着他戴上，微怔：“你……”

江也调整面具位置，又戴上外套后的连衣帽，整张脸只有鼻尖以下的部位露在外。

这副模样，再眼熟不过。

从悦这半年来，最喜欢的那部动漫中的男主角——夜隼一，就是这个造型。

那是部风格明显的动漫，整个故事洋溢着热血和中二，在中学生里很有市场。

江也似是对这副打扮颇有些不好意思，手抵唇轻咳，低声道:“走吧。”

从悦挡住他，看了半晌：“你怎么……你也喜欢那部动漫？”

她有点想笑，又有点无言。再喜欢，也不必把自己打扮成这样。

江也瞥了她一眼，道：“我没看过。”

“啊？”

“前段时间查了一下。”

从悦微愣：“你没看过，那你穿成这样干什么？”

“不是你说想和夜隼一过平安夜的吗？”江也低眸睇她。

“我什么……”从悦刚想反驳，蓦地顿住，“你看我校内主页了？”

前阵子，社交账号上的同学都在聊即将到来的平安夜，她当时赶作业,发了一条动态,舍友在评论里问她:“平安夜和圣诞节打算怎么过啊？”

她开玩笑地回了一句：“我倒是想和男神一起过！”

舍友知道她说的是谁，然而真人和动漫人物之间隔的鸿沟岂止是一道屏幕，当即取笑：“你家夜隼一大神啊？那只能提前给你点蜡了。”

她当时只是一句戏言，没想到……

竟然有人当真了。

从悦看着面前装扮好的江也，忽然不知道该说什么。

“你把面具摘了吧,不闷啊。”她叹气,“我随便说说的,没必要当真。”

江也不接话。一个星期前，他看到她在动态里和舍友的对话后，就去找林禧问哪里能买到这种动漫人物的服装和饰品。

他定定看了她几秒，而后直接提步：“走吧。”

从悦看着他的背影，在原地站了好一会儿。

一路往前走，他们两人穿梭在人群中，江也始终没把面具拿下来。夜隼一这个角色，孤僻、古怪、高智商，傲气十足，虽然附带超能力色彩，但江也这样打扮，竟莫名有些相像。

从悦因他这个举动，有些不适，江也却很自然。慢慢地，从悦便也放松了。

途经银饰店门口，正好碰上别人求婚。男方做足了准备，平安夜礼物、圣诞节礼物以及求婚礼物，三份都备好，周边围了一圈人凑热闹。

从悦看了半分钟，感慨：“那礼物好大啊。”

每一份都足有半人高。

“嗯。”江也附和，“大的好。”

从悦却道：“未必大才好啊，小一点其实也挺好。我的话就喜欢小一点的，小而精致嘛。不过，那位先生真的很用心了，不容易。”

江也的重点只在前两句：“你喜欢小的？”

“对啊。”她说，“小草莓、小香蕉、小苹果，多可爱。”

说话间经过一家店门前，路旁摆着店家放的几棵圣诞树，大概是先前喷了彩带，洒了满地，树上也挂着不少。

江也一瞥，拈起一枚金黄色的小闪片，是个爱心形状。

“给。”他放到从悦手里，“来得匆忙没有准备，这点小喜欢送你。”

她刚说完喜欢小的，他就来凑趣。从悦失笑，托着掌心那枚小亮片道：“还真小啊，就这么一点点。”

江也睨她一眼，抿了抿唇：“其实有很多。”

他这一句答得没头没脑，至于说的是树上亮片有很多，还是喜欢有很多，谁都不知道。

从悦顿了一下，没再继续这个话题。

说好在广场会合，到最后从悦也没见到周嘉起两人。他们不知跑去了哪里，也不知去干什么了，电话打了也没人接。

从悦原本想倒回去找他们，被江也一句“你要去当电灯泡吗”给堵了回来。

从悦和江也只好找了个地方吃东西，其间收到周嘉起的短信，说他们还在别的地方逛，等会儿就过来。

她摇摇头，不再管他们。

待到快放烟花的时候，广场上站满了人，翘首以待。

巨大的电子屏幕开始倒计时，江也终于摘下面具。

先前从悦劝了他一路，他都不作声，这会儿突然的举动，倒让从悦生出不解。

“今天平安夜，虽然扮得不太像……但也有点像，就当是夜隼一陪你过的。”

江也顿了顿，“但是我也想和你一起过，最后三分钟就归我吧。”

数字在屏幕上变换，广场上的灯也变成了彩色，几秒一间隔地变。

江也说：“平安夜快乐，从悦。”

……

烟花放了五分钟，欣赏完美景，人群渐渐向四周散开。路边的交警忙着指挥，防止发生意外事件。

周围的人一边在讨论着夜宵吃什么，一边往小吃街走去。瞥见一对中学生互赠平安果，从悦忽地想起背包里还装着东西。

“对了，我差点忘了。”她翻出准备好的平安果，塞到江也手中，“给你。”

原本是给卓书颜准备的，周嘉起不爱吃苹果，他的那份向来不用，其实从悦也不在意这些东西，架不住卓书颜最喜欢这些，别说圣诞节、平安夜，就连二十四节气，她都记得牢牢的。

比正常苹果小一半的嘎啦果立在江也手上，他垂眸看了几秒，果真如她所说，她是真的喜欢“小”的东西。

“你买了吗？”从悦问。

江也抿了抿唇，右手插在外套兜里，动了动，最后道：“没有。”

周嘉起也从来不准备什么平安果，想来很多男生都不兴这一套，从悦没放在心上，“哦”了声招呼他往路口走。

回到宿舍，从悦脱下外套，进卫生间洗脸。另两位舍友提前打过招呼，今晚不回来睡，只有她一个人在。

冲掉洗面奶的泡泡，从悦从卫生间出来，走到床边换睡衣。

放在桌上的手机振了振。

她拿起一看，林禧给她发来短信：“晚上玩得还开心吗？那个苹果很甜哦，江也特地挑了很久。”

从悦莫名其妙，回道："什么苹果？他没买苹果啊。"

那边很快回过来："怎么会？我陪他去挑的，挑了一袋子，他就准我吃了一个。我今天看着他拿了一个揣进口袋出门，不是给你的给谁？那苹果又红又大！"

从悦发愣，视线停在最后那几个字上。好半晌，灵光闪过，她似是想到什么。

没再回复林禧，她给江也发消息："苹果好吃吗？"

半分钟后，江也发来两个字："什么？"

她说："林禧跟我说了，你买了苹果。"

看江也半天没动静，从悦很无奈，心里有种说不出的感觉，随即加了句："其实大小无所谓，大的也很甜。"

在对话框里摁下"你不用这样"，指间停顿，又一个字一个字删去，她叹了口气。

她说的话很重要吗？他何必这样，一字一句奉为圭臬。

很快，江也的消息出现在对话界面："那我现在送过来。"

从悦忙道："不用了。"

她的重点不是苹果，而是……

刹那间，她自己也说不清楚。

说了几句结束对话，从悦放下手机，换上睡衣再度走进卫生间。洗漱完，她钻进被窝正准备睡时，压在枕下的手机又振了振。

不是别人，还是江也。

他发来两条信息：

"我试过了。"

"嗯，你说得对。"

大的苹果真的也很甜。她说的每一句话，他都想听。

2

圣诞节后，周嘉起那一帮人变得格外忙碌。江也跟着他老师每天往郊区跑，似乎是和一家电子科技公司有合作，每天忙得脚不沾地，有时甚至直接在实验室过夜。

而周嘉起和林禧组队预备参加大学生计算机科技竞赛，和他们同一个宿舍的老A在课业之余，还是校辩论队的替补成员，队中一位正式成员因故将暂离一段时间，他顶替位置，跟着队里参赛，在盛城周边几个城市奔波。

从悦和他们很久未见，她同样不清闲，老师接下了一个剧团的舞台背景设计，数十块巨大的壁板，他们全班一起加班加点，也需要将近二十天的时间才能画完。

既能锻炼能力，又能挣外快，不管美院里这些学生经济是否宽裕，都愿意参与，从悦自然不例外。

于是，全班人每天都埋头苦画。

从悦经常会去卓书颜的公寓，不留宿，只是借用厨房。她喜欢喝汤，尤其冬天，更是无汤不欢。

卓书颜租下公寓之时就给了从悦一把钥匙，即使她不在，从悦也能进出自如。

剧团的壁板绘画工作进展到收尾阶段，周四傍晚，从悦在卓书颜公寓炖完汤，用保温盒盛着带到学校。

从地铁人群中挤出来，从悦舒了口气。她拿出手机边看边往校门走，屏幕刚摁亮，就见正中提示有两个未接来电。

来电人显示：伍秋。

从悦以为他有画画方面的问题要问，便往屋檐下走去，回拨了过去。

她解释：“我刚刚在地铁上没听见手机响，怎么了？”

那边却没答，几秒后传来低沉的声音：“从老师，你在学校吗？”

从悦犹疑道：“我刚到学校门口，怎么了？”

“我在你们学校里。”伍秋说。

“你怎么来了？”

“我逛到这边，就想来找你，你电话打不通……”

伍秋的情绪听起来很颓丧，从悦隐隐觉得不对，直切重点：“你在哪儿？我现在过来找你。”

他报出地址，在盛大清湖旁的小亭子里。

从悦到的时候，伍秋靠着栏杆盯着泛绿的湖面发呆。

“从老师。”看到她，伍秋叫了一声，情绪仍然低迷。没等她应，下一秒，他就扯出一个比哭还难看的笑脸，“我爸妈又打起来了，我的碗都被他们砸了。”

前阵子，从悦的家教时间有所变动，就是因为伍秋的父母闹离婚，最后没有离成，两个人又把日子过了下来，但每当磕绊一起，闹得反而比之前还凶。

伍秋本就比同龄男生敏感，这段时间状态一直不大好，又碍于这个年纪男生特有的强烈自尊，有些话即使对身边的朋友也说不出口。

从悦对他一向细致又耐心，他从家里跑出来，第一时间就想到了她。

安静听伍秋倾诉了半个小时，从悦没说话，给他足够的空间发泄内心积压的情绪。

直至他说：“我真的一点都不想回家。”他眉间浮现这个年纪不该有的挣扎与痛苦，甚至隐隐夹带恨意，从悦终于开口。

“不会的，不会像你想的那么难，相信我。我也曾经觉得痛苦，像你一样，甚至比你还早体会这种感觉。我当时也觉得天快塌下来了，但现在照样好好的。你记得，大人的事情不要去管，难过了就哭一场，要好好吃好好睡，好好学习。”

她说：“碎了的碗可以再买新的，路只能你自己走。”

从悦把保温盒塞给他：“没吃饭吧？晚上是不是还要上课？喝吧，喝完就暖和了，回学校认真听课，别怕。”

伍秋眼眶微红，没说话，接过保温盒。

四周吹起刺骨的湖上风，手里的汤却又暖又香。

送伍秋上了地铁后，从悦返回学校，心下感慨。爸妈离婚的时候她还很小，虽然不懂事，但张宜进门后，她或多或少明白了点什么，也度过了很多个偷偷躲着哭的夜晚。

看着伍秋就想到了曾经的自己，但不同的是，那些回忆在脑海里过了一遍，她竟然毫无感觉，半点都不难过。

正想着，卓书颜打电话来叫她一块去吃饭。许久没见周嘉起那帮人出来活动，难得他们今天有时间，从悦到地方一看，他们坐了满满一桌。

等菜上桌时，卓书颜和从悦闲聊，说起刚才的事，从悦只道伍秋路过，她把汤给了他，并没提别的。

卓书颜一听，抱怨道：“你炖的汤那么好喝，我还以为你带了过来我能喝上呢，就这么没了！”

从悦还没说话，周嘉起探头：“汤？你炖汤了？怎么没给我，我的那份呢？”

一个不够又来一个，从悦一张嘴说不过他们，只好答应明天再炖，他俩才算勉强满意。

另一旁的江也悄然听着，他虽然坐在从悦身边，但隔了半张座的距离，他们三人说话自成一圈，他插不上嘴。

去柜台点酒水的林禧回来，和江也说起隔天上课的事，他稍稍敛神。

菜很快上桌，林禧将特意给江也点的西湖牛肉羹转到他面前：“尝尝，你不是最喜欢喝这个，特意给你点的。”

江也“嗯”了声，舀了小半碗，尝了两口就放下勺子。

见状，林禧疑惑：“怎么？”

江也道：“不好喝。”

林禧盛了半碗，尝了尝：“不会啊，味道很正常。”

江也皱了皱眉，总觉得今天的牛肉羹，喝起来黏糊糊的，味道一点都不好。

周五的课上完，下午剩余的时间，从悦和班上的同学仍然与颜料为伍，他们负责的那块壁板只差最后一部分的着色未完，但天色不早了，便暂时先散了。

食堂里没什么能吃的东西了，从悦出了校门，步行到夜街尽头打包晚饭。

这一片每家店门前都另外摆放着桌子，顶上用塑料棚罩着。店里客人太多，从悦在棚里拣了个两人座的位置坐下。

一行高大男生说着话走进来，没进店门，在棚内侧坐下，拼了三张桌，七八个人围着坐下。

“老板，点菜！”

那桌动静不小，男生们粗嘎的嗓音你一句我一句，好不热闹。

从悦低头看着手机，隐约觉得有道视线黏在身上，没等她回头，那桌男生里有人走了过来。

“美女，一个人？”

抬头一看，入目是张带笑的脸，她蹙眉，蓦地一顿。

男生手里拎着一瓶矿泉水，重重地放在她面前：“渴不渴，喝水吗？”

从悦的脸色沉了几分，这个人是盛附大篮球队的。之前那一次和盛大篮球队打比赛，他故意害周嘉起崴了脚，惹得江也发脾气，起了冲突。

“别不说话呀。”男生嬉皮笑脸，视线吊儿郎当地在她脸上来回扫视，“长得这么漂亮，笑一笑呗？我看你一个人坐着也无聊，不如跟我们一块吃啊？”

从悦不语，根本不理他。

“哎。”男生道，“你们学校论坛上传的那个表演视频我看了，你跳舞跳得真不错，交个朋友怎么样？”

不管是说话的语气，还是脸上的表情，这人分明就是故意来找麻烦的。耳旁仿佛有苍蝇在嗡鸣，从悦不耐烦地翻了个白眼，正要开口赶人，老板拎着两个打包好的菜和一份饭过来：“美女，你点的菜好了！”

她接过塑料袋，乜斜了那个男生一眼：“我跟你很熟？神经病！”

洗漱完，从悦换上睡衣正准备爬上床铺，林禧突然打来电话。

时至晚上九点半，她跟林禧的关系绝没有亲近到可以夜半谈心的程度，怕是有事才会找她。

她接通一听，果不其然。

江也和盛附大的篮球队那些人打架进医院了。

“为什么打架？”从悦隐约有猜测。她傍晚刚和那帮人碰上，林禧现在又特地打电话来，想必和她有关。

林禧尴尬地咳了声，说：“江也下午跟他老师在郊区电子科技公司那边，晚上八点多才回来，在夜街街口便利店那儿跟盛附大那些人碰上了。他们……”顿了一下，他道，“那些人看到江也，故意聊起了你。”

江也在追从悦，稍稍一打听，盛大很多人都知道。

那个篮球队的人一直记着上回的仇，这次碰上，故意说难听的话借此羞辱江也。

那帮人调笑说：“盛大那个从悦，胸大腰细，看着就眼馋，跳的那支舞看了晚上会做春梦。”

其中和江也有过节的那个人笑得最欢，说了句：“她是挺骚的。”

江也一句话都没说，当场扔下单肩包，一拳打在他脸上。

临时病床边只有从悦一个人，刚才她一坐下，林禧就拉着周嘉起说要去买烟，明眼人都看得出来他是想让他们两个人单独说会儿话。

周嘉起犹豫一瞬，最后还是跟他走了。

帘帐半遮，这一区两排病床，一半都是空的。

从悦抿了抿唇，视线扫过他嘴角边的瘀痕：“痛不痛？”

江也说：“还好。”

“医生怎么讲？”

“没什么大问题。”他道，“吊完水就能走。”

从悦瞥了一眼药水，流得极慢，半天才滴一滴，那五瓶估计要打到天亮。

从悦见他一脸无所谓，一时不知该说什么。

江也懒散地靠在床头：“你坐这儿看我看得这么仔细，是怕我出什么毛病？”他扯了扯嘴角，“真要是担心，不如给我煮点东西吃。”

本以为从悦会说不，谁知她没拒绝，还问道：“想吃什么？”

江也看着她，过了两秒道：“想喝汤，玉米排骨汤，排骨有营养。”

她说：“好。”

“玉米要很甜的。”

“好。”

“排骨要带一点点肥肉。”

“好。”

“要放生姜去腥。”

“好。”

他一连提了很多要求，从悦都应下了。

江也说着说着忽然停住不说了。

从悦问："就这些？还有什么要说的没？"

他侧了下头："你还真打算做啊？"

"不然呢？"

江也说："我只是开玩笑的。"

不等她说话，他问："你是不是很内疚？"

安静的病房里，他轻笑一声："内疚什么。又不是你打的我，是我自己跟人打架。事情是我自己干的，后果怎样都是我活该。"

从悦再一次语塞。

"况且，我追你，也是我自己的决定。你可以偶尔反感，可以觉得不高兴，甚至讨厌我，这些都是你的权利。但千万别内疚。"他说。

从悦微微发怔。

她从前认识的江也，是个根本懒得去考虑别人感受的人。他活在自己的世界，随心所欲，高兴了写在脸上，不高兴了也写在脸上。

他高傲又自我。

可今天的江也，她第一次见。

"我知道我做得不好，就像周嘉起说的，我厚脸皮，给你添麻烦了。"江也垂了垂眼。

可是，就是不想放弃。

说实话，现在能和她这样相处，其实他已经很高兴。

他以前玩过一款游戏，在抽取奖励的时候，会有三种结果——获奖、遗憾和再来。

他不是贪心的人，不管抽到获奖还是再来，只要不是完全否定的那个"遗憾"，他就觉得是好的结果。

哪怕"再来"不一定会中奖，只要还有一丝可能，也足够了。

和从悦那段走偏的感情，对他而言亦是如此。

有一点希望，有一点点，就很好。

他不贪心，这是他需要努力的事情，他不希望她产生别的不该有的情绪，比如内疚。

从悦沉默半晌，而后低声道：“知道了。你好好躺着吧。”她压了压床边的被角，起身朝帘帐外走。

“你去哪儿？”

“去给卓书颜打电话，让她别把冰箱里的排骨炖了。等会儿我让周嘉起送我过去，煮完让他带过来给你。”她的语气中，并没有一丝不情愿。

江也看着她的背影默了默。

“……那我要汤里多放一点玉米。”

走出帘帐的刹那，他的话音从背后追来。

“知道了。”从悦无奈加了一句，身影消失在帘帐外。

帘帐晃了晃，四周安静下来。

江也靠坐在床头，静静看着从悦离开的方向，许久没有动。

补营养的汤还没有喝到，受伤的地方却好像不疼了。

这世上是没有仙丹的吧？

可如果有，江也想，他大概已经知道仙丹长什么样了。

这个人仿佛可以包治百病，他的一切，她都能治得服服帖帖。

3

将排骨洗净，用热水焯一遍去血水，和切好的玉米块一起下锅，再加两片生姜除腥，小火慢炖，待肉炖烂入味即可出锅。

所有步骤皆是从悦亲自动手，为防汤水溢出或锅底焦煳，她几乎寸步不离地在厨房守着。

目睹全程的卓书颜，颇为泛酸地道：“你给我煮汤都没这么上心。”

汤煮好，从悦盛了满满一保温盒，交给等候多时的周嘉起。

周嘉起接过，也没忍住，调侃道：“你就不怕我在半道上喝光？”

看看卓书颜再看看他，果真不是一家人不进一家门，从悦笑道：“走吧你，再晚拦不到车了。”

嘴上那么说，周嘉起还是任劳任怨当了一回跑腿的。他把汤送到医院，稍微坐了坐，因隔天还有事要忙，先回了他自己的公寓。

林禧倒是闲着没事，多待了会儿。

那保温盒一打开盖，香气四溢，连消毒水的味道都冲散不少。

江也盛了一碗，坐在床头慢悠悠地品尝。

林禧看着眼馋："好喝吗？我也尝尝？"然而手还没摸到保温盒的边，江也扯着提手，将保温盒拖到桌内侧。

"不是吧你？"林禧一愣，无奈道，"我尝尝都不行？"

江也从口袋里摸出一张面值五十元的纸币，往桌上轻轻一摁："自己去买。"

"……大哥，我有钱。"林禧无语，"我就想尝尝从悦的手艺。"

周嘉起夸得那么玄，他难免好奇。

"不给。"江也拒绝得毫不犹豫，"医院大门出去右转，想吃什么都有。"

"一口也不行？"

"不行。"

"……"

"这是我的。"江也淡淡睨他，强调两个字，"我的。"

林禧暗暗在心里叹气，不再做无谓的挣扎。他算是明白了，不管什么事，只要扯上从悦，这人就成了个彻头彻尾的霸道狂。

江也打完针就回了宿舍，隔天一帮朋友都来看他，说起盛附大那群人个个心气难平，凑在一起骂了半个多小时。

不过好在江也没吃太大的亏，他一个人对他们几个，竟然还打了个平手。

来探望的朋友走后，周嘉起回来，江也见他空手进门并未拎着保温盒，收了偷瞄的视线，心里隐约有一丝难以察觉的失落。

再低头一看手机屏幕上的对话——

他问从悦："快放寒假了，到时候一起回去？"

她的回复是："不了，我要晚几天，你和朋友回吧。"

心情更沮丧了。

周嘉起往自己的位置上一坐，二话不说开电脑忙正事。林禧立刻凑过去，他们一起组队参加比赛，很多东西需要共同讨论，共同研究。

两人正谈着，周嘉起接到电话。

“东区图书馆？有啊，我有借阅卡。”周嘉起暂停电脑画面，专注讲电话，“借书？哪本……《现代艺术与美术发展史》？好，我知道了……”

那边似乎在交代什么，他“嗯”了半天，连连应声。挂电话时，林禧问了句：“从悦？”

见周嘉起点头，林禧露出了然表情，能让周嘉起这么好声好气的人，一是卓书颜，二就是从悦。但二者稍有不同，林禧早先观察过，得出结论：和卓书颜说话时，周嘉起的语气会更亲昵些，原因大家都懂。

“从悦要借书？”林禧的八卦细胞活跃起来，神经紧绷了半天，正好说点闲话消遣消遣，“她怎么不自己去？”

周嘉起解释：“她没有东区图书馆的卡，而且最近他们班的人都很忙。”

“这样……”林禧点点头，表示懂了。

“你下午不是要和林禧忙比赛的事？”江也忽然插话，“我有东区图书馆的卡，正好要从那边过，我帮你带回来好了。”

周嘉起和林禧闻声，齐齐回头。

前者还好，林禧眉间却不由得闪过一丝狐疑，江也最近忙得很，下午要去那家电子科技公司见研发部的人。如果没记错的话，那家公司离东区并不近。

说完，江也似是赶时间，起身穿外套，拎上单肩包就准备走，完全没给周嘉起拒绝的机会。

周嘉起怔怔地看着他的背影，只好道：“是《现代艺术与美术发展史》，别借错了——”

江也没回头，扔来一句：“知道。”

离学校最近的商场虽然不大，但也有四层高，所售物品一应俱全。下午的课结束后，从悦去买加绒内衣，顺道在商场里吃晚饭。

时间还早，从悦决定步行回去，正好消食。她沿着街道慢行，经过道旁商店，看到感兴趣的便停下进去看看。

正逛着饰品店，江也突然发信息给她：“你要的书我帮你借到了。”

她微愣："什么？"

他道："周嘉起没跟你说？他和林禧有事要忙，我正好要经过东区图书馆，你要的书我帮你借了。"

周嘉起确实没跟她说，给他打完那通电话之后，她就一心忙着壁板画的事。

不过左右都是借，谁借都一样。

她正要回复，江也问："你在哪儿？"

"森敏路。"

从悦刚回了三个字，结账的队伍轮到她，收银台的柜员催道："小姐，到你了。"她忙把买的皮筋和发带放下。

结完账走出饰品店，对话中多了一句："森敏路左边还是右边？"

没等她打字，江也发来两句：

"我猜一下。"

"猜对了，春节一起回家好不好？"

她的指尖在屏幕上晃了晃，就见他道："我猜左边。"

从悦微停三秒，说："错了，我在右边。"

那边没了动静。手机屏幕突然亮起，他打来电话："在哪儿？我过来找你。"

从悦回头看了看饰品店的招牌及左右商铺，报出位置。他没多说，"嗯"了声挂断。两分钟后，江也一手插兜，一手握着手机，迈着长腿出现在她面前。

待从悦走近，他把书递到她手里。她翻开一看扉页上印着编号，确实是图书馆里借的无疑。道了句谢谢，她把书装进包里，两人一同往前走。

"你买几号的票？"江也又提起寒假回家的话题，"我和你一起。"

从悦扭头："……你刚刚猜错了不是？"

"可我现在站在这里。"江也垂眸定定地看着她，"错了就改，不算输。"

她在右边，他选了左边，那他就走到右边。

她要六，他掷出一，那他就翻翻骰子的面把点数变成六。

她选春天，他错选夏天，他可以熬过四季，再去春天等她。

只要能向她靠近，错的都可以变成对的。

从悦觉得这人真是歪理一大堆，然而不是她不想回答，关于寒假，她是真的还没计划好。

“现在还不知道，我这几天处理完事才好决定买哪一天的票。”

如此，江也没再追问。

走着走着，他们说起别的话题。

从悦没忘他的伤，问道：“好点了吗？还疼不？”

江也动了动唇，话到嘴边一转：“有点。”

“我看你嘴边的伤淡了很多……”她打量他的脸。

“别的地方还没好。”

“真的？那得记得搽药。”

“有搽。”他顿了顿，“要是能再喝点排骨汤就好了。”

被他眼角余光瞄着，从悦即使想忽略他的暗示也无法，想想明天下午有时间，便道：“明天我去卓书颜公寓，要是煮了汤带一份给你。”

江也唇边勾起笑，很短的一刹。

他道：“不一定要排骨汤，鱿鱼汤也行。”

从悦应声：“知道了，我看着煮。”

这件事情多少和她有关，她叹了口气，说：“伤没好篮球什么的就别打了，早点养好。”

江也瞥了她一眼，应得不是太认真：“嗯。”

如果可以，他却希望好慢一点。

回到宿舍，从悦随手翻了翻书，发现书中夹着一张蓝白色的书签。书签背面的空白处，写着几行字——

“49页，第三行，7。”

“51页，第九行，13。”

“51页，第十一行，6。”

“63页，第七行，8，9。”

她愣了愣，试探着翻到书签上写的页码，照着行数和末尾的数字找去，拼出了一句话——

“从悦真漂亮。”

从悦眼角抽了抽：“……”

书签是新的，明显是江也买了夹进去的，上面的字想必也是他写的。

从悦拿起手机发信息吐槽他：“那书签……你最近是不是看了什么奇怪的东西？”

他回得很快：“怎么？”

接着，又发了一句：“书上说，要适时准备小惊喜，不对吗？”

哪里对了？

从悦捏着书签看了又看，笑也不是不笑也不是。夹书签这举动太细腻了，细腻得让她有点起鸡皮疙瘩。

她忽地想起一件事。

高中的时候，因为周嘉起的性格比较记仇，卓书颜有一回就说他：“知道网上那个日本名字吗？你就特别适合，你改叫‘小心眼子’好了！”

后来，每回两人闹别扭，卓书颜都会偷偷在背后吐槽：“那个小心眼子又开始了。”

现下，从悦也特别想给江也起个日本名字——

非主流子。

叹着气摇头，她将书放到一旁。

心里吐槽着，她却又看了手里的书签十多秒。最后，她把书签放进书桌上蓝色的布质收纳袋里，和她的手链、戒指放在一起。

那里面都是常戴的东西，和别处不同，打扫卫生的时候一般不碰。

——不容易丢。

4

放假前的最后一段日子，周嘉起和林禧带着精心设计的作品参加大学生计算机科技竞赛，在双人组里成功拿下冠军；他们的舍友老A随校辩论队四处征战，虽然在大学联赛止步四强，但比起前一年已有进步；另一边江也仍旧跟着导师进行研究，忙得团团转。

周嘉起和林禧用奖金请朋友们一起吃饭，谈起放假回家的话题，人人都道买好了票。

离校那一天，有车有驾照的周嘉起自驾回去，卓书颜自然和他一起。从悦因为事情还没忙完，不和他们一起走，买的是四天以后的票。

江也不喜欢坐车，没跟周嘉起一道，搭飞机回的家。因为没能和从悦一块，他为此郁闷了半天。

认真将大作业完成，一应事务在几天内顺利处理完毕，从悦拉着她新购置的小行李箱，终于踏上了回家的路。

四个小时的车程，待她走出高铁站，卓书颜已经等候多时。

“悦悦——”

卓书颜飞奔上来挽着从悦的手臂，笑得见牙不见眼。她们说话，周嘉起主动接过从悦的行李，默默拉着行李箱拉杆随行。

不过几天不见，卓书颜却像是和她分离许久，往常都坐副驾，这回却钻进后座陪从悦亲亲热热说话。周嘉起被摒弃在女生话题之外，无奈地扮演司机。

“家里的房间已经收拾好了，我爸妈早上就开始催我，一直问你什么时候到家，生怕我错过点没接到你！”卓书颜滔滔不绝，“我妈去买了好多猪筒骨，说晚上炖汤给我们喝，我跟你说我妈炖的汤也非常好喝，不比你炖的差，真的……”

在回来之前，从悦就和卓书颜通过气。这次回来有些事情避免不了，她和从家的关系必须要梳理，可能会回不了家。

这正中卓书颜的下怀，她巴不得从悦去她家陪她，整个春节两人做伴，再好不过。

周嘉起在前边听着，插话：“从悦，你真的没问题吗？会不会有什么麻烦？”

从悦早就做好了这个年会过得不安生的准备，笑说：“我爸估计在等我自投罗网呢，反正相看两相厌，我看他不高兴，他看我也不高兴，不如早了断早好。再麻烦也得解决。”

卓书颜皱眉：“你把行李先放我家，晚点再回去是吧？你要回去拿什么东西啊，又不让我和周嘉起陪你进家门，万一你和你后妈他们起冲突吃亏怎么办？”

从悦道："我又不是回去打架的。"

至于要拿什么东西，其实她根本没有什么好拿的，毕竟她连自己的房间都没了不是吗？

只是有些事情，该说明白的，总归还是要说明白。

从悦顿了顿，道："今年过年要给你和叔叔阿姨添麻烦了，对不起。"

"说什么见外话！"卓书颜不高兴，"你把我家当自己家就好了，我家人本来就少，每年吃年夜饭就我和我爸妈三个人，你来了热闹才好！"

三人说说笑笑，到了卓家，周嘉起帮忙把行李拎进去，从悦和两位长辈寒暄说了会儿话，下午很快就过半。

到了该回从家的时候，周嘉起开车送从悦到从家附近的路口，卓书颜和他在车上等着，目送她一个人进去。

看着看着，卓书颜没忍住，眉间溢出一丝难过："回个家活生生弄得像赴刑场，谁家像这样！"

一踏进家门，从盛的斥责就劈头盖脸落下："你还知道回来！"

从悦不慌不忙，笑道："嗯，我回来拿东西。"

端着水果从厨房走出来的张宜一见她，愣了一刹，很快扬起笑招呼："悦悦回来了？快来吃水果！你妹妹今天还在念叨你呢，我去叫她。娇娇——"

一嗓子把窝在屋里玩手机的从娇喊了出来。

"干吗？"

粉色兔耳棉拖出现在客厅入口，从娇看见她脚步一顿，脸色顿时变了，眼里飞快闪过一丝瑟缩。下一秒，她想起这是在家，底气足了，眼刀子朝从悦一剜，愤愤扭开头。

从老太捧着一杯枸杞水慢悠悠踱步而来，冷哼："叫我娇娇干什么，没得受气！谁不知道那些黑了心肝的白眼儿狼，满肚子里都是坏水。"

自从盛和从悦的母亲离婚后，从老太就十分厌恶从悦，不为别的，她始终觉得女人家离婚再嫁是不安分的表现，何况从悦的生母二婚嫁的家庭比她儿子还好。

从悦不为所动地笑着，对从盛道："我先进去拿东西。"

“你回家就是这样一副态度？进门不叫人，对你妹妹也没有半点歉意，你阿姨给你端茶倒水，你连句谢谢也没有！”从盛猛地一拍桌，吼道，“你回来干什么？！这么了不起你有本事别踏进这个家门！”

“我也不想踏进来，拿完东西我就走。”

“拿什么拿！”从老太接话，“这个家有什么是你的？”

从悦静静看向从盛，轻声问：“爸，你也是这么想的？”

从盛还在气头上，沉着脸不回答。

“我知道了。”她笑了，“那我不拿了，反正我也没什么东西在家里，那几件旧衣服，还有以前高中用的书之类的，你们看着处理吧。”

“今天是我最后一次回这个家。”她说，“以后我不会再踏进这里半步。”

从盛愣了愣，怒极：“你到底知不知道怎么跟大人说话！翅膀硬了以为自己很有本事了是不是？”

从悦情绪很平静：“我没本事啊，有本事也不至于像这样，你说是不是？你气也好，骂也好，我回来这趟，要说的就是这些。”

“好！好得很！你翅膀硬了，学人家跟你老子断绝父女关系？！”

“对。”从悦坦然应了，没有一丝犹豫，“以后我过得好或不好，都与你们无关，我不会要你一分一厘，不会再踏进这个家门，不会再吃你们一口饭。你的事，从家的事，再也与我无关。”

整个客厅都安静了，张宜和从老太沉浸在惊诧中，满脸愕然。

从悦直视从盛那双被她气到发红的眼睛，说：“你就当没生过我这个女儿，我也不会再承认你是我爸爸。谢谢你给我饭吃让我长大，没让我饿死……”

从盛抓起茶几上的烟灰缸朝她砸去，狠狠砸在她手臂上，而后落到地上猛然碎裂。

他把沙发上、茶几上能扔的东西全扔到她身上。

“你长本事了！好啊！你想和从家撇清关系，和我撇清关系，这些年吃我的喝我的，还有从家的血肉从家的姓，你倒是还！还干净了，我就让你走出这个门——”

“以后你死了，我不会给你端骨灰送葬，你就当从家没有我这么一个人。我祝你们全家幸福，和和美美。”从悦站着任他砸，眉头都没有皱一下，冷静又淡漠。

“悦悦！”张宜回过神来，状似劝解实则火上浇油，“你怎么能说这种话，太没大没小了，还不快跟你爸道歉！你即使和你妹妹有误会，心里对这个家有气，也不能这样和你爸爸说话，他……”

“张宜，你闭嘴。”从悦看都没看她，直呼姓名，让张宜一愣。从悦压根不想理她，对从盛道，“从今天起，我姓从，是我从悦的从，和你再无瓜葛。祝你们新年快乐。”

在从盛气到捂胸口的动作中，她转身朝大门走去。身后一片吵嚷，从盛似是被她气到背过气，脸涨得通红向后摔。

从老太和张宜惊叫着冲过去扶他，其间夹杂着从娇受惊喊爸爸的声音。

这一切全都与她无关了。

从悦走出从家大门，一步都没停。

这个寒假，清静又安宁。

从家的人试图给她打过电话，统统被从悦拉进黑名单里。如果没有必要，她不打算再见他们，过完这个春节回盛城读书，毕业以后选一个喜欢的宜居城市工作生活，明年开始或许就不回来过寒假了。

日子难得闲适。

卓妈妈煮菜很有一手，尤其是炖汤，味道更是一绝。虽然卓书颜老是夸从悦炖汤手艺好，但真要和卓妈妈比起来，她还是差得太远。

几乎每天，卓妈妈都会炖汤给她们俩喝，一天一个花样不带重复的，喝得从悦连连感叹：“这就是胖了也心甘情愿，这是幸福肥啊！”

越是临近除夕，春节的气氛越浓。许多在外求学工作的人都陆续返回家乡，大街小巷热闹非常。

借着大家都回来过节的好时机，以前的那帮高中同学纷纷开始办聚会。倒没有规定必须同一个班的才能聚，当初在年级里吃得开的那些人大多互相认识，就算不是一个亲密圈子的偶尔也会玩在一起，这类人每个班都有。

天气晴好的一个下午，由某位男生组局，一帮人约着喝下午茶、打麻将。周嘉起应邀去玩，卓书颜陪他一起，从悦自然也被拉着做伴。

快到聚会地点，卓书颜突然跟从悦说：“今天江也也来。原本他说不来的，不知道怎么今天又跟周嘉起说会来。”

她意有所指，从悦不好接话，咳了声。

回来后，从悦还没见过江也，这段时间她一直窝在卓书颜家养膘，日子过得悠闲，美得找不着北。江也试探地给她发过几次信息问她有没有出门，她都回复说：“懒得出去。”

周嘉起在奶茶店旁停好车，三人一起进门，包厢在三楼。

推门进去一看，屋里坐了十一二个人，男生们纷纷起身寒暄，女生们扭头看来，端坐着打招呼。

从悦被卓书颜挽着手臂，跟在周嘉起背后。

一道炽热视线落在身上，从悦下意识看去，和坐在沙发侧边的江也四目相对。

他穿着一件灰毛衣，修长双腿微微分开，懒散地靠在沙发靠垫上。光从窗外斜斜照来，落在他身上，不知是不是柔和光线的缘故，他看起来竟格外温润。

这是回来后他们第一次见。

江也冲她挑了挑眉。

没等从悦有反应，组局的男生招呼他们坐下，从悦被卓书颜拉着在另一个沙发上落座。服务员拿着菜单进来问是否需要加单，从悦要了一杯热饮，卓书颜和周嘉起各点了些东西，在座众人说起话来。

“我记得你们几个都在盛城对吧？而且都是盛大的。”

周嘉起道：“对。”

“以前高中的时候，你和卓书颜还有从悦就玩得很好，经常一起……哎，去年聚会从悦怎么没来？”说话的人不等周嘉起回答，又道，“我记得还有谁是盛大的？哦对，江也也是吧？我们学校老师经常拿你们盛大举例子……”

这人纯粹是闲聊瞎扯，听得出话里并无恶意，从悦唇边安然挂着笑，听周嘉起和他谈天。

正说着，敲门声响。

“又有人来了！我看看谁……”

说话的人话音未落，下一秒门被推开，两个女生在众人注视下走进来。一个清秀，另一个却是实打实能称得上漂亮。那一副甜美的长相褪了稚气，多了几分柔媚，眼睛还是那么大，水灵水灵的。

在座的人都是高中同一级的，他们这一级的人，不管是玩得开还是朋友多的，只要是活跃分子，没有谁不认识她。

大名鼎鼎的级花——袁柳，和江也谈过的那位。

5

袁柳和她的闺密余雪被众人迎进来，老同学们热情十足，几个坐得靠外的招呼道：

“来来来，快坐！”

“喝什么？我叫服务生——”

……

在座的人开始挪位置，折腾了小半会儿才纷纷坐定。

袁柳和余雪细声细气商量着点东西，余雪犹豫不决，光是在抹茶口味和朱古力口味之间就挑了半个小时。旁边三四个男生没有不耐烦，说说笑笑陪着她们挑。

待点完后，袁柳和大家寒暄起来。

从悦和卓书颜跟袁柳那圈朋友不是一路，高中时交集不多。卓书颜对他们的寒暄没兴趣，点开手机相册给从悦看她保存的图片。她想做美甲，存了很多不同款式的美甲图，两人有商有量，音量也轻，不会打扰到别人。

她们正说着，那边聊起感情问题。

“大学快两年，转眼都毕业这么久了，袁柳你找男朋友了没？我听说京市男生个子普遍都很高，长得好看的也很多。”

袁柳笑答：“没有，我没谈恋爱。”

“啊？为什么不谈？”

她笑得矜持，眼角余光若有似无地瞥过角落：“没有遇到喜欢的，所以没谈。”

一帮人一听，不知想到什么，纷纷意味深长地笑了。

都知道江也和她谈过，虽然时间很短，一个月多几天的样子就告终，但好歹也是谈过不是？江也高中可没有过什么感情纠葛，袁柳这是唯一的一份。

这么久没有遇上喜欢的，现在旧情人又见面……

有好事的八卦者道：“也是也是。说起高和帅，京市的男生未必就是最好的。”

另一人接话，话题忽然一转扯上江也：“哎，我记得那天组局确定人数的时候，咱们江也说不来对吧，后来怎么改变主意了？”

从悦听他们聊到这里，抬头就见一帮人暧昧的眼神在江也和袁柳之间来回。

江也早就习惯了这样的场面，他处在焦点之中，缓缓抬头，视线和从悦对上。

“原本是不打算来。”他回着话，眼睛却看着从悦，“想来见朋友，叙叙旧，就来了。”

某个性格大大咧咧的同学说道：“见什么朋友，我看是见老相好才……”

忽然意识到江也的脾气，他猛地打住，差点咬到舌头。

“是想见。”江也竟顺着对方的话接下去，大大方方地认了，“确实也这么想的。”

众人都愣了愣，谁也弄不懂他是说真的，还是开玩笑？不管哪种，搁他身上都有种莫名的惊悚。过后，内涵满满的眼神在他和袁柳身上来回打量。

袁柳面上亦闪过一丝意外，随后很快矜持地露出一个笑，享受着和江也之间涌动的“暧昧暗流”。

“难得江也出来一次，大家伙好久没见，袁柳也忙，平时过节回来都不一定见得到，今……”

那厢活跃气氛的人正说着，置身事外的江也站起来，几步行至从悦身旁，他在众人诧异不解的目光中从善如流地坐下。

在盛城时，每回和朋友聚餐，只要周嘉起叫上从悦，江也基本都坐在她旁边，早就习惯成自然。

“明天那场电影真的不去吗？我看过影评了，你应该会喜欢。”他看着从悦说。

从悦稍稍往卓书颜的方向倾，顿了下，道：“不去，我懒得出门。”

“那今天怎么想出来？”

“陪书颜。”被一屋子的人看着，从悦略觉别扭，皱着眉小声说，“你干吗？”

“没干吗，坐那边太远了没法和你说话。”江也态度和往常一样，没有刻意拉开距离，也没有刻意亲昵，但他和从悦这般说话的语气，已经足够耐心足够温和。

一帮老同学看傻了，仿佛面前的不是江也而是个怪物，不然性子怎么会转变这么大？！

有人记起他们都是一所学校的，脑海中自发为眼下情景找出“合理”解释，越想越觉得对，便开口：“你们几个同在盛大，难得老同学读一所学校，平时应该经常见面吧？”

卓书颜答：“没有，专业不同，平时不常见。”

“是有点不方便。”江也在她之后开口，说着话，看的却不是卓书颜而是从悦，“不过也不算太不方便。”

不能时刻见到很麻烦，然而真的想见，怎么样都不嫌麻烦。

从江也换位置开始，袁柳平和的脸色就有所变化。她旁边的余雪性子冲，觉得江也前面故意把话说得那么含糊暧昧，主动牵扯袁柳，说完却跑去对从悦献殷勤，实在过分。

余雪按捺不住：“江也倒是比以前话多了。不过不是说要叙旧吗，旧‘朋友’在这儿坐了半天，也没看你说句话。”

她故意咬重“朋友”两个字，意味明显。

余雪脾气躁，卓书颜更躁，听出她的阴阳怪气，卓书颜当即接口：“江也在叙旧呀，你当他干吗呢，又不是只有一个‘旧朋友’。”

这句话暗示含义明显，却又让人不敢确定。

“从悦……和江、江也谈过？”不知谁问的一句，问出了所有人的心声。

老同学聚会，聊得最多的就是曾经那些事儿。哪对模范情侣大学分手了，完全没有交集的谁和谁忽然在一起了……总有人乐此不疲地谈论。

当下，一桩绯闻就在眼前，视线都朝他们聚集。

“我说你们聊这些有什么意思，玩桌游吧，有人玩没？”周嘉起不耐烦地打断，坐直身招呼，“来来来，玩点该玩的！”

男生们加入游戏。

滞缓空气在周嘉起的声音中似乎重新流动。只是谁都知道周嘉起和从悦关系好，他这样欲盖弥彰，反而更加印证了此事的真实性。

突然之间吃下这么巨大的瓜，大家都有点反应不及，气氛不如刚才热络。

反观江也，一点都没有让人受了惊的自觉，服务员端着托盘进来送小吃，他才想起来这么久一直没点东西，顺手拿起菜单。

“我喝什么？”翻开一页，他扭头问从悦。

“你想喝什么喝什么，问我干吗？”从悦乜斜他一眼。那些若有似无的打量令人不适，她自问没有做亏心事，不想因为别人的好奇而让自己难受，便都忽略不理。

“那西瓜汁。”

从悦随口吐槽：“这个季节西瓜都不甜。”

“好。”一秒都没犹豫，江也立刻放弃先前的想法，瞥一眼她面前的杯子，合上菜单对服务员道，“要一杯金橘柠檬。”

她点的是柠檬汁，他也跟着点个口味相仿的。

先前那个话题表面看着已经跳过，实则满包厢的人都忍不住支起耳朵听他们那边的动静。见这两人语气自然，半点不生分，心下惊诧不已。

高中时，从悦追江也追得多凶，他们在一起过已经够让人惊讶了，更可怕的是看现在的情况，倒像是江也上赶着一头热，从悦对他反而不如以前热情。

好一个风水轮流转。

大家的关注重点转移到江也和从悦身上，一个两个都忘了先前还是焦点的袁柳。

先前猜错的人开错玩笑，心里都挺尴尬，既然江也表现得这么明显，后头的话题也就没人再把他和袁柳扯到一起。

从悦被江也缠着讲话，卓书颜慢条斯理喝饮料，感受到余雪不善的眼神，无所畏惧地翻白眼顶回去。

嘁！她早就看袁柳不爽了。袁柳追江也那阵，整天和江也那帮朋友套近乎，好几次缠着周嘉起说话，一会儿让他帮忙给江也转交礼物，一会儿让他帮忙问江也作业。

还有几回，她和周嘉起正聊着，袁柳找来说有事和周嘉起讲，让她先走，语气虽客气，但理所当然的态度却让她窝火。

袁柳算个屁！她和周嘉起扯头发勾肩搭背的时候，这人还不知道在哪儿，跟谁装熟！

不多时，包厢里的气氛重新热络起来，玩的玩闹的闹，各自找乐子。

江也要去洗手间，包厢里的厕所有人，他开门出去。

耳根子终于清净，从悦转过头想和卓书颜说话，隔着木桌的袁柳突然看过来。

“毕业以后好像很久没有看到从悦了，聚会什么的也很少看你来，今天居然能碰上，不容易呀。” 袁柳笑着说道，语气像对一个许久不见的朋友。

从悦对亲近的人和不亲近的人一贯态度分明，一时跟不上她的热情，慢了半拍才应道：“啊。去年事情比较多，没什么时间出门玩。”

“是哦，以前读书的时候你就不怎么出来，多聚聚其实也好。”

从悦笑了笑，略微颔首。

“不过，当时没想到你后来会和江也……”袁柳话锋一转，“不是今天来了都还不知道。”

从悦表情微敛，又听袁柳“爽朗”地笑道：“别尴尬别尴尬，我跟他的事过去很久了，其实我一直挺喜欢你的，很想跟你交个朋友。想想我们也算有缘，高中的时候都追过江也，又都跟他谈过，真的挺……”

不管有没有恶意，这话听起来都有些硌硬。

卓书颜眉一皱正要说话，包厢门“唰”的一下推开。

江也站在那儿，有门框做对比，他看起来比往常高了些许。走廊上的几道光影从他肩后漏进来，明暗在他脸上切割出一道界限，他居高临下地看着包厢内的众人。

“江也，你……”

他原本是回来拿手机的，没有理会旁人，只面无表情扫视了袁柳一眼：“谁跟你谈过？”

一场聚会匆忙结束，周嘉起和卓书颜去车上等，江也和从悦站在另一侧屋檐下。

之前包厢里，江也的话一说完，余雪就腾地站起来愤愤不平地指责他。

“江也，你什么意思？！谁不知道你和袁柳谈过？知道你了不起，但你也别太……”

江也打断她，就说了一句话：“你自己问她，我跟她到底有没有谈过。”

余雪没能等到袁柳的反驳，后者脸色微变，赤一会儿青一会儿，全然没了刚刚对着从悦的那份“优越”。

店墙上的空调外机轰轰转着，这条美食街上香气四溢，摊主们卖力吆喝，声音响亮。

“我和她没有谈过。”江也看着从悦，再次重复一遍。

那一年，袁柳大张旗鼓地跟在江也身后，江也从没理过她。说句欠揍的，他那会儿眼睛就快长到天上去了，连从悦都故意不理，又怎么可能会搭理她？

所谓他们交往的“一个月”，是个意外。

七中的扛把子郑晨，有个谈了两年的女朋友，那个“大哥的女人”实在是个惹事精，不知打哪儿见了江也，好死不死一见钟情。

郑晨喜欢她喜欢得要命，苦求无果，这个仇就记在了江也头上。

一帮七中的人骑摩托来堵江也，正好碰上袁柳缠着他。那天架没打起来，快要动手时，交警队开来两辆车，在路口拦查。

他们立时作鸟兽散了。

郑晨不知哪根筋没搭对，把袁柳当成江也的女朋友。被骚扰两次之后，袁柳借此缠上江也。

江也烦得要死，话都懒得跟她说。

袁柳本来以为和他会有进展，但见他不为所动，态度毫无改变，几天后情绪爆发了。

她在尾随他的巷子里，堵住他，说："我因为你被七中那些人骚扰恐吓，你就这样无动于衷？"

江也冷哼："你不想被骚扰离我远点自然没事。"

袁柳只觉被辜负，怒气冲冲道："是，我傻才会问这种话！你又不喜欢我，哪里会为我考虑！我因为你被混混欺负，你也不会多看我一眼，对吧？好啊，那你喜欢谁，是高三的张琪，还是我们年级的从悦？或者十二班那个？你倒是说啊！我去跟那些人讲清楚，让他们冤有头债有主找对人！省得他们烦我！"

她眼睛都红了，本以为江也会扭头就走，谁知，江也意外地没说话，缓缓皱起了眉。

而后，他走出巷子，袁柳锲而不舍地跟上，他也没再叫她走开。

后来的一段时间，江也默许了袁柳跟在他身边的行为。

袁柳这人给点阳光就灿烂，跑到球场边送水，没经他同意还抱他的衣服。那天从悦也在，江也看到她在球场网的墙边，不知怎么有点别扭。

从悦从高一开始追他，他一直不搭理，却总能注意到她，也习惯了被她喜欢。

他从袁柳怀里拿回衣服，口气又冷又硬："别乱碰我东西。"

没别人听到，袁柳脸色变了变，又很快恢复笑容。

打那开始，江也发觉从悦越来越少出现，平时跑操或是体育课前后都能在附近人群中发现她远远的身影。

那段时间却没了，加上后来听说都在传他跟袁柳是一对，于是，他干脆去了趟七中，跟郑晨那帮人一次性做了个了断。

一场架打得两人脸上都见彩，江也总算是把这口从天而降的锅处理了。郑晨和他那个被江也当面拒绝的前女友有没有复合，江也不知道，倒是彻底甩开了袁柳，让她别再来烦自己。

郑晨不会再来找麻烦，袁柳没了往他身边凑的借口。

他们"决裂"的那天，袁柳和高三一个叫张琪的女生放学后约架，张琪心里待江也特别，早就看袁柳不爽。

傍晚，江也在教室睡觉，朋友还跑来叫醒他告知这事。

他眼皮都没抬，关他屁事。

“你……干吗跟我说这些？”从悦第一次听江也说这么多话。

“和袁柳的事，没人亲自问过我，我也没放在心上。”就连从悦和他在一起的时候，她也没问过，想来大概都是默认了。江也皱了皱眉，“有些事情我觉得我应该说明白。我没有和别人谈过，和你是第一次。”

当众让女生下不来台确实有些跌份儿，可如果袁柳不对从悦说那些话，江也不会当着那么多同学的面把话说开。

给从悦添堵的人太多了，他自己就曾是一个，每回想起他都恨不得自己替她受了，袁柳有什么资格？

从悦听得微微发怔。

江也眼皮耷下：“不管你信不信，我没有不喜欢你。”

不管是那时候也好，还是现在也好。

“我感情迟钝，反应慢，那个暑假，有很多地方做得不对，这些都是我的错。可是比起认为我没那么喜欢你，我宁愿你觉得我迟钝、愚蠢，怎样都好。”

只是迟钝，只是愚蠢。

和被她认为没那么喜欢她相比，这些一点都不可怕。

第六章

你呀你，就这么一个你

1

二月中旬，春节来临。

卓家亲戚本就不多，更有移徙出省的、外出做生意在他乡定居的，这么多年待在同一座城市的早就没有几户。没有上门拜年走访的亲眷，从悦这个客人的存在也就不显得那么突兀。

做完大扫除，处处一尘不染，地板干净得能照出人影。门外新的春联换下去年那副，安守家宅一整年的倒“福”字，也被替换。

除夕这天早上，卓妈煮了一锅热腾腾的黄米粿。这是本地特产，吃起来和年糕口感相近，稍稍更粘牙一些。汤里只需加蒜叶，油盐香油适量一撒，立刻就能将香味煮出来。

“中饭我简单弄，重头戏放到晚上年夜饭！”卓妈妈一边收拾碗筷，一边说，“悦悦，你喜欢吃油爆虾是不？晚上我给你煮一盘，你卓叔叔一向爱吃白灼的，我准备弄两道，你们爱吃什么各吃各的！”

从悦一听忙道："不用这么麻烦……"

"没事，客气什么。"卓妈妈打断她，又问，"你还有没有别的什么喜欢吃的？我下午趁早再去菜市场一趟，你一点都不挑食，什么都吃，我都不知道你喜欢吃什么……"

从悦忙说不用，卓书颜撒娇卖痴："妈，我呢？你都不管我了！"

"你？你个讨人嫌的，给你做个猪蹄吃就够了，还想吃什么？！"卓妈妈嘴上这么说，其实采购的那些食材里，大半都是卓书颜喜欢吃的。

餐桌边笑语连连，气氛融洽又温馨。

从悦和卓书颜帮着收拾好桌面，从悦问："阿姨，下午有没有什么要帮忙的？"

卓妈妈笑着赶她们："你们小孩子能帮什么，去玩去玩，只管出门玩你们的，晚上早点回来吃饭！"

从悦倒是想留在家里搭手，却被卓书颜兴高采烈拉着出门。她俩在外逛到六点半，早早赶回去吃年夜饭。

卓妈妈拿出家酿的酒，卓爸爸一杯接一杯喝得欢畅，从悦和卓书颜两个也跟着尝了几杯。

一桌饭菜香味四溢，电视机里播放的节目成了下饭的背景音，嘈杂动静不烦人，反而增添几分热闹。此时此刻，千家万户不同却又相同。

从悦已经记不得有多久没有这么愉悦过，和长辈说说笑笑，吃美食，喝美酒，惬意地享受每一分每一秒。

一顿饭吃完，她两颊微酡，到浴室用冷水洗了把脸，热度才有所下降。

手机里有两个陌生号码的未接来电，从悦知道是谁。从盛作为一家之主，除夕这一天，自然是希望阖家团圆。

再者，从悦温顺了十多年，一朝突然反抗……从盛心里对她这个女儿是否还有一丝感情，她不清楚，但可以确定的是，对从盛来说，被女儿忤逆的滋味肯定不好受。

从悦没有回拨，也没有多看，将那两个陌生的新号码加入黑名单，就像之前一直做的那样。

走出浴室，从悦和卓家人一块围坐在沙发边看节目。

卓爸爸拿出两个红包。卓书颜一见立刻端正坐好，从悦微惊，连连摆手：“叔叔，红包我不能要，我都过十八岁了……”

又住又吃又赖在这里过年，还拿红包，像话吗？

可惜，在场三个卓家人，她势单力薄，没能拒绝。

“里面没多少钱，两百块买买零食就没了。不过是走个过场意思意思一下，保佑你们明年顺利红火，学业有成！”

卓书颜附和：“就是就是。”

从悦反驳不了，她将红包捏在手里，哭笑不得，最后也学着卓书颜的样子，乖巧说了声：“谢谢叔叔阿姨。”

收完红包，几人一边说笑一边看节目。才刚吃完晚饭没多久，卓妈妈已经开始计划等会儿煮饺子和汤圆。

卓书颜兴致勃勃拉着从悦一起守岁，两人窝在沙发上，用手机联机玩游戏。

游戏画面忽然一跳，变成来电显示界面。

从悦看清，愣了愣。

并非从盛又换了陌生号码打来，而是另一个既熟悉又陌生的名字。

——蒋馨玉。

这个号码多年未变，但从悦很少打，通话次数一只手就数得过来。如果非要叫的话，从悦应该要喊她一声妈。

街上的店铺关了三分之二，许多商家选择暂停一天营业，或是都早早关门，赶着回家和亲人团聚，好吃上热腾腾的年夜饭。

中街口右侧的咖啡厅还开着，几桌年轻人大概是吃过晚饭，刚从家里出来。

角落位置，从悦和蒋馨玉面对面坐着，两杯热饮都上齐，谁都没开口说第一句话。

从悦先按捺不住，眼睛扫过蒋馨玉的脸，微微垂下：“你找我有什么事吗？”

“你和从盛闹翻了？”蒋馨玉对着从悦这张和自己肖似的脸，眼神复杂，语气倒是平和没有异样。

从悦瞥她一眼，道：“是。你怎么知道？”

“这整个地界有多大？除非他从盛不出门，张宜不去和那些生意人的老婆应酬，不然变成别人嘴里的谈资，不也只是分分钟的事。”蒋馨玉加上一句，“更何况是他自己联系我，对我说的。”

从悦愣了愣：“他……从盛跟你说的？”

对她直呼其名的行为，蒋馨玉并没有觉得哪里不对：“不然呢？”

“他和你说什么？你找我想说什么？”

“他找我自然是让我劝你回家。”蒋馨玉调整坐姿，一条腿压在另一条腿上，举手投足仍有风情，“不过，他打错算盘了。说实话我没什么好劝的，从家的事早跟我无关，我也不太想管。”

从悦口气微沉：“那你跑这一趟干什么？”

蒋馨玉对她的抵触和敌意心知肚明，却并不放在心上，慢条斯理睨她一眼，问：“你真的想和从家撇清关系？”

“是。”从悦答得毫不犹豫。

“不后悔？”

“不后悔。”

“将来没钱，过苦日子，找工作需要人脉，有事要你爸帮忙……遇到这些，你也不后悔？”

从悦看着她的眼睛，说：“不后悔。”

蒋馨玉默然和她对视，半晌，从包里拿出两样东西。

两张卡从她食指和中指间甩出，静静躺在桌面上。

“拿去吧。”

“……什么东西？”从悦眼神沉了沉。

“蓝色这张，是你大学最后一年的学费，从盛给的。”蒋馨玉说，“离婚的时候，我们协议上写得很清楚，我净身出户，他必须抚养你到大学毕业。你现在大二，明年的学费你们似乎自己掰扯过？我就不多说了。这个——”

她指尖点了点蓝色卡面：“是你该得的。”

从悦没说话，蒋馨玉坐久了有些累，直了直背，道：“就算你要跟从家断绝往来，他该给的还是要给，他说不就不，凭什么？”

蒋馨玉微微扬起嘴角，隐约有些嘲讽意味：“你倒是一点都不像我，十足像了从盛，父女两个一样没用，被张宜拿捏得团团转。”

从悦眉头皱了皱，胸口涌起火。她被张宜拿捏，被那位后妈欺负，这些都是为什么呢？他们婚姻自由，爱情没了，好聚好散，却要她来为他们的爱情买单，谁替她考虑过？

一瞬间，从悦很想质问蒋馨玉，她在从家度日如年，这些年蒋馨玉可曾管过她？既然没有，现在又来说什么风凉话？！

只是到嘴边的话又被她咽了回去，生气没意思，过去这么多年，该过的都过来了，不管是从盛还是蒋馨玉，将来注定都是渐行渐远的陌生人。

“那张红色的卡又是什么？”从悦瞥了瞥另一张，满脸冷淡，只待赶紧结束这场会面。

还不如在卓家和卓书颜一起守岁，卓妈妈的饺子和汤圆都是手工包的，味道肯定很好。

蒋馨玉端起热饮喝了一口，烈焰红唇在杯沿浅浅留下一个印。

“那张是我给你的。”

从悦微顿，抬头看她。

“没多少钱，不过应该够你在盛城买一套两室一厅的公寓。”蒋馨玉放下杯子，杯底磕碰在木质桌面上，声音轻得像是错觉，“我本来想等你大学毕业的时候给你的，现在也差不多。”

从悦喉咙像是堵住了，诧异地问道：“……为什么？”

“不为什么。”蒋馨玉嗤笑，“哪有那么多为什么？”

2

那杯热饮，蒋馨玉只喝了一半，便起身离开了。

墨绿的皮夹拿在手中，表面泛着一层绸光，她细嫩白皙的食指上是一枚并不硕大但做工精致的戒指，正中镶嵌着切割精细的宝石。

“我知道你心里恨我，比起恨从盛不差多少。”

蒋馨玉转过身，站在桌前一步半的地方。

“这是你的权利。不过，我还是希望你能过好自己的生活，日子是自己的。”

她停顿两秒，道："你在盛城念的是盛大，对吧？是所很好的学校，你比我强。"那张美艳的脸上闪过一丝柔和，转瞬即逝。

言毕，蒋馨玉提步朝大门走去，从悦扬声："你——"

她停下："还有事？"

不知被什么阻隔着，到嘴边的话说不出口，一点一点在喉间消弭，从悦吸气，缓慢呼出："……没事，再见。"

蒋馨玉睇她几秒，颔首"嗯"了声，理好羊绒围巾，从头到脚条理整洁，一丝不苟。

"天冷，早点回住的地方吧。"

袅娜挺拔的背影根本看不出她的实际年龄。这些年，她确实过得很好。

直到蒋馨玉走出咖啡厅，从悦都没再出声叫她。

今天是除夕，这一年的最后一天。她只是突然想起，很多年前，她和蒋馨玉还有从盛，也曾有过团圆的时候。那时年纪小，记忆模糊，现在再去想几乎记不得什么。但她记得一家人包饺子、放鞭炮，十二点的钟声一响，从盛会把她架在脖子上，三个人一起看烟花。

转眼已经过去这么久了。

走过第三条街，江也的电话不期而至。

"在哪儿？"

手冻得知觉渐失，骨节泛红，呵出的气息在空气里化成雾，从悦答："东街。"

"去看烟花吗？"他问。

从悦停住脚，路旁店铺灯火亮堂，衬得避光的另一侧越发昏暗。

原本，她想回去和卓家人一起守岁、聊天看节目，在这样的冬夜最好不过。但这一路身边陆续开过很多出租车，她一次都没有伸手拦。

江也又问了一遍："去看烟花吗？今天有表演。"

夜浓而长，寒冬凄清，脚下的路好像怎么走也走不完，她忽然不想赶着回去了。

"好啊。"从悦说。

“你不用在家里陪家人？”接过江也递来的热饮，从悦捧在手里取暖。

朱古力的苦味在嘴里漫开，江也道：“年夜饭吃完，我爸妈就让我出来自己活动。”

人民公园处于市中心，广场西北角是烟火表演最好的观赏位置，和略显清冷的街道相比，这里是最热闹的地方。

他们找的长凳位置有点偏，斜对角立着的那根灯柱似乎坏了，每隔三分钟就闪一下，像道缓慢的“闪电”。

“你爸妈还挺好的。”从悦低头笑了下，弧度轻浅。

江也问：“今天不开心？”

“对啊。”意外地，她承认得很干脆，“不开心。”

江也偏头看她，她脸颊皮肤薄得像是只有透明一层，被寒风吹得更加白。

从悦对他的打量不以为意，忽地晃腿踢了踢空气：“哎，对面那家便利店里是不是有水煮？”

“应该有。”

“我想吃。”

江也默默看她。

她坐着不动，侧脸线条柔媚，长睫卷曲承着满满一弧凉月光。不客气的语气带着几分自然而然，那些被抛开的疏离和客套，在这时候都是矫作的。

江也没多言，起身走向街道对面，几分钟后拿着一大杯水煮回来。

从悦咬下一大口鱼糕，滚烫的汤汁渗出，口腔中满满都是香味。

“好吃！”

江也没给自己买，安静地看她吃。

吃完一串，从悦停住，用纸巾擦了擦嘴角的汤汁。

“我晚上和我妈见面了。”

“你妈？”

“嗯。我好多年都没见过她了，虽然她也住在这里，我还有她的电话号码，但是我真的差点连她长什么样都要忘了。”从悦平淡无波地叙述着，内心那些情绪早就被冷风吹散。

“本来在卓书颜家，和他们一家人吃饭看电视，这个年过得很开心，突然接到我妈的电话，我连叫都没有叫她一声。看到她我突然就很难过，和她说完话更难过，别人家都在团团圆圆……”

卓家的气氛真的很好，可那些都不是她的，越喜欢，心里的失落感就越浓。

从悦垂下眼：“不过也还好，从他们离婚以后，我就没有过过一个好年，比起来今年还算好的——见了我妈一面，不用待在不喜欢的地方，面对我后妈的笑里藏针。”

弥漫开的沉默让寒意更加明显，江也扮演合格的听众，充当她倾吐的垃圾桶。

从悦却不说了，抬头扯嘴角：“你家都是怎么过年的呀？”

他眼睫一颤：“你想听？”

轻轻点头，从悦说：“我都快忘了正常人家是怎么过年的……不对，今年感受过了。”她笑，“在书颜家。”

江也略微回忆几秒，声音轻缓：“我妈平时下厨少，厨艺水平不稳定，每年的年夜饭她都要自己动手，不肯让别人来。一样的菜单做了十几年，从来不改，从早上起我爸就会开始抱怨。

“里面有道菜是我妈很多年以前自己想的，把鱼肚子剖开塞上肉末，肉事先调好味，再在鱼身上淋上酱汁，清蒸。我爸一直觉得难吃，每次却还是吃，一大半都是他吃掉的。

“吃完饭，我爸一定要坐在电视机前看节目，他是春晚的忠实观众，他说不看就不像过年。我妈每年都会自己打扫一次卫生，就除夕这天，然后在我爸看电视的时候拖地，拖把从我爸脚下过一次，我爸就哼一声，哼到后来两个人一定要吵架。”

卫衣被笼在外套下，帽檐处垂着两根带儿，他环抱双臂，娓娓叙述。

“不过都是我妈在骂，我爸挨骂，每回我爸都说他忙生意很累，不跟我妈计较，其实就是吵不赢。我以前也必须一起看节目，十五岁以后就不了。”

从悦没有插话，她听着江也说他们家的一点一滴，从每年的除夕习惯说到平时生活里的琐事。她甚至能想象，江也妈妈做菜手忙脚乱的样子，还有他爸爸在旁边嘲讽，被老婆赶走隔一会儿又悄悄凑过去的小心翼翼。

说得最多的还是和过年有关的事，最应景，尽管江也说到自己在电脑前忙碌被父母打扰，一脸不高兴，但那点不愉快，是基于一种内心幸福的前提才会有的。

在他的话语里，从悦仿佛也过了许多个开心又喜悦的新年。

“真好！”她怅然感叹，吃完最后一串水煮。

杯子只剩三分之一的汤汁晃荡，早已凉了，江也起身替她扔了。

“明天就是新的一年了。”待他坐下，从悦问，“你有没有想过明年的事？”

“明年？”江也接过她吃完水煮剩下的竹签，抬手一扔，准确丢进垃圾桶。他说，“没仔细想过。年年有今日，岁岁有今朝吧。”

“年年有今日？”从悦低沉的心情好转许多，一听笑道，“明年我才不要和你在这儿吹冷风。”

“那不然……”江也挑眉，“明年去我家过年？我描述得还不到位，你真正去体验一回才知道到底是什么样。”

“你想得美。”

“我不仅想得美，我还长得美。”他一脸懒散，停了停加上一句，“不过比你差一点，你更美。”

从悦用余光斜他，没理会他不正经的玩笑。

“说真的，除了吹冷风，你有没有计划过明年？”

“没有。”灯影被风吹得轻晃，江也往后靠，勾起一边嘴角，微弯的眼睛蕴含着几分笑意和少见的温柔，“吹冷风不好吗？和你在一起，吹冷风也好啊。”

3

寒假时间充裕，将近两个月的假期足够大家度过一个闲适又充满余韵的春节。

大年初五后，江也他们组织了一场为期六天的雪村旅行。

从悦原本不想去，江也打来电话和她提起的时候，她是拒绝的。一道去游玩的人，是江也那帮发小，她曾经见过其中几个，但并不熟，一听这提议自然没纳入考虑范围。

只是她漏算了其他人。江也和周嘉起看着似乎不大对付，总有口角，然而他俩之间其实感情很好，像这种活动，江也自然不会不叫周嘉起。

周嘉起应下便来邀她们俩，卓书颜最好热闹哪肯错过，想都没想就点头，从悦只能跟着参与。

省西北部一座外号冰市的中型城市，每年冬季都被大雪笼罩，雪景极为出名。雪村就在这座城市辖下，从市里驾车大约需要一个小时又二十分钟的路程。

和江也的发小们并不熟，周嘉起三人便自己一行出发，约好在雪村会合。

短暂的飞行结束后到达冰市，在机场大门前乘坐旅游大巴即可直达雪村民宿，他们三人每人拉着一个行李箱，有说有笑，气氛融洽。

从悦见到江也的时候，是在民宿酒店大厅里，他穿着厚厚的羽绒大衣，被包裹的高挑身材并不臃肿，脚下踩着雪地皮靴，反而更加干练利落。

他凑上来替从悦拿行李，被从悦避开："我拎得动。"柜台里等着为客人做登记的前台小姐笑吟吟地看着他们，从悦不由得瞪他一眼。

"累吗？"江也站直身，放过她的行李箱。

"不累。"

"饿不饿？"

"不饿。"

"这边有温……"

"喂。"周嘉起不爽地打断他，"这儿还站着大活人呢，你能不能收敛点？一边去，别妨碍我们登记入住。"

江也撇嘴，闭口不言。

从悦微微弯唇笑，不帮他讲话，推着箱子到卓书颜身边，帮她拍净肩膀上的落雪。

"江也——"

左侧走廊入口有人叫他："你过来一下，戴宇他那电脑好像坏了，你来看一下！”

一个男生正冲他猛招手，旁边站着一个穿白色棉袄的女生，黑发披肩。

“你先去吧，等我们弄完房间的事等会儿来找你。”周嘉起摆手。

江也没说话，眼神在从悦身上扫过，点头走了。

雪村民宿酒店一共四层，一楼大厅办入住登记，其他皆是小电影院、温泉池、台球室等酒店配备的娱乐场地。

外间冰雪世界，皑皑一片，素裹银装的秃枝开满冰花，低矮的枝丫被积雪压成了一朵一朵巨大的白蘑菇。

在这些白蘑菇旁，错落立着各式民宿木屋，一人间到五人间，大小不一。

酒店一楼的清吧里，充足的暖气和屋外温度形成鲜明对比，长凳上坐着的客人热得脱下外套。在舒缓流淌的音乐中，点一杯颜色鲜艳的鸡尾酒，看着木墙正中巨大的玻璃外漫山遍野的雪白，再惬意不过。

“江也呢？”角落卡座，一个男生拨着杯子里的吸管问。

另一人答：“戴宇的电脑不是坏了吗？去给戴宇修电脑了。好像有点麻烦，电脑抱去江也房里了。”

这一桌人都是和江也一块从小长到大的，中学以后因为念的学校不同，见面次数减少，但每到假期都会凑在一块聚聚。

“哎。”问江也行踪的那个又道，“江也不是说叫了朋友一块来吗？”

“周嘉起？”

“嗯，还有别的朋友好像。”

关佳开口：“还有另外两个，好像是女生。我刚刚和刘晨一起去大厅找江也，看到了。”

被点名的刘晨抬头，隐约想起来，不大在意地道：“应该是周嘉起女朋友之类的吧，带朋友来不是挺正常！”

关佳弯了弯唇，淡声说：“有一个好像是江也的女朋友。”

端起杯子喝东西的几个差点呛到，没喝的也没好到哪里去。

“江也的女朋友？我们怎么不知道？”

“什么时候的事啊……”

“不是。”关佳慢条斯理，唇边始终挂着悠闲的笑意，“是以前的女朋友。”

刘晨想了想：“……谈了一个月的那个？”

关佳点头。

“你记性可真好。”刘晨吐槽一句，“这都多久了，谁还记得？况且就谈那么几十天，估计江也压根都没上心。”

有人有点模糊印象，加了句：“不过，好像长得倒是挺漂亮的。”

关佳端起杯子喝了一口果酒：“这次她也来了，不知道是江也叫她来的，还是……”她眉眼弯弯，仿佛只是随意谈论八卦，“反正如果是我，我肯定不会跟我前男友一块去旅游。”

男生大多粗神经，不过也不是傻子，一听这话，刘晨便笑：“哎，你管她呢，江也身边贴上来的还少吗？哪个不是越贴越烦。就跟江也谈了一个月，估计也没多少感情，又不是凑得越勤快就能成的，她要是不识趣，凑得越近江也越讨厌，看着吧！”

说到这里，几个人又开始感慨江也的怪脾气。关佳喝着果酒没说话，笑意舒展了几分。

房间入住登记完毕后，从悦他们刚将行李放下，该归置进浴室的洗面奶一类的用品还没整理好，江也就来了。

这间民宿是个套间，两间房，两个女生住一间，周嘉起单独一间。

周嘉起一向不讲究，行李箱靠墙一放，过来帮她们整理东西。见江也来了，他随口一问：“电脑修好了？”

江也“嗯”了声，点头。小问题不算太麻烦。

两个女生理都不理他们，嫌他俩碍事，卓书颜没好气地把周嘉起往外赶：“去沙发上聊！站在这里烦不烦？”

从悦倒是没逐客，不过左一句“让开”，右一句“站远点”，周嘉起和江也不好意思，转换阵地去了客厅。

收拾完东西，正赶上饭点。

从悦一行和江也一同进了餐厅，江也朋友过来叫他，顺便和周嘉起三人打招呼。

“一起去那边坐？”说了几句闲话，叫戴宇的男生邀他们过去。

从悦瞅了一眼，第一反应就是想拒绝。他们那帮朋友人不少，围坐在一张大桌子边刚刚好，若再加他们三个明显会很拥挤。

周嘉起和她想的一样，虽然都是江也的朋友，他和他们也打过交道，但总归不如自己人窝在一块自在。

“不了。”他婉拒，“我比较喜欢吃川湘菜，我们去那边。”

考虑到来自不同地方的客人的口味，餐厅以菜系区分区域。江也那帮发小口味偏好清淡，离川湘菜那一片自然有些距离。

江也动唇似要说话，周嘉起在他肩上一拍：“你过去吧，一年到头本来就难得见几次。”他和那些发小天南海北，如今各自读大学，相聚时间更少。周嘉起往川湘菜那块一指，“我们仨坐那边，有事招呼。”

不等他说什么，周嘉起三人和戴宇颔首致意，往另一边去。

江也被戴宇拉回座位，他们早点了一桌子菜。

“才来，就等你呢！”刘晨瞥了一眼，“周嘉起和他朋友呢？”

戴宇代为答道：“他们吃川湘菜，去那边了。”

刘晨“哦”了声，没多问，将菜单递给江也：“你看看还要不要加点什么？”

江也翻都没翻开，往桌角一放：“够了，就这些吧。”

一桌人登时说说笑笑热闹起来。

戴宇尝了尝那道芝心年糕，觉得味道不错，招呼江也：“你尝尝，这味儿还不错……”

没等江也说话，关佳接过他的话茬：“江也不吃芝士。”

戴宇一愣：“哦，对，我给忘了。”

刘晨笑：“老戴怕是皮痒了。”

江也小时候可记仇了。以前他们一帮人在一块闹，有一回戴宇玩游戏让江也吃了他不吃的东西，当时是没事，谁知江也生了一个月的气。那个月的作业，一个字都没让戴宇抄。

刘晨喝了口酒，端着杯子遥指关佳：“还是咱关佳上心，江也的事样样都清楚。”

关佳笑了笑，嘴角刚勾起，就见江也顺着戴宇的话，夹起一根芝心年糕。

他面无表情地咀嚼，吃完喝了口汤。

刘晨愣了下："你不是不爱吃芝士吗？"

"还好。"江也没多言。

谈不上喜欢不喜欢，以前不吃是尝不出芝士好吃在哪儿。现在……

从悦很喜欢这个，除夕那天他们看完烟花，在路边遇见一个小摊卖芝士热狗，她一口气吃了四根。他也跟着尝了尝，然后发现原来芝士这东西，味道其实也很好。

只是其中种种不必对外人道，江也不是个多话的性子，也就没有解释这些。

他们说闲话，江也那句"还好"不是客套话，之后又夹了好几根芝心年糕。

关佳从微愣中回神，敛神整理好情绪，若无其事执起筷子继续进食。

一餐饭毕，周嘉起过来打招呼。

江也的眼神连连往他身后扫，见只有他一人，眉头微不可察地皱了一瞬。

戴宇比他还先问出口："怎么只有你一个？"

"今天下飞机又坐了半天的大巴，刚刚整理东西挺累的，她们俩撑不住先回去休息了。"周嘉起解释道。

"你应该没那么早休息吧？我们正准备饭后消消食，一块去清吧坐坐？"戴宇邀请他。

其他几个男生也连声附和，嚷嚷着他这样的高手可不能躲。

一帮人说着便起身，拉着周嘉起就走，生怕他跑了。

江也也被拽着一块去了，一脸兴致缺缺。

屋里暖气适中，光脚踩在木地板上也不觉得冷，从悦犯困，一回房就钻进被窝，轻薄的被子不会压得人喘不过气来，极其好睡。

卓书颜原本在浴室洗脸，和她交好的一个同班同学发来视频请求，有事找她。她擦干净脸抓着手机去客厅，似乎是和老师布置的课业有关，卓书颜瞌睡虫一下全跑干净，折返进屋拿上电脑，在外间一待就是两个多小时。

从悦沉沉入睡，迷迷蒙蒙间被手机吵醒，两个垃圾电话一先一后，彻底搅乱她的好睡眠。

躺在床上懒得动，手机又响了，她抓起手机就想挂断，好在挂电话前看清来电显示，止住了动作。

“喂？”她揉揉眼睛，声音慵懒。

那边稍顿，江也的声音响起：“睡了？”

“嗯。”

“我吵醒你了？”

她无声伸懒腰，说道：“还好吧。你打来之前，我就接到两个垃圾电话。”

江也问：“还想睡吗？”

“现在睡不着，睡得头有点晕，等会儿再继续。你找我有事？”

“这里有温泉，想问问你去不去泡温泉？”

“哦，温泉啊。我和书颜商量好了，明天再去。”她轻笑着道，“现在这样去泡怕是要晕在池子里。”

被她拒绝，江也没强求，又问：“你刚刚为什么不和我们一起吃饭？”

“周嘉起不是说了吗？我们吃川湘菜啊。”

“就这样？”

“不然呢？”

他安静几秒，低声说：“我想见你。”

“消停会儿吧。”从悦失笑，“我困呢，大哥，你自己玩行不行？”

好像没什么可以继续纠缠的话题，可江也就是不挂电话。

从悦只好道：“你还有事没？没事我挂电话了。”

他“嗯”了声，听起来并不是太情愿。

从悦佯骂道：“你真是，本来就被垃圾电话吵醒，跟你聊完我更不想睡了，脑子一等一的清醒……”

语气并无责怪，她吐槽完就要挂电话，江也忽地说：“我给你唱摇篮曲？”

从悦怀疑自己耳朵出问题了，问道：“你说什么？”

江也重复：“你不是睡不着吗？我给你唱歌。”

“唱什么呀你……”她说笑着就要拒绝他的提议。

他却挺认真地说道：“想听什么？”

从悦顿了一下：“摇篮曲？”

“你确定？”像是怕她拒绝，反诘完，江也立刻清嗓。

他真的唱了起来——

“一闪一闪亮晶晶，满天都是小星星……高高挂在天空中，好像一颗小眼睛……”

节拍缓慢，他微微沙哑的清冽嗓音唱着这种温情的童谣，从悦握着手机，不仅睡不着，反而越来越清醒。

从《小星星》开始，到《两只老虎》，再到《雪绒花》……简短的童谣一首接一首。

江也特意放缓音调，像是想给她营造一个适合入睡的氛围。

从悦翻了个身，脸埋进另一侧枕头里，不知怎么始终没有打断，也没有挂电话。

耳熟能详的童谣基本唱过一遍，江也问：“还想听什么？”

从悦叹了一声：“你真是——”

……

刘晨等人从清吧出来时，时间已经不早了。

“江也人呢？坐着坐着就不见影了，跑哪儿去了？”

戴宇说：“好像往那边去了，过去看看。”

周嘉起早就同他们告别，先回了自己房间。因他们还想继续下一摊，便齐齐出动来找江也。

一群人往温泉花园廊下走，拐过拐角，远远瞧见一个背对着他们的人影。

“在那儿呢！”戴宇一指，他们便快步往那边走。

“等等。”还隔着老远距离，刘晨拦住要叫江也的戴宇，“咱们轻轻地过去，看他躲在那儿干什么，我吓他一跳！”

几人嘻嘻哈哈调侃他胆子大，倒也没人拒绝。捉弄江也的机会可不多，逮住一次是一次。

关佳一向不管他们闹腾，笑着跟在一旁。

于是，大家都放轻了脚步，悄悄靠近。江也握着手机打电话，一点都没察觉。

原本计划要吓他一跳的几个人却在靠近后愣住了。

江也在唱歌。

他们这帮朋友谁都知道，去KTV或酒吧之类的地方，江也从来只是默默喝酒，要么和朋友玩，从来不唱歌。

以前他们也撺掇过要他上台，他理都不理。

还是关佳解释说：“小学的时候我跟江也同班，有一回音乐老师非要他上讲台，他不肯，老师就拿竹教鞭抽他手心……后来闹到家长和校长都惊动了，反正打那之后谁叫他唱歌他都不肯。”

听她说起，他们才想起小时候隐隐约约是有这么一回事，家长们闲话之间还谈过。

刘晨当时调侃说：“那这么说来，听过江也唱歌的只有关佳了，咱们兄弟都没这个耳福！”

现下，这庭院中都是雪，江也一个人捧着个手机坐在长廊里，唱着歌？！

刘晨滞愣几秒，在江也的歌声中鼓起胆子狠狠一蹦，跺脚：“嘿——”

歌声戛然而止，江也手一松，手机落到地上。

他转身瞥来，眼里浮现不悦，俯身捡手机。

“你……”

刘晨话没说完，江也手中的手机屏幕亮起，通话显示的“从悦”两个字令错眼瞄见的一众人微怔。

屏幕上的免提键被他指尖碰到，扬声器打开，清脆的女声带着笑意，响彻长廊——“江也？……算了，停了就别唱了，你这摇篮曲越唱，我越睡不着了。”

“你跟……跟谁打电话呢？”顾不上担心会不会被江也收拾，刘晨看了看江也的脸，又看看他的手机。

其他人没说话，同样好奇。

“你管那么多。”江也懒得理他们，转身将手机递到耳边，声音霎时柔和，“你要睡了吗？”

他关掉了扬声器，大家听不到那头说了什么。不过大概能猜测得到，因为江也应了：“好，那你睡吧，挂了。”

等他挂完电话收起手机，一转身，清冷的双眸和一众八卦眼神对上。

刘晨不怕死地上去勾他的肩膀，被他甩开，也不介意，乐呵呵地问：“干吗呢？你竟然还会唱歌啊？我天，我长这么大可还没听你唱过，你……”

戴宇愣愣地插话：“从悦……是今天那个和周嘉起一起来的从悦吗？”

他这话一出，其他人都消停了。

刘晨扭头：“谁？是哪个？”

关佳抿着唇一直没说话。戴宇道：“就是话更少的那个女生，江也的……”

“前女友”三个字没说出口，但很明显大家都想到了。

早在打照面之前，他们就在卡座那儿聊到这个。后来戴宇的电脑修好，戴宇一个人回的清吧，因不见江也踪影，他们又提起那个话题，说了好半天。

关佳起这个话头的时候，刘晨就取笑说，那女生要是紧巴巴地贴着江也，怕是要偷鸡不成蚀把米，谁不知道江也最烦别人缠着他？

戴宇虽去得晚，也听了一耳朵。

现在看来，情况似乎和想象的有出入？

“你们闲得慌就去打打雪仗、堆堆雪人。”江也懒懒瞥他们一眼，最后斜了斜刘晨，“下次我打电话的时候别烦我。”

言毕，他提步往大厅里去。

众人你看看我，我看看你，愣了几秒，才想起跟上。

前一晚睡得早，第二天，从悦神清气爽，精神满满。

从悦和周嘉起、卓书颜一块去餐厅吃早饭，碰上江也一行人。他们个个面色都不大自然，不过礼数没落下，没忘和他们打招呼，从悦便没多想。

吃早餐时分了两桌坐，和前一天不同，没有分两个餐区，两张桌子离得挺近，几乎快并成一张。

西式餐点里的面包大多都加了芝士，个头小巧精致，从悦吃了好几个。江也看着看着，也伸手拿了两个。

尝完，他煞有介事地点评："第二个比第一个好吃。"

从悦点头："小热狗包上芝士更厚，至少有两层，味道更浓。"

她吃着，又用夹子夹了一个她觉得味道好的凯撒面包："尝尝这个，芝士的香味真的……绝了。"

江也毫无二话，开始品尝。

一帮发小想到江也昨天吃芝心年糕的举动，忽然就明白了什么。

刘晨看得发怔，半天才问："从……从悦，你很喜欢吃芝士？"

"喜欢。"从悦点了点头。

卓书颜拿了一小盘芝士焗水果给从悦，嘴上却吐槽："何止是喜欢，她是喜欢得不得了。"

刘晨看了眼江也，没说话。

"我记得江也不喜欢吃芝士。"关佳忽然开口，"以前玩闹，戴宇让他吃了不喜欢的东西，他难受了一个月。不过，他一向是我们这些人里最能忍的，做什么事都是，再不喜欢的东西也能忍，熬也得熬过去。"

从悦总觉得她话里有话，然而她笑容大方得体，或许只是自己意识过剩，误以为别人对自己有敌意。

况且，更要紧的是另一件事。

"你不喜欢芝士？"她皱了皱眉，扭头问江也。

高中三年她追了江也很久，江也的喜好和习惯她都很了解，但没有真正和他接触过，到底还是不够确切。后来在一起相处的那一个月，她时常会问他喜欢什么不喜欢什么，只是吃的玩的东西何其多，她哪可能样样都问到。

那阵子，她带他去吃的都是些老巷子美食，芝士之类的西式食物反倒没有碰过，如此便不知道他原来不喜欢吃。

“没有。”江也说，“上次跟你吃的那根芝士热狗，我尝了，后来就觉得芝士很好吃。”

从悦眉头拧着：“……你要是不喜欢，不用勉强自己。”

“不勉强。”他替她夹了一个小热狗面包，结束话题，“吃吧。”

发小们因他这个举动更是惊得差点咬舌，江也没理会他们的诧异，边用手中刀叉切着面包，边凉凉扫了关佳一眼。

关佳一怔，莫名心虚，惶然低头进食不语。

白天的活动丰富多彩，上午去滑雪，午饭后乘缆车观赏雪村，返程后，下午在雪中烧烤，别有一番滋味。

餐厅里也有烧烤，自己动手味道肯定比不上大厨做的，但有玩有闹，也吃了个心满意足。

烧烤结束后，各自回去休息，晚饭的点再在餐厅聚集。

经过一天，以江也为连接点的两拨人熟悉了许多，戴宇拼了张大桌，都坐在一块吃饭。

桌上说说笑笑十分热闹，不仅刘晨和戴宇饶有兴致地跟从悦聊天，关佳时不时也插上两句话。

“这么说你和卓书颜都是搞艺术的？”刘晨道。

“什么艺术不艺术。”卓书颜自我吐槽，“就是画两笔画，真正的大师才敢叫艺术，我们这些……”顿了顿，她给从悦找补，“我说的是我哈，我们从悦水平高，比我厉害多了。”

刘晨说了几句凑趣话，又道：“我们这一群都是理工男，没半点艺术天分。也就关佳——”他指了指后者，“她学舞蹈的，虽然不是舞蹈专业，但是跳得也不错，拿过奖。”

戴宇拆台：“得了吧，关佳跳这么些年，总归就拿过一个奖，还是什么表扬奖，你说说！”

都是相熟多年的朋友，拆起台来不遗余力。刘晨本来只是随口吹一吹，听戴宇说起这茬，比他还乐，连声笑道：“我差点忘了！她高考后去参加了一个比赛，拿奖那天是十三号，他们还特意去刻了块牌子，写什么恭喜关佳得奖，刻了个又大又傻的七月十三，笑死我了……隔天就招呼大家伙儿庆祝，还加印了一条红条幅，在KTV门口挂了一整晚。一想起，我眼泪都要笑出来了……”

他笑着擦了擦眼角的泪水，关佳佯装生气，用手肘撞了撞他。

卓书颜听着，不知想到什么，脸色微微一变。再看从悦，表情也不大好。她忙岔开话题，说起上午滑雪的事。

这个话题就此翻篇。

从悦的生日，就在七月十四号。原来，是那天。

晚餐结束，戴宇等人邀请周嘉起三个，说道：“过几天就是关佳生日，我们想提前给她过生日，已经提前跟餐厅厨师定了个蛋糕。清吧那边也打了招呼，等会儿布置好可以在那儿开Party，一起来啊？”

周嘉起推拒不过，只好答应。

从悦和卓书颜兴趣不大，却也没扫人家兴。

清吧还在布置，Party还没开始，她俩便手挽着手去散步，一边闲逛一边谈天。

逛着逛着，从悦脸色变了。卓书颜见她情况不对，担忧道：“怎么了？”

“胃疼。”她捂着胃，眉头慢慢皱起，忍不住想蹲下。

“胃疼？很疼吗？哪儿疼啊？哪里……”卓书颜着急，问了几个傻问题，而后猛地想起来，“我带了药，我扶你回房间！”

卓书颜搀着从悦回房，从行李里找出携带的常用药。照着胃药的口服说明，她给从悦喂了两粒药片。

从悦靠坐在床头，眉头始终拧着。

“还好吧？”卓书颜问。

她勉强点点头，不想说话。

“让你好好吃饭，你就是不听我的！”卓书颜给暖宝宝充上电，唠叨，“胃搞坏了吧？疼起来要你命啊，跟你说你老不放在心上……”

正絮叨着，从悦的手机响了。

卓书颜替她接了，那边江也“喂”了一声，卓书颜没好气道：“从悦不舒服，没事别吵她，就这样。”

江也叫住她：“从悦怎么了？”

卓书颜本来不想理他，顿了顿，还是说道：“她胃疼，不舒服，不想讲话。”想到什么，她加了一句，“等会儿的Party我们不去了，你们玩吧。”

说罢，她就挂了电话。

从悦问了声：“江也？”

卓书颜说是。

她没说话。

六分钟后，门被敲响。尽管心里早有预料，开门见到江也的刹那，卓书颜还是有点意外。

“你来干吗？”因为饭桌上他朋友们说的那些旧事，勾起了卓书颜不好的记忆，这段时间对他变好的印象，又重新落回低谷。

“我看看她。”江也不跟她废话，直接往里走。

进去一看，从悦靠坐在床头脸色微白。江也在床边坐下，默了默，回头冲卓书颜道：“我们说会儿话，你先去找周嘉起，他在清吧。”

“我……”

卓书颜刚想反驳，从悦抬起眼皮，轻声道：“书颜，你去玩吧，我没事。”

在门边略站了站，卓书颜十分不情愿地出去了。

“还好吗？”江也看了看桌上半空的水杯，“要不要再喝点热水？”

从悦摇头：“不用。我吃了药，等会儿就好了。”

江也看着她，许久未言。

屋里一时安静下来，谁都没开口。

从悦闭着眼睛像是睡着了，江也的视线一直停在她脸上，许久，他问：“你是不是在生我的气？”

她缓缓睁眼，平静地看着他：“没有。”

她十八岁生日那天，江也和他的那些朋友，在给关佳庆祝舞蹈比赛拿奖的事。那一天，他忘了她的生日，忘了答应过会儿去，甚至在隐约想起这件事后，被朋友拉住不让走，最后就真的没有走。

“我知道你在想什么。”江也替她掖了掖被角，“那件事和谁都没关系，不怪关佳，不怪刘晨他们，要怪只能怪我自己。”

他说：“是我做得不好，我没忘。生气是你的权利。”

从悦静静睇着他，不语。

江也的手机忽然响了，在安静的室内，电话那端的声音，从悦听得清楚分明。

“你人呢？Party 开始了！都等你来好关灯点蜡烛，快来啊——”

那边声音嘈杂，喧闹无比。

“我不来了，你们玩吧。”江也说。

“啊？你搞什么，关佳过生日啊！你不来你干吗去？大家都在就少你……”

“我不来了，你们玩。”他又说了一遍，然后直接挂断电话。

江也把手机放下，将从悦被沿的缝隙压得更严实。

“睡吧，胃疼就叫我。”他说，“我哪儿都不去。”

早就该来的。

她十八岁生日那天，在她点亮蜡烛吹灭之前，在她彻底失望死心之前，他早就应该来赴这一场认真又诚挚的苦恋之约。

4

从悦胃疼留在房间休息，没去参加关佳的生日 Party。江也作为朋友本该和其他人一样到场，却因放心不下从悦，在她床边一直守至卓书颜回来，整晚都没在 Party 上露面。

隔天早上晨起洗漱，卓书颜和从悦说起这事，语气是一贯的夸张：“哇，你都不知道昨天晚上那个关佳脸色有多难看。”

从悦坐在床边换睡衣：“哪至于像你说的这样，你别看什么都脑补一出大戏。”

“我没胡说。你去不去人家肯定不在意，问题是江也没去啊。别告诉我，你看不出来她对江也有意思？”

从悦动作顿了一秒，若无其事地接上：“那是她的事。”

卓书颜和人来往向来讲究一个“缘”字，遇见不合拍的人会自觉避开减少来往。她原本对关佳没什么特别的喜恶，但自打饭桌上听江也的那帮朋友闲话旧事，知道了从悦生日当晚江也没出现，是因为去给关佳庆祝，卓书颜对关佳的印象一下子降到最低点。

说迁怒也好，故意怪罪也罢，她就是这样护短又小心眼，谁让她朋友不高兴了，她就对谁没好脸。

“你当心着点，小心她把气撒到你头上，我看她就不是个大度的。”卓书颜绑着头发，对着镜子撇嘴。

从悦整理好衣服，站起身低头扯衣摆，笑说：“你还好意思说别人小心眼。”

“就因为我也心眼小，这不才能看出她小心眼的本质吗？”卓书颜振振有词，“难道非要心宽得心里能装下个沙漠才算完？我可不，我心里容不得一粒沙子。”

从悦和她调笑几声，两人挤在洗手台前各自洗漱整理，没多久周嘉起来敲门，三人一块出门吃早餐，不再谈论这个话题。

卓书颜那番话才刚说完没多久，早餐饭桌上，关佳就挑起话头。

“听说从悦你昨天生病了，还好吗？”

众人都吃得差不多，关佳瞥一眼从悦，关切地问道。

目光霎时聚集到从悦身上，从悦微微弯唇：“没多大问题，只是胃疼，吃完药就好多了。”

“胃疼可不是小毛病。”关佳道，“你要多注意啊！”

刘晨想起什么，接话道：“你不是也有胃疼的毛病吗？”

关佳说：“已经好了很久了，现在很少犯了。”

“差点忘了，你本来就能忍，以前一块逛街，胃病犯了，一晚上你也一声都不吭，要不是后来吃东西吐了，我们谁都不晓得。这个破毛病总算好了，好了就好，真不容易。”刘晨感慨完，看了眼江也，“寒假过完大家都要回学校报到，半年难见一面，你生日的时候我们都不在，昨晚本来想给你提前庆祝，谁知道音响又坏了，真是……”

他话里有话，虽然并非针对从悦，但护着关佳的意思可谓明显至极。卓书颜听得暗暗皱眉，想说话，见从悦毫无反应，安静地吃完芝士包，端起杯子喝牛奶，仿佛和自己无关，遂也低头吃东西。

也是，本来就和她们无关。她们跟关佳又不熟，去参加Party是礼貌，不去也是应当。

江也也没接话，他夹了个小面包，小声问从悦还要不要吃，后者摇头婉拒。

场面一时有些尴尬。

关佳忙笑了下，说："暑假放假就能见了，坐飞机几个小时的事，看你说的。"

刘晨还是觉得过意不去，想了想又道："那要不然咱们今天晚上再办一场？正好昨天音响坏了，今天肯定修好了，怎么样？"他问其他人，想到什么，又主动询问从悦，"昨天从悦你没来，我还觉得老可惜了。今晚一起热闹热闹？我前段时间刚学会吉他，你想听什么歌，我给你现场弹奏一首……"

从悦抽纸擦净嘴角，婉拒道："不了，你们玩吧，我和书颜约好晚上去前庭看灯笼，听说今天晚上还有烟火主题晚会。"

她一说，其他人也想起来了，一大早酒店人员就四处忙碌，各处可见的电子活动公告牌上似乎也有看见这一项。

"我跟你们一块去。"周嘉起说，"那边便利店里有卖摔炮，我堆两个雪人给你们炸了看看。"

卓书颜嫌弃地吐槽他，江也接了一句："我也去。"

刘晨顿了顿，看着江也问道："你又不来啊？晚上给关佳再庆祝一回呗？"

"不了。"江也说，"你们玩。"

和从悦说的话，相差无几。

刘晨还欲再言，关佳岔开话题："庆不庆祝都没关系，晚上还是看灯笼和烟火有意思，难得来一次。"

她自己都这么说了，刘晨便不好再提。

上午各人自由活动，民宿周围有许多当地风俗项目可以体验，正好赶上昨天来了一个小型亲子旅游团，家长们带着孩子都去了，人正是多的时候，从悦几人索性不去凑热闹。

从悦和卓书颜在前庭站着聊天，说着说着，卓书颜和周嘉起打成一团，在雪地里追闹。从悦在檐下站着笑看，江也不知什么时候来了。

"不冷？这里风大。"

“不冷啊，我穿得挺厚的。”从悦瞥他，“你多穿点才是。”

“中午想吃什么？”

“看书颜和周嘉起想吃什么，我都行。”

江也皱了皱眉，说道：“周嘉起爱吃辣的，你容易胃疼，还是少吃点。”

“我……”

一个雪球猛地砸来，碎在从悦脚下。她惊得一跳，转头看去，卓书颜站在雪地里冲她招手：“快来啊悦悦！我们一起砸周嘉起——”

那边再度闹腾开，从悦略一考虑，跳下台阶，小跑过去和他们一块玩雪。

江也站了站，还没动身，身边多了个人。

关佳来得正巧，看着那边的三人浅笑道：“他们关系真的好好啊！”

江也随意“嗯”了声。

她侧目瞥他，说道：“昨天……昨天从悦身体不舒服没来，我理解，刚刚吃早餐的时候，刘晨说那些话不是有意的。其实大家都很喜欢从悦，都想和她多亲近一点，她没生气吧？”

江也默然看向她，许久未语。

关佳被他盯得略不自在：“怎么了？”

“有些话说出来难听，我本来不想讲。只是认识这么久，现在干脆挑明了说。”江也一字一句道，“关佳，你别把别人都当傻子。”

关佳脸色一僵：“你、你在说什么……”

“我只说一遍，我对你没兴趣，更没半点别的意思。朋友之间的界限在哪儿，你应该心里有数。”江也淡淡道，“从悦脾气不好，有些事最好不要打扰她，我不想让她烦。”

关佳脸色变了几变，既有难堪又有尴尬，还有说不清的失落，但都被她竭力隐藏着。

江也不傻，他只是对世故人情不上心，但不表示他不懂。对关佳有意无意的亲昵举动，他一直很烦，以前不过是懒得理，省得一帮朋友闹得不愉快。

但牵扯到从悦，那就不一样了。

雪地上跑来一群半大小孩，打雪仗从三人变成多人规模，他们嬉笑打闹，江也不再和关佳废话，提步过去。

从悦正帮着卓书颜围攻周嘉起，后脖颈忽然一凉。她“啊”地惊叫一声，回头看清偷袭的人，气得当即俯身从地上抓了一把雪。

“好啊江也，你等着！”

她追赶着他，雪球扔在江也背上，有厚厚的外套挡着，里面的人毫发无损。从悦不服气，又捏了两个雪球握在手里，追着江也不放。

旁边一群小男孩看他们追打，都来凑热闹，纷纷跟在从悦身后，手里的雪球接二连三朝江也扔去。

从悦乐得有帮手，趁情势大好，捏了个雪球塞进江也衣领。他被小男孩们扑倒在雪地上，连连求饶，可惜以从悦为首的这一帮“恶棍”不肯放过他。

闹了半天，江也猛地起身，揪住身旁一个小男孩，抓起一把雪去冰他的脸。

“逮到了！”

一个不够又抓了一个，这下一帮小男孩纷纷笑着尖叫，作鸟兽散。

从悦见江也站起来，手里抓了个硕大的雪球，眯眼朝自己看来，登时察觉不好，扭头就跑。

江也拔腿就追，他人高腿长，距离渐渐缩短。

“你不是挺横的吗？”

把从悦堵在墙边，江也轻掂手中的雪球，歪头勾了勾唇。

“你别扔啊，真的别扔——”从悦往后躲，伸手挡着不让他近前。

江也越靠越近：“知道错了？”

“错了！”从悦怂得不行，立刻求饶。

他眯眼：“错哪儿了？”

“不该扔你。”

“刚刚和那帮小鬼一块摁着我‘揍’的时候，怎么没这个觉悟？”江也没有半点要放过她的意思，噙着笑走近。

“江也——”他人已经走到面前，彼此之间就一步距离，下一秒就可以将整个雪球拍在她脸上，从悦紧贴着墙，躲也不是，不躲也不是，哭笑不得。

“晚了。”江也抓着她的肩头，摁着她蹲下，自己也蹲在她面前。

他一只手压着她的肩膀，一只手握着雪球，盯着她的脸琢磨：“砸哪儿好呢？头上？衣领里？要不然脸上？”

从悦两手捂着脸，等他动手。

“我看还是脸上吧，不然难解我心头之恨。”他故意道。

从悦一颗心高高悬着，无奈只好冲他喊：“要砸就快点，磨磨叽叽！”她的手掌捂住嘴巴，声音闷闷地从指缝中漏出些许。

等了许久，却始终不见雪球落下，预料中的冰凉感并没有到来，从悦睁开眼，江也那张清俊的脸近在咫尺。他单膝跪在雪地上，唇边挂着隐约笑意。

她怔怔地看着他：“你……”

“我劝你善良一点，”江也右手握着雪球，抬起一指轻轻戳在她额心，那双映着雪光的眼睛直视着她，“不要再让我神魂颠倒了。”

你呀你。

就这么一个你。

5

江也的手指戳在从悦额心上，微凉一点，触感清晰。从悦短暂愣怔过后，才对他突然冒出来的这句话有所反应。

“你再这么非主流，我就不跟你讲话了，油不油腻！”

拍开他的手，从悦抓起一把雪塞进他的衣领里，趁他不备把他推倒在地，猛地起身跑开。

江也捂着脖子，取出那一小团雪后，躺在地上朝她跑开的方向看去。她在他眼里倒转的世界中渐渐远去，脖颈处残留的雪化开变成水，他张开手臂，静静在雪地里躺了几秒。

冰凉的雪水在皮肤上轻淌，胸口脉搏一下一下跳动，热意汹涌。

吃过晚饭才七点，烟火表演十点才开始，尚有时间。

白天在雪地里玩了好半天，手脚都是冷的，尽管后来回室内在暖气中有所好转，卓书颜还是觉得那股凉意没有散。

烟火表演前的这两个多小时空暇时间，闲着也是闲着，卓书颜冻得不想散步，拉着从悦要去泡温泉。

去之前，她们问过周嘉起，他和江也有事要谈，不跟她们一块享乐。计算机专业相关的东西，她们插不上嘴，卓书颜便不再打扰，自行拉着从悦去了。

房间里的浴缸同样不小，设施一应俱全，酒店的管道四通八达，从总池引流，浴缸上的水阀一拧，待在房里也能享受温泉水。但卓书颜嫌浴缸少了意趣，到服务台取卡，要了个双人温泉间。

温泉池露天，池子面积占房间的三分之二，墙侧立着衣柜，另有水果和酒水供应，用木盆装着置于水池里，人泡着，吃食在水面漂着，一伸手就能探到，互不妨碍，方便得很。

换上薄薄的浴衣，两人踏进池中，靠着石壁坐下，长舒一口气。

环境清幽，时不时能听到山林里传来鸟叫声，天色昏黑，唯有一弯明月高挂天际。月光映照在枝头的残雪上，冰凉的白色仿佛多了暖意，泛起一层浅红。

卓书颜和从悦有一搭没一搭说着闲话，越泡劲头越足，畅快得很。从悦却不同，泡久了头有点晕，胸口闷闷的喘不上气来。

“不行。”从悦抚着额头，撑着池沿从水中站起，“我好像低血糖犯了，不能再泡了。”

卓书颜坐直身，担心道：“没事吧？”

从悦摆手：“没事，就是池子太热了，我不习惯，我上去待一会儿。”

从悦从水中起身，浴衣带起的水哗啦淌了一地，池边全是湿的。她坐在小木凳上缓神，脸色有所好转。

卓书颜见她这“弱不禁风”的样子，半带不满：“刚刚晚饭让你多吃点，扒那么几口，低血糖犯了吧？你就作吧，不听我的早晚有的你哭！”

“是是是，下回我都听你的。”从悦顺着她的话说，无奈笑了笑。

她在池边坐着，卓书颜怕她着凉，提醒道：“你好点没有？赶紧进水里来，晚上有风，你身上的浴衣又泡过水，风一吹着凉了有你难受的。”

从悦已经有点冷了，瞥一眼冒热气的温泉池，胸口那股闷劲又上来了，便不大想下去。

“你还要泡多久？”从悦犹豫道，“我想回房间。”

“不是吧，这么扫兴？我们才来二十分钟啊！”

“要不然我在这儿陪你？我把衣服换回来，就不下来了。你泡，我坐在这儿陪你说话。”

卓书颜考虑几秒，叹气：“算了，你把衣服换了，赶紧回房间，记得洗个澡。我一个人在这儿泡就行了，又不是小孩子还要人陪。”

从悦听得发笑，她小孩子气的时候可不少，不是自己陪她，就是周嘉起陪她。然而也知道她是怕自己受寒生病了，从悦当即应下：“那我换衣服回去了，你自己注意点……你还要泡多久？”

“不知道。看情况吧，快的话十几二十分钟，慢的话等会儿你洗好澡休息完来找我。”卓书颜说。

从悦和她说好，到一旁帘子后换上来时穿的衣服，走之前和卓书颜说了声，没忘叮咛她多注意，别只顾贪玩。

周嘉起和江也去清吧谈事情了，两个人抱着电脑也不知要捣鼓到什么时候，房里只有从悦一个人，她摸摸半湿的头发，打算洗个澡。正翻衣服，手机收到一封班级群发的邮件，和上学期结束前全班一起画的那些壁板画有关。

画没问题，是剧团工作人员在演出结束后收拾道具时不注意损坏了几幅，剧团只好重新找他们补画。

班级群在谈由谁补画这件事，补画的人选不仅要有时间，还要能马上返回盛城。

从悦趴在床上，开着电脑忙活了几分钟。班里有人就在盛城，还有人能马上买票回去，人手足够，她便没有自告奋勇。

小插曲处理完，她拿上要换的衣服进了浴室。

先洗头发，再洗脸，最后洗澡，从悦按习惯的步骤来，热水将皮肤浸得泛红。到冲洗身体时，手往用品架上一摸，她才发现只拿了洗面奶和洗发露，沐浴露忘在卧室桌上。

她关了水，披上浴巾，拧开门把走出去，门外忽然响起刷卡的声音。

来人推门而入，门在背后“吧嗒”关上，才走两步，江也抬头和捂着浴巾站在浴室门前的从悦打了个照面，脚步顿住。

“你……”

江也愣了愣。

从悦一手摁着浴巾，脸上讶异，两颊被熏蒸得泛着酡红。她匀称的手臂和圆润小巧的肩头裸露在外，白皙皮肤泛着一层薄薄的粉红，周身腾着湿漉水汽，发丝也是湿的，水滴顺着发梢落下，和脖颈处淌下的水珠汇合，淌过她的锁骨，往胸前那道深沟流去。

那滴水消失不见，他的眼睫也跟着颤了一颤。

“你不是和周嘉起在清吧？”从悦问完，才回神意识到自己的状况，快步退回浴室，关上门。

江也站在客厅里，进退维谷。几秒后，他答道：“我和周嘉起在谈事情，他在接他导师的电话，我回来帮他拿东西。”

他和周嘉起都以为这间三人一起住的套房没有人，毕竟她俩说去泡温泉，原想着没有四十分钟或一个小时，她们不会回来，谁想到……

从悦也没想到会有人突然回来拿东西，这俩人说去谈事，每次一扯到专业相关的东西，凑在一块一说就是两个小时。她只是想洗个澡，没考虑那么多意外情况。

屋里静了一秒，气氛有些尴尬。其实要说，江也没看到什么不该看的，只是她那个出浴姿态，太过旖旎，空气都变得暧昧了几分。

“你要拿什么东西就拿吧。”从悦在浴室里说，“等你走了我再出去。”

江也咳了声，随口问：“……你是出来拿什么东西吗？”

从悦倒是没有忸怩，说道：“嗯，沐浴露忘在桌上了。”顿了顿，加上一句，“周嘉起的东西都放在行李箱里，没拿出来，你翻翻看。”

江也应声，提步走进周嘉起的房间。他拿了周嘉起要的U盘装进口袋，走出房门口，脚步顿了顿。

从悦在浴室里听动静，等着江也出去，半天没听到动静。

“咚咚”两声，浴室外忽然有人敲门。

江也轻声道：“你的沐浴露。”

她微微犹豫，将门拉开一条缝，伸出手去接。

“谢谢。”拿到沐浴露，她立刻将门关上。

那只白嫩的手臂在眼前一晃，江也微顿，在门前站了几秒。

晚上的烟火表演场面盛大，酒店里的客人几乎都没有错过，有闲情逸致的都走出了酒店，聚在雪地前；有的人懒得动弹，窝在房间里，透过窗户或者靠在阳台栏杆上远距离观赏。

因洗澡的插曲，从悦一见江也，眼里闪过尴尬。江也却一切如常，还递给她一副手套。

“哪儿来的？”她一愣。

江也说：“体验厅送的。”

“你去体验厅了？”

“嗯。”他从口袋里掏出几张纸，“还有这个。”

从悦低头一看，是几张圆形剪纸，每一张都比手掌小两圈。

“这是什么？”

“体验厅里的剪纸艺人剪的，和那副手织手套一样，都是他们送我的。”

“给我？”

江也点头。

从悦接过细细看了看，“花好月圆”四个字剪得极其精美，她笑着说了声“谢谢”。

不远处烟花接二连三绽开，从悦和江也并肩站着看。

“他们俩也不知道跑哪儿去了？”从悦说的自然是周嘉起和卓书颜。

他们俩先前在一块说话，走着走着就不见踪影了。

江也道：“想去当电灯泡？”

从悦乜斜了他一眼：“会不会说话。”

“本来就是啊。”

他说的其实也是事实，从悦撇嘴，没再继续反驳。

烟火花样各异，观赏人群里时不时响起惊呼声。江也看着看着，忽然问：“许个愿吗？”

从悦吐槽：“许什么愿，你当是流星？”

“他们都在许。”江也抬抬下巴，指了指前面的人群。

从悦一看，果真有不少人对着绚烂的烟花许起了愿。

还没说话，身旁的江也闭上眼睛。

“你许的什么？”等他睁眼，从悦问。

他扭头看来，说：“从悦今晚跟我睡。”

她抬脚踢了他一下：“你想得美。”

江也勾唇笑了下：“那我换成容易实现的好了。”

从悦等他的下文。

他停顿几秒，说：“我希望，从悦能再看看我，再给我一次机会，考虑考虑我。”

从悦微怔，无言地和他对视。

她没有说话，没有回应，就那么静静地看着他。

江也眼色微沉，眼里的亮光慢慢暗了下去。

像是过了许久，久到空气仿佛都静止，又或许只是一刹那。

“你脸上脏了。”从悦抬手在他颊侧摁了下，转身走开。

未等江也提步，脸颊上的东西掉下来，他伸手接住。

是他给她的剪纸。

不及巴掌大的，“花好月圆”四张里的其中一张。

一张“好”字剪纸，静静躺在江也的掌心。

6

雪村之行结束，一众人返程，各自回家度过剩下的寒假时间。

从悦和卓书颜一块回了卓家，年后的生活同年前无异，少了春节将至的繁忙喜悦，多了几分轻松。

待到假期过完，工作的外出工作，读书的返校读书，一切重回轨道。

新学期伊始，从悦忙得不可开交，老师一连布置了三个研究课题给他们做，时不时还有和外头画廊合作的小任务分下来，他们班的同学要么见天往艺术馆跑，要么就是埋头找资料。

这期间，江也在校外租了公寓，和周嘉起一样，从宿舍搬了一半东西出去，偶尔回偶尔不回，两处落脚。

卓书颜和周嘉起倒如旧，尤其前者，同是一个院系，卓书颜班上众人悠闲得和从悦他们形成鲜明对比。

又是在资料书中度过的一天，直至晚上八点，从悦才有时间将早已冷掉的外卖吃完。趁空看了看手机，朋友圈里有几条更新，屏幕往下拉到一半，她就见周嘉起发了几张图。是他自己动手炒的菜，一个青椒炒肉，一个炒青菜，不仅简单卖相还有点不堪。

周嘉起很少下厨，厨房基本当成摆设，难得做一回饭，却显摆得不行。从悦看他配文语气“沾沾自得”，招来卓书颜在评论里花式嘲讽，对话翻下来，连连失笑。

她顺手评论：“真好啊，我也想自己煮饭吃。”

没多久，周嘉起回复她：“想吃就做啊，我这儿有厨房，书颜那儿也有。”

从悦道：“我当然知道，就是没时间，只能想想过过瘾。”

后面配了一个嘴角下撇的表情。

卓书颜看见，过来回话，十分主动地道：“你想吃什么？！我煮给你吃，煮了给你带来！”

从悦才不信她，她老是嘴上跑马，说完转头就忘了，再者她的厨艺，真叫她下厨她肯定有的头疼。

不等从悦吐槽，周嘉起就嘲笑：“就你？别把厨房炸了，小心毒死从悦。”

卓书颜哪肯示弱，两人在评论里你一句我一句互相攻击。

从悦摇头，歇息完不再看，继续看书。

上午课排得紧，从教室出来，从悦抬手捏了捏肩。

江也等在小路旁，她一愣，快步上前：“你怎么来了？”

他提起手里的东西，没说话。

“你……来送饭？”从悦盯着他手里那个保温饭盒，诧异。

“你昨天不是说想吃自己煮的饭吗？”江也说，“我上午没课，就做了点带过来。”

从悦怔怔想了想，记起和周嘉起还有卓书颜在朋友圈里说的那一番话。

江也大概是看到了。她既诧异他会做饭，又诧异于他这个举动。

找了个亭子坐下，江也把保温盒打开，一层一层摆在她面前。

接过他递来的筷子，从悦才想起来："你吃了没？"

"吃了。"江也说，"做饭的时候顺便吃的。"

从悦瞥他一眼，没再说，动筷开始品尝。

她吃饭，他坐着看，从悦感觉怪别扭，速度比平时快了不少。她胃口不大，他装的分量又多，剩了将近一半。

"味道不错。"从悦扯了扯嘴角。

"嗯。"江也淡淡应了一声，伸手到她面前，"煮饭的时候我把手烫伤了，你帮我擦药吧。"

"什么？"

江也重复道："煮饭的时候被油烫到了。"他指指手背上的那个红点，"很疼。"

"手烫伤了为什么出门前不处理，你不怕感染？"还等了这么久，等到她吃完饭才说，从悦又道，"现在去哪儿找药，还得出去……"她说着要站起来。

"我带了。"江也从口袋里掏出一支药膏，"擦吧。"

连药都准备好了，从悦还能说什么。

接过药膏，拿起他的手，从悦低头，细致地在他手背上的烫伤处涂抹。

江也一声不吭，眼睛一直看着她。

从悦给他擦完药，见他眼神灼灼地盯着自己，旋好药膏盖，没好气地在他额头上戳了下："脑子进水了你。"

他也不反驳，轻轻笑。

没几天，周嘉起姨妈的朋友的女儿来盛城参加活动，要他招待几天。从悦因为忙，没有和小姑娘见上面。小姑娘到的第二天，周嘉起带她和朋友一起吃饭，江也那一帮人都去了。

卓书颜问了从悦好几次，从悦实在没时间，一概都拒绝了。

谁知晚上九点多，江也突然打来电话。

“卓书颜弄伤了脚，我们现在在医院，你方便过来吗？”

从悦一怔，而后惊道：“弄伤了脚？怎么搞的？！”

顾不上等江也回答，她嘴里一边问地址一边答着马上就到，穿上外套火急火燎就出了门。

赶到医院和周嘉起几人碰面，一问才知道，周嘉起招待的那个小姑娘被家里宠坏，性格有些娇蛮，和卓书颜合不来，又仿佛对周嘉起有点好感，在席间各种和卓书颜针锋相对。

卓书颜一顿饭吃得憋气，心里不忿，和周嘉起在走廊角落里吵起来。中途她跑出去，下楼梯的时候踩空，弄伤了脚。

周嘉起满脸愧疚：“这事都怪我，如果不是我……”

“确实怪你。”从悦深深看了他一眼，“别的话我不多说，你心里应该明白我想说什么。现在书颜的伤要紧，你别以为你说两句自责的话我就不气了，等她好了我再跟你计较。”

周嘉起无话可说，默然点头。

从悦和他说完，进病房里看卓书颜。其他陪着来的人，比如林禧，暂时都先回去了。周嘉起拉着江也去取药处取药，把空间让给她们。

“还好吧？摔得严不严重，疼不疼？”从悦扯了张凳子在病床边坐下。

卓书颜腿上打着石膏被吊起来，手背插着针管正在输液。她眼睛红红的明显刚哭过，眉头轻拧，委屈道：“疼。”

“下次别这样，再着急再生气也不能乱跑。”

“我知道。”卓书颜恹恹撇嘴。

从悦问：“你还在生周嘉起的气？”

卓书颜看她几秒，低头：“为什么不？他早就知道我的心思，我表白也表了，该说的话说得那么明显，可他还是不进不退没有半点表示。现在还……”

从悦没说话，她想到以前。

还在初中时，卓书颜不止他们两个朋友，但是女生间摩擦不断。不知道因为什么事情，卓书颜和一块玩的几个女生闹翻了，她们几人抱团孤立她。

卓书颜怕从悦担心，没有告诉从悦。那时，从悦一心忙着学业，还有家里的事情要烦恼，也没有察觉。

卓书颜和那几个“朋友”彻底决裂的下午，上体育课时，她一个人跑回教室躲着哭。周嘉起正好回去拿外套，碰见，非要问个究竟。

卓书颜一五一十说了，她大大咧咧向来很少哭。周嘉起一听那几个女生在她路过的时候当着面骂她，忍不住要去找她们算账。卓书颜拉住他，说这是女孩子之间的矛盾，他不适合干预。

那阵子，周嘉起怕她心情不好常常陪着她。后来卓书颜缓过劲，再没把那些不算朋友的人放在心上，但也是从那个时候开始，她慢慢变得越来越依赖周嘉起。

聊了好半晌晚上的事，话题兜来转去，说到底还是围绕感情两个字。

从悦很清楚他们的好感不是一天两天产生的，问卓书颜：“你现在是怎么想的？”

卓书颜沉默半晌，没回答，只说：“我脑子里一片糨糊。”

从悦没有追问，卓书颜反过来问她：“你现在和江也又是什么情况，你决定要跟他和好了？”

稍作沉吟，从悦道：“其实我心里很矛盾，也有点理不清。”

“我看你们相处得这么好，还以为……”

“我不讨厌他，和他接触也不反感，但要说和好什么的，还是觉得少了点什么。”从悦顿了一下，“有的时候我会想到以前，你还记得高中那时候吗？”

卓书颜没有插话，从悦微微敛眸。

“高中时我喜欢他，费了好大的劲，从学生联络簿上弄来他的号码。哪怕是睡得脑子不清醒的时候，他的号码我也能倒背如流，只是我一次也不敢打。

“他的 QQ 号我一直记得前四位数。当时我们连好友都不是，除了周嘉起，我和他身边谁都不熟。我不敢向别人问和他有关的任何消息，明明我喜欢他几乎所有人都知道。就这样，还是怕他知道会嗤笑，紧守着那一点可怜的自尊。

“偶尔翻翻 QQ 里可能认识的人那一栏，比对 QQ 号前四位数看会不会找到他。我一直翻，一直翻，但始终找不到。可笑吧？我们的共同好友数量，甚至连让他出现在‘可能认识的人’里都不够。”

从悦笑了下：“好多次，我气自己为什么只记得前四位数？后来我又气自己，为什么记得前四位数，为什么要记得？”

不管因何开始，要她细说她讲不清也想不起来，但那个时候，她喜欢江也，是真的好喜欢。

高考后的告白，她想着至少要真的尝试一次，可结果证明，有的时候太固执，结局未必会尽如人意。

现在问她对江也的感觉，她一下子也说不清。

卓书颜听得沉默，轻轻拍了拍她的手。

从悦从情绪里回神，笑道：“算了，不讲这些，都过去这么久了。你的腿要紧……我去看看他们回来没？”

起身打开门，周嘉起迎面走来。

从悦问：“取到药了？”

“嗯。”

“江也呢？”

“刚刚他去缴费了，窗口队伍比我那边短，先回来了，没看到他吗？”

从悦摇头：“没。”

周嘉起皱了下眉，很快展平，急着进去和卓书颜说话，道：“那可能他去别的地方了吧，上厕所什么的。先不说这个，书颜的药还没吃。”

两个人说着走进病房，别的都被抛到脑后。

7

十几分钟后，江也回来了。他把缴费单递给周嘉起，什么话都没说。

从悦问：“你去哪儿了，怎么这么久？”

他道：“上了趟洗手间。”

从悦“哦”了声，没多问。

卓书颜脚上的伤，医生说至少要小半个月才能恢复。周嘉起和卓书颜私下是怎么谈的，从悦不知道，她看得出卓书颜的情绪似乎不太好，但也无奈。感情的事，即使她是两人的好朋友，也插不了手。

接下来的一段日子，从悦每天忙里抽空，挤出时间去医院探望卓书颜，偶尔会拐道先去她公寓，煮好汤带去给她。

周嘉起姨妈朋友的女儿，没几天就回去了。说起她，卓书颜明显不想谈。

“回也好不回也好，别人的事，反正是周嘉起要操心的，跟我无关。”

卓书颜看来是真的生周嘉起的气了，这段时间周嘉起天天往医院跑，她一点好脸色都不给。当然，气的不是自己受伤，伤是她自己踩空所致，她在意的是别的。

没说两句，卓书颜就岔开话题：“江也最近很忙吗？怎么没看他和你一起来……我不是说要他来看我，他怎么没来接你什么的？”

这不符合他这半年来的作风。

江也最近确实挺忙的，偶尔有发信息给从悦，不过只是说两句话，频率也比之前低了很多。从悦蹙了蹙眉，没多想：“大概有事吧。”

美术家教的工作从悦还在做，最开始和伍秋的家长定好的就是长期的，虽然她妈妈给她的那张卡，足够解决她的经济问题，但她不会无故毁约。

伍家近来似乎事情很多，过年期间从悦见伍秋几次发朋友圈，情绪都不大明朗。从悦和他聊过几次，他只说还好，没什么事。

和之前一样的上课时间，从悦提前一个星期和伍太太确认过，周日傍晚，去伍家上课。门铃摁响，开门后却见伍太太一张略显尴尬的脸。

“从老师……那个，伍秋不在家。”

“不在？”从悦一愣。

伍太太满脸歉意：“我刚刚下班回来才发现他不在家，他的电话怎么打都打不通。”

从悦很想说，希望她能对自己的孩子多上点心，哪怕夫妻间有矛盾要处理，也不应该这样忽视孩子。想想这是人家的家事，最后从悦还是没有多嘴。

“要不然从老师你先回去吧，今天的课下周再补上，我先去找找他。”

伍太太不好意思地笑了笑。

也只能这样了，从悦和伍太太道别，乘电梯下楼，一边往外走一边给伍秋打电话。

伍秋的电话一直打不通，快走到公交车站，从悦给他发微信消息，还弹了个语音通话。语音没接通，从悦正打算收起手机，伍秋回拨过来。

“你在干什么？”从悦着急地问道。

“我在忙。”他说。

“忙什么？今天我来给你上课，你人怎么不在？”

那边顿了顿，伍秋说：“我忘了老师，对不起。”

从悦叹气：“你在哪儿？”

伍秋报了个地址。听到那边人声喧嚣，从悦招手拦出租车，道：“我现在过来。”

从悦在打的去找伍秋的路上，收到江也发来的信息。

他问：“有没有空，我想见你。”

从悦指尖稍稍停顿，回复道：“今天没时间，我有点事。”

江也没再回复。

十分钟后到达目的地，从悦找到伍秋，他正在街边发传单。

得知伍秋寒假就开始打短期工，自己攒钱，从悦无奈道：“你父母感情不好总是吵架，但你的生活他们不可能不负责，你没必要这样。”

伍秋很固执地道：“我就想自己挣一点钱，他们俩总找不见人，不是这个不回家就是那个不回家，我也烦他们。”

他就是想出来打零工消磨时间，省得在家烦心，眼不见为净。

从悦见他坚持，只好道：“你要打零工可以，不能耽误学习，该上的课还是得上，不管怎么样你现在最要紧的就是好好准备考大学。”

“我知道。”伍秋低头。

见状，从悦叹了口气：“我帮你发，你一个人发到什么时候去，早点发完我带你去吃饭。”

他俩一块，从一个路口发到另一个路口。到拐弯处，伍秋去便利店买了两瓶水，递给从悦一瓶。

从悦接过，说了声谢谢，话音刚落，一个人影停在面前。

看到突然出现的江也，从悦愣了愣。他面无表情，垂眸问她："这就是你说的有事？"

从悦不明所以地眨了眨眼："……是，你怎么在这儿？"

"路过。"江也淡淡看着她，扫了一眼她身旁的伍秋。

没说几句，前方走来一大拨人，从悦顾不上和江也再聊，立刻拉着伍秋迎上去发传单。

江也站在原处看着，心里复杂。

从悦和卓书颜那天在医院里说的话，他都听到了，没等她出来，他就转身落荒而逃。这些天，他没有来找从悦，只是因为他不知道该怎么面对她。

眼下看着从悦和伍秋忙碌的身影，那种觉得自己很多余的感觉越发强烈。

能让从悦上心的事情有很多，很多人在她心里都能占据一席之地。他对她而言，原来早就不是那么重要了。

江也静静站了一会儿，没等从悦回来，转身走人。

夜宵摊上生意红火，桌桌都坐满了人。

林禧一帮人吃着烤串，热闹说笑，就江也一个闷声不语。

"你有心事？"

林禧刚问，旁边人插话："是哦，也哥最近心情好像不太好，怎么了？"

江也没理他们，拿起杯子喝酒。

众人瞧着更觉得惊奇了，他很少喝酒，这会儿连酒杯都端上了，看来是真的情绪不怎么样。

林禧见他明摆着一副想消愁的模样，没拦着，只提醒道："悠着点。"

过了会儿，周嘉起来了，林禧和他聊天，问道："卓书颜的伤怎么样了？"

"在恢复。"周嘉起眉头轻皱，显然心情并不是很好。

林禧聊了几句便没再问。

周嘉起手机突然响了，他起身出去接电话。接完电话回来，江也抬眸问他："从悦？"

“不是。”周嘉起说，“是班上的人。”

江也眼皮耷拉，没了兴趣。

林禧正吃着串儿，手机也响了。江也总觉得他起身前瞥了自己一眼，几分钟后林禧回来，江也忍不住闷闷问了句：“从悦？”

林禧疑惑地瞥了他一眼：“不是。你怎么老想到从悦？”顿了顿，笑道，“你要是想她，不如去见她呗。”

“我没想她。”江也一脸恹恹，难得提到这个名字时情绪这么低沉。

旁边有人笑：“也哥这话说得，我看等会儿八成按捺不住就去找人家了，说是这么说。”

江也又喝了一杯酒，眼里有点阴郁，像是赌气又像是烦恼别的。

“我去见她我是狗！”

周嘉起和林禧等人一听微愣，不明所以地看着他。一众人纷纷问他怎么了？他也不说，就一个劲喝酒。

从悦和伍秋这边的传单还剩最后一点点没发完，但两人已累得不行，脚板底生疼。两人正准备休息一下再处理最后一小沓传单时，江也突然来了。

他先前走的时候悄无声息，从悦中途休息的时候才发现他不见踪影，虽然觉得他的举动有些奇怪，但也没多想。见他突然又出现，从悦奇怪道：“你怎么又来了？”

江也脸上泛着一层红，带着清浅的酒意，那股红似乎蔓延到了眼角。他没说话，忽地两步上前一把将她抱进怀里。

从悦被他猛然拥入怀中，愣了一下，轻轻推拒：“你干吗？”

江也不说话，沉默地抱了十几秒。而后，他放开手，从外套口袋里拿出一个被透明塑料袋装着的东西。

“这是什么？”

他说：“烤地瓜。路上看到就买了，怕你饿。”

从悦看了他一眼，说了声谢谢，扭头喊：“伍秋——”

她刚想掰一半分给他，江也却拉住她的手腕。

“嗯？”

"这儿还有。"江也又从口袋里拿出一个，一脸不爽地递给伍秋，"你的。"

以从悦的性格，肯定不会吃独食，他买的时候就想到了。

看着那个比从悦手里的地瓜小一半的地瓜，伍秋嘴角抽搐："谢谢。"

从悦握着暖意融融的地瓜，说："等会儿我们发完传单就去吃饭，你去吗？你吃了没？"

江也说："没。"

"那好，你等我们一会儿，还剩一点就发完了。"

伍秋一听马上道："我去我去！我去就行，从老师你们坐一会儿。"

不等从悦开口，他拿着传单就跑开了。

伍秋跑得快，想想最后一沓传单也不多，从悦便没拒绝他想让自己休息的好意。

"我们站这儿等他吧，最多两分钟。"她说着，低头看了看手里香气诱人的地瓜，正要拆塑料袋系着的结，江也忽然伸手一揽，又把她抱进怀里。

从悦被扯得踉跄一步撞进他怀里，愣怔了一下，问道："你今天干吗……"

"没干吗，我今天属狗。"江也莫名其妙来了一句，手臂更加用力，头埋在她肩上，低声说，"让我抱一会儿。"

8

卓书颜的脚伤养了一个多月，拆了石膏后每天认真按时上药，终于恢复如常，可以下地行走。期间，她错过了第一次考试，从悦只好担负起给她补习的责任。

卓书颜返校正式上课后，周嘉起和她之间别扭的气氛却并没有因病愈而好转，就像一锅即将烧开的水，在等一个沸点作为突破口。

从悦夹在中间，两头为难。

卓书颜出院两周后，磨煞人的气氛终于彻底被打破，起因是卓书颜答应了美院里一位追她的男生的邀约，两人单独出去吃饭，正式约会。

周嘉起得知后的表情，从悦并不在他身边，没能第一时间看到，但他那深潭般的脸色，在隔天傍晚四人聚餐的时候，毫无遮掩地表露无遗。

卓书颜与往常无异，席间说说笑笑，但从落座开始，头扭着只朝向从悦的方向，对周嘉起别样冷淡，连看都没有多看他几眼。言谈间，从悦很小心地避开和那位追求者有关的内容，卓书颜却不以为意，多次主动提起。

江也一向插不进她们俩的话题，从头到尾安静扮演旁听客，无奈不想见从悦为难，破天荒开口帮着岔开话题。

在卓书颜第三次聊到那位追求者的时候，周嘉起终于忍耐不了，狠狠摔了筷子。下一秒，卓书颜比他还用力地将筷子扔在桌上。

周嘉起沉声问："你想怎样？"

"我不想怎样！我能怎样，我就是一个大傻子，你觉得我还能怎么样？！"卓书颜像是被触动什么开关，一刹崩溃，眼睛红了一圈，她控制不住音量道，"周嘉起，我总算看清你了。我要是再喜欢你，除非我脑子进水！你真当我贱是不是……"

她忍着眼泪，抓起包扭头走人。周围食客被大动静吸引注意力，纷纷看来。

"书颜……"

从悦还没喊完，周嘉起已经追了出去。

被扔在原地的从悦和江也两人只好赶紧去柜台买单，紧跟着也追出门外。

街上人来人往，视线所及范围内找不到周嘉起和卓书颜的踪影，从悦心下焦急，还没决定往哪儿追，手机铃声突然响起。

来电人是辅导员，她微顿，摁下接听键。

江也静静站着陪她，那边似乎找她有急事，不知说了什么，就听她犹豫答道："一定要现在过去吗……"

表情转了几转，最后她无奈道："好，我马上来。"

挂完电话，江也问："怎么了，有事？"

"辅导员找我，说有事要和我谈，让我现在马上过去。"从悦看看街前方，心里还在担心跑开的那两人。

江也看出她的担忧，道："那就先回去，周嘉起那边我帮你找，他们总不会跑丢。"

从悦无法，只得点头。

辅导员催得急，从悦马不停蹄赶回学校，到办公室和她会面。辅导员姓荀，是个三十多岁的女人，待人亲和，在学生中却也很有威信。

放下手里的茶杯，荀老师应过从悦的问好，废话不多说，开门见山道："叫你来是有件事要征询你的意见。"

她从桌面上的书本下抽出一张表格递给从悦。

"今年我们院开展的交流项目，去佛罗伦萨学院进修班学习，总共有五个推荐名额，我和系里几个老师讨论过，决定给你一个。你怎么想？"

从悦愣住，感觉手里那张轻飘飘的纸，一下子分量非常。

"去……"她滞怔道，"多久？"

"为期一年半，大四的时候回来。"

从悦脑子有点晕。

荀老师循循善诱道："这个项目对外牵头的，是郎克龄先生。去了那边除了念进修班，还能跟郎大师学习。这样的机会不多，意味着什么我想你也明白。我们院人数上下加起来，这五个名额有多重要，你应该清楚。"

"我清楚。"从悦捏紧纸张边缘。正是因为明白，所以才更加忐忑和紧张。

"如果你没有意见的话，把表格填好交上来，最迟这个月底就要开始准备材料，审核通过后还有一系列手续，抓紧。"荀老师瞥她一眼，"你自己好好想想。"

周嘉起和卓书颜纠结了多年的那点事儿，终于在这次爆发中解决了。

两人私下怎么谈的，是不是经过了一番电视剧版的情感拉扯，没人知道。最后结局倒是皆大欢喜——周嘉起把心里那点顾虑全都摊开好好剖析了一番，最终决定放下顾虑，将来能不能做朋友之类的事统统丢到一边，当下只正视自己的心意。

他俩在一起，最高兴的莫过于从悦。为了不打扰他们腻歪，除了必要的碰面，从悦留了大把时间给他们二人共度。

没等周嘉起请一帮朋友吃饭，周五下午，从悦先提出要请客。

“为什么你请？”卓书颜不解，“你不是想给周嘉起省钱吧？他大手大脚你又不是不知道，省了也是白省。”

从悦没答她的话，笑过以后，加上一句：“叫上江也一起。”

怀着淡淡疑惑，到了晚上吃饭上甜点的时候，卓书颜终于明白从悦此举为何。

“我们院里有一个对外交流项目，老师给了我一个名额。”

从悦说完，余下三人皆是一顿，卓书颜问：“去哪儿？”

“佛罗伦萨。”

“去多久？”

“一年半。”

其他三人谁都没说话。

从悦稍作沉吟，认真道：“我考虑过了，我决定去。”

……

吃饭的地点选在市中心的一家餐厅，坐的是周嘉起的车，返程回学校的路上，气氛略显沉闷，在离盛大还有十分钟脚程的地方，从悦叫停。

“我和江也聊一会儿，你们回去吧，我们走过去。”

周嘉起和卓书颜没有异议，暗暗去看江也。江也面色微沉，从餐厅出来一路上半句话都没说，闻言打开车门，默不作声下了车。

周嘉起和卓书颜开车离去，从悦和江也并肩走在马路边，有半分钟时间没说话。

途经便利店，从悦进去买了两杯热的速溶奶茶，将蓝色瓶身的那杯递给江也。

“你有没有什么想问的？”她道。

江也步子一停，站了几秒：“你决定好了？”

“嗯。”

“那我呢？”他转头看她。

从悦和他四目相对，良久道：“这对我来说是个很好的机会，我不能放弃。”

江也没说话。

“我以后，靠不了爸爸，靠不了妈妈，没有家人会给我助力。我想做的、想要的，一切东西都得靠我自己努力争取。”她眼里坚毅清明，“去佛罗伦萨进修，可以跟随郎克龄大师学习，他是国内最早一批走出去的美术家，做他的学生，回来之后在美术这个领域，不管是谁路都会好走很多。”

夜风从路灯间穿行而过，暖煦轻柔，不带一丝寒意，却仍教衣摆晃了晃。

“如果没有进修这件事，我现在跟你表白，你也不会接受，是不是？”江也沉默几秒，忽然问。

从悦垂下眼，承认：“……是。”

“你还是信不过我。”

“我是信不过我自己，也信不过你。”从悦抬眸，对上他的视线不闪不躲，“高中距离现在，过去了几年？两年而已。那个时候我很喜欢你，可现在呢？才多久时间，那股感觉就淡化了。你现在回过头来追求我，又能坚持多久？即使我们现在在一起了，这个机会摆在面前，我还是会选择去进修。”

从悦说：“我承认，我现在的确有一点喜欢你。但是生活中不是仅仅只有爱情而已，还有很多事情值得去做。我和你说这些，是给你一个选择的余地，你可以选择放弃，到此为止。另一方面……如果你懂我的意思，我愿意和你慢慢来。”

从悦要去佛罗伦萨进修的事拍板定下，连同院里其他四名学生，一同上交了材料，审核很快批复，五人一起开始为进修做准备。

自那天起，江也没有再去见从悦，从悦要处理的事情很多，也没有来找他。

林禧那帮人得知后生出不满，见江也日渐沉默，情绪长久保持在低落的状态之中，颇有种好哥们儿被人抛弃的感觉，私下吐槽过不少次。

周嘉起尊重从悦的选择，同样也希望她能有个光明的未来，自然不会说什么。其他朋友的嘀咕偶尔传到他耳中，考虑到各自立场不同，他并未生气。

转眼这个学期过去将近三分之二，从悦离开的日子如期而至。周嘉起和卓书颜去机场送她，说话间，从悦的眼神时常往入口处看，没几秒又若无其事收回。

“他不来就算了。”卓书颜拉住从悦的手，“有什么了不起的，去进修学习好像欠他钱一样，难不成要拴在他身边才行？将来你的事业他负责啊？”

周嘉起皱眉：“少说两句。”

卓书颜狠狠瞪他，到底还是住了嘴。

从悦笑了笑，没接这个话茬。

快要登机时，三人正做最后话别，从悦的手机忽然响了。

来电显示上硕大的“江也”两个字闪烁不停，不知怎么，看到他的名字，从悦的手指微微用力，心里有一丝连自己也说不清道不明的紧张。

在她登机前，江也最终还是来了。

四目相对半分钟，从悦终于忍不住开口：“马上要登机了。”

周嘉起和卓书颜去旁边买咖啡，特意腾出空间给他们说话。

江也眉头轻蹙一下，缓缓展平。长臂一伸一拽，他抿着唇将从悦拉进怀里。

“不忙的时候要回我的邮件和消息。有时差也要接电话，我不会打得太频繁，绝对不会吵到你。”

她应声：“好。”

他没放手，抱得更紧了几分，说：“你那天说，你有一点喜欢我。”

“嗯？”从悦在他怀里僵了一下，慢慢放平肩线，“……嗯。”

“回来一点都不能少，该是多少，还要是多少。”

从悦哭笑不得，忽然又听他道：“如果……你有喜欢的人了，一定要告诉我。”说到这里，他停顿了一下，“我立刻买机票飞过去揍他。”

“……”

从悦顿了顿，轻轻推开他，往后退了半步。

“书颜那里有我家钥匙，你可以找她拿。我新买的房子，一室一厅，你们没事可以去坐坐，帮我看着。”她说，“我妈给我的钱，我留了一点做开销，除去这一年多的费用，剩下的只够买一间小公寓。”

“我的全部家当都留在这里了。”从悦看着江也，笑得眼睛微弯，“你们可要帮我照看好呀。”

第七章

我猜我可能是有点想你了

1

进入冬季以后，盛城的气温以极其明显的速度下降，路上行人的衣着从单衣改为棉衣，两件变成三件，最后统统披上足以御风御寒的厚厚的大外套。

丽澳花园 3 区 D 栋六楼的公寓从傍晚就亮起了灯，厨房电子灶台上炖着汤，切好的配菜由瓷盘盛着，摆放在菜板前待用。米饭已经下锅，一餐丰盛的家常晚饭正在准备中。

卓书颜踱步到阳台，又从阳台经过客厅，走回厨房。

“你们去接了吗？现在快六点多了，到机场没啊？接到人没有？”周嘉起的电话好不容易通了，卓书颜连珠炮一般开口，“我这边准备做饭……”

周嘉起咳了声：“我们这边有点事，方案里还有内容没有搞定，我还在和资方谈。”不等卓书颜说话，他马上道，“江也已经去了！我估摸着他快到机场了吧？我这边一谈完就直接来公寓，他们从机场回去，这样比较省时间。”

从悦回来的日子，让他们去接个人，搞得这么磨蹭。卓书颜不免抱怨道：“你抓紧点！之前跟你们说让你们自己计划时间，非说不碍事，早知道我去接了……”

周嘉起连忙叠声应下。

往窗外一看，天色已黑，外头指不定多冷。想了想，卓书颜当即快步走进厨房，给从悦炖的汤，还得再炖香点！

盛城机场，从悦拉着行李出来后，一边往卓书颜拉的临时群组里发消息，问他们在哪儿，一边走向咖啡厅，先去买了杯拿铁醒神。

咖啡喝了三分之一，她边等边嚼起木糖醇，带玫瑰香的甜味在嘴里扩散，表面那层脆皮磨砂口感消失后，视线里出现一个熟悉又略带一点点陌生的人影。

清冷俊俏的脸多了几分成熟的锐意，转眼一年多，江也沉稳了不少。

大二结束之前，江也和周嘉起、林禧几人，一同创建了属于自己的工作室。他老早就进了实验室，是预研生，创业的同时还得跟着导师继续研究实验室里的各种项目，压力和耗费的精力比旁人大了不是一星半点。

如今大四，工作室创立也就一年多，很多东西都在摸索之中，但他们先前完成过两单小生意，一切都在往好的方向发展。

从悦拉着行李箱站起来，嘴角微弯，挑了挑眉：“哇，这身西装还蛮帅的。”

印象里的江也素来一身简洁，大多是休闲模样，很少有这种正经严肃的时候。

“刚从谈话的场合出来，只能这么穿，来不及换。”江也解释说，伸手接过她的行李箱拉杆。从悦垂眼瞥了瞥，松开手没拒绝。

他又说：“来晚了，对不起。”

从悦盯着他，有几秒时间笑着没说话。江也疑惑看来，她收了目光率先提步：“走吧。”

江也是开车来的，行李箱放进后座，从悦坐进副驾驶座，门刚关上，他倾身过来，替她系上安全带。

三秒，又或者是五秒，有那么一小段时间，他的脸距离她仅仅咫尺，垂眸就能看到他睫下投映的淡淡阴影。

“周嘉起还在陪资方谈具体内容，谈完直接回你公寓。”江也目视前方，面无表情地开着车，“卓书颜下午去采购，买了很多菜，现在应该在煮晚饭。”

从悦歪头，窗外景致和一年多前大有不同，飞速掠过。她忽地问：“那你呢？”

江也微不可察地抿了抿唇：“我在这儿。”

从悦笑了。

江也道：“你原本说下周回来。”

“嫌我回来得太早了？”

“不是。”

从悦一直是笑着的，在国外生活了一段时间，人似乎开朗了很多。她不开他玩笑，面上顿了顿，只说：“想回来就回来了。”

去佛罗伦萨的这一年多，从悦没有回来过一次，其余小节便罢，就连春节也没有回来过。卓书颜耿耿于怀了好久，后来想想，她回来没有家人可团聚，何必特意请假奔波。

说着话，从悦注意到路灯变色，手虚晃了晃，提醒他：“红灯。”

江也“嗯”了声，顺势停下。这个路口的红灯等候时间偏长，夜色降临，道上只有他们这一辆车。挡风玻璃前是空空如也的车道，没什么看头，他的余光不禁瞥向身侧。

从悦颊边的发被安全带夹着微微凌乱，拱起了一小团。江也盯了几秒，“嗒”的一下解开安全带，倾身靠近她。他把她的头发轻轻捞起，别到两侧，从安全带的桎梏下解救出来。

理好她的头发，视线扫过她的脸，他顿了一下。

从悦不闪不避直直和他对视，距离很近，近到整个车内空间越显逼仄，气温仿佛也升高。

“你想亲我吗？”她眉梢微动。

“你希望吗？”

从悦勾着嘴角笑，抬手扳住他的下巴，凑近在他脸颊上亲了一下，随即将他推回驾驶座方向：“好好开车。”

江也面色淡定如常，重新系上安全带。他踩下油门——

“砰”的一声，从悦顺着拐弯的冲力前倾，差点在急刹中咬到自己的舌头。

她诧异又略受惊地抬头，车头冲上了花坛。刚刚油门力道不对，方向盘打滑，车来了一个急转弯。

路口的垃圾桶被撞瘪了。

从悦看向江也。他佯装沉稳的脸上，闪过一丝尴尬。

没有闯红灯，但从悦和江也还是被逮进交警队，撞坏公共设施，需要赔偿。

交了罚款，填好单子，两人坐在凳子上等候。

从悦盯着江也半晌，冷哼了一声，笑道：“你不是挺淡定的吗？”

他轻咳：“油门的问题。”

“你怎么不说是车的问题？”

“……”

江也生硬地岔开话题：“你上周说要画的那幅画，画完了吗？”

“上周？”从悦撇嘴，“哦，你说那个啊，画完了。”

“你老师怎么说，满意了吗？”

“还算满意，不过也指出了很多问题。”

他又问：“你打碎他的茶杯，后来怎么解决的？”

“找了家做陶艺的，亲手做了个杯子，杯身的画是我自己画的，他才勉强消气。”

从悦答完，聊起他：“你呢？现在见的那个资方，是之前很挑剔龟毛的那个合作方介绍的吗？他真的给你们拉生意了？”

“并不是。”江也道，“他只是说说而已，完成那单之后我们工作室的人没有再和他联系，现在在谈的这个是林禧出面拉来的。”

“也是，我就说嘛，他要是那么好心也不正常……”

两人你一句我一句，全然无视地方，将交警队大厅当成了私人场地，聊得停不下来。

这一年多以来，如江也所期待的那样，他们没有断了联系。创业繁忙，但闲下来，江也总会给从悦发信息。从悦课业同样累重，除了佛罗伦萨学院进修班的老师，郎克龄也算是他们的老师。除了完成课后作业，还得去郎克龄的画廊一边帮着打下手一边学习。

生活中有什么琐事，他们都会和对方说，有趣的、烦恼的，或者不那么愉快的。

彼此脚下所踩大陆不同，存在时差，很多时候无法第一时间回复对方，他们都不急。内容渐渐变成了分享，很少有问题或是对话，因为知道等待回答不容易。

于是就这样，他们用这种像两条错位对不上的时间线一样的交谈方式，把远在两端的世界连接在一起。

罚款处理好，交警队的人出来核对完信息，递给江也一张条子，而后告诉他们可以走了。

走出大门，静音的手机上有无数条未接来电，周嘉起和卓书颜都快把他们俩的手机打爆了。

“糟糕，忘了跟他们说。”从悦傻眼。

江也道了声没事，给周嘉起回电。费时间解释了一通，其中当然省略开车撞上垃圾桶是因为他被从悦亲了一口，江也找了个借口搪塞，答应即刻赶回去，挂断电话。

后半段路，从悦没再闹他。江也稳当开到从悦的公寓，开进负一层，车头一丝不差地停进车位。

江也解了安全带，又给从悦解开。没了束缚，他也不挪开，就那么看着从悦，近得几乎要压在她身上。

从悦睇他：“还不下车？”

“刚刚垃圾桶的事很好笑？”他眼神沉沉。

开去交警队的路上，从悦确实一直在笑，但她可不怕他的“记恨”，反而放松下来，懒懒靠着靠椅上，视线在他脸上来回睨着。

地下停车场光线昏暗，车里也暗。他身上有淡淡的薄荷冷香，目光稍低，可以看见他一丝不苟的领口，西装下的白衬衫扣得严严实实，不露分毫。

她见过他的锁骨，精瘦、巧致，打球流汗的时候，水滴淌过深窝，像路过一个缓冲地带。

那张精致俊朗的脸突然靠近，温热唇瓣在她嘴唇上停留几秒，气息拂过鼻端，他垂眼：“还笑吗？”

声音略微低哑。

从悦迎上他的眼睛，忽然说：“前几天我和你说做的那个梦，你记得吗？”

江也知道，她像这一年多里每一次发消息给他一样，几天前和他说做了一个梦，却没有告诉他梦的内容。

“我梦到我画了一幅画。”

她捏住他的下巴，将他的脸扳得微偏，视线凝起：“画上就是这张侧脸。

“所以我决定提前一周回来。”她松开手，对他笑，露出一口雪白贝齿，“我猜我可能是有点想你了。”

江也未言，映出她笑容的眼里，眸色加深。

车内安静了片刻。

几秒后，从悦被江也压在副座上狠狠亲吮，推拒他胸膛的手使不上劲，只好攀住他的肩，环抱他的脖颈，以期不溺死在这汹涌又炙热的空气之中。

2

从悦和江也从车上下来，是十分钟以后。踏进电梯，摁下楼层数，从悦对着照出人影的镜面打理头发，微微喘息着询问江也：“我这样 OK 吗？”

“OK。”江也倒是一脸淡定，抬指抹了抹她的嘴角，“放心，看不出来。”

半晌后，电梯门“叮”的一声开了。摁下门铃后，门很快就从里打开，在卓书颜按捺不住的激动中，从悦先是被大力拥抱，然后才被迎进去。

许久未见，即使每周视频会面一次，卓书颜仍憋了许多话要对她说。

从悦放下行李，参观了一圈这间属于自己的小公寓。她不在的时候，他们帮她打理得非常好，屋内陈设布置都是她喜欢的风格。

闲话一通，四人在餐桌边落座，等候多时的晚餐终于开始。

周嘉起的话不比卓书颜少，从悦身边一左一右的位置，被卓书颜和江也两人占了，刚刚他都没怎么插上话。

落座后自是叙旧，周嘉起给从悦讲这一年多的趣事见闻，有学校里的，也有在工作场合中的，一时间气氛热闹无比。

“前几天我们工作室有个同事，晚上看恐怖片吓得睡不着，白天上班的时候去冲咖啡，然后另一个人叫他，在他肩膀上拍了下，结果他吓得将整杯咖啡都扔进垃圾桶去了……”

周嘉起正分享着好笑的事，江也插话：“为什么我不知道？”

周嘉起和林禧、江也三人同是工作室合伙人，周嘉起不像别人那样怵江也，乜斜了他一眼：“你除了工作知道什么。”

周嘉起扭头又跟从悦吐槽起江也来：“你不知道他有多工作狂，整个人一天到晚……”

从悦边听边瞥向江也，看着他笑。

没几句，话题又回到刚才的趣事，周嘉起强调：“你们不知道，他看着那个垃圾桶发蒙的样子有多好笑！”

卓书颜提醒：“能不能别在饭桌上讲垃圾桶的事？”

从悦憋着笑，朝江也递去一个颇具内涵的眼神。

江也知道她在笑什么，还能笑什么，不就是笑他刚刚撞上垃圾桶犯傻。他镇定夹菜，脚尖踢了踢她的脚尖。

从悦不动声色，夹起一块羊肋排，抬脚轻轻碾上他的棉拖鞋。

他用另一只脚靠过来，她便踢回去。

两个人在桌下你来我往。

“拜托——”

卓书颜忽然出声，在桌下不亦乐乎过招的俩人抬眸。卓书颜抬指叩响桌面，指尖抵在透明玻璃上：“你们两个注意点行不行？这张餐桌是透明的，你们知道吗？”

从悦和江也对视一眼，在周嘉起和卓书颜的白眼中，各自低咳。

三个月前，同层另一家小公司搬离，江也干脆将另一侧一同租下来，工作室的面积由此翻倍，进来一看，已经颇为有模有样。

除江也以外，工作室另有七个人，八人团队规模尚小，但自组建以来至今不过短短一年，已经开始盈利。

作为一个院系的同学，大家都知道江也的父亲是个比较成功的生意人，不借助他的力量自己创业是个不容易的决定。但好在江也的能力有目共睹，其余各人也不是草包，这一年多以来忙是忙了点，累也着实累人，日子却过得风生水起。

满室敲击键盘的声音响个不同，偶有人拿着纸页走动，或是聚在一张桌前讨论问题。

一阵忙碌过后，时值中午，老A敲下最后一个符号，伸了伸懒腰。

“咱中午吃什么？有没有谁点单？”

他一问，立刻有人响应：“我来点单，还有没有谁要点什么的？”

“我吃昨天的菜，帮我要一份腌菜干。”

“鱼香肉丝太甜了，记得让老板煮咸一点。”

“我要……”

众人你一句我一句，中饭菜单就此敲定，休憩时间顺便说起闲话。

老A蓦地想到什么，椅子一转，朝向林禧，问道：“听说从悦回来了？是不是真的？”

“你听谁说的？”林禧端着杯子喝咖啡，淡淡笑道。

“昨天听周嘉起和江也在那儿聊，说去机场接人的事。”

“真的啊，从悦真回来了？”旁边有人插话，感慨，“这可真不容易，也哥等得花儿都要谢了，总算是把她等回来了。”

工作室这些人和从悦都不算特别熟，唯独林禧还能说上些话。从悦回来这事他自然晓得，也没瞒着，道：“是啊，从悦确实回来了。说不定很快就能见上了。”

老A对她决定去进修，说走就走一事，颇有微词：“她真是一等一的潇洒，要走就走，要回就回，敢情别人都是围着她转的。”

“又没让你围着转。”另一个戴眼镜的笑道，“也哥乐意，你管得着吗？”

“我是管不着，说两句也不行了？”老A别扭道，“我不讨厌她，就是觉着吧，她对咱们江也太狠了，一点都不念着啊。”

还是那个戴眼镜的男生开口：“你哪知道人家念不念着……不过，说来也奇怪，也哥怎么就这么死心眼认定了呢？当初在学校里，安萃追他，他看不上；别的几个追他，他更是连人家脸都记不清；比从悦好的不是没有，怎么就……”

“我问过他。”林禧靠着桌沿，浅笑接话。

“你怎么问的？”一下子，大家都来了兴趣。

“我问他，学校里追他的那些也很好，为什么他不考虑？”

老A挑眉：“结果？”

“结果他说——再好又怎样，又不是从悦。”

工作室里静了两秒，随后，爆发出一阵恶寒的倒吸冷气声。

老A顿了两秒，转身果断打开购物网页，开始买零食。旁边桌的探头过来，问他：“干吗呢你，买零食？你不是不吃吗？”

“我估计江也肯定会带从悦来工作室参观。女孩子嘛，不都喜欢吃零食。我买点放着，到时候顺手递给她。”

“然后？”

老A一本正经地拨了拨短刘海：“跟未来老板娘搞好关系，问问江也能不能给我加薪？”

这脸变得可真快。

林禧弯着笑眼，端着杯子走向茶水间，没管身后各种闹腾。

人就是这么奇怪，世上值得爱的对象千千万，但你想要的，可能只有那一个。

就像江也，他想要的，从来都只有从悦。

从悦这次回来，先去学校办理好一应手续，之后才开始准备实习。有郎克龄出面做推荐，她直接空降一间新开的画廊做艺术总监，虽然只是暂时担任并非正式，也足以教很多人眼红。

这不是老板开的第一间画廊，从悦年纪轻，很多从别的店调配过来的老员工心里难免有些不服。然而再不服，郎克龄弟子的名头一出，也只能乖乖闭嘴。

权威之所以是权威，就是因为其不可挑战的威严性。

从悦用了几天接触画廊里的事务，忙碌过后，总算渐入正轨。从悦有一间自己的办公室，面积虽然不大，还是教她高兴了好几天。

确定完接下去两周画廊展示的主要风格，会议结束后已是晚上九点多。大多数员工下班回家，从悦没走，留下绕着画廊展览处转了一遍又一遍。

画廊必须要有一个明确的主题风格作为中心，其他展览工作才能由此有序展开。

她初来乍到，这是第一份工作，多上点心是应当的。

半个小时后，有人进来传话："总监，外面有一个人说是你朋友，要见你。"

从悦一愣："他叫什么？"

"江也。"

果然。

从悦忙道："你让他进来，到我办公室去。"

来人应声去了，从悦快步走回办公室，拿出搁置在抽屉中的手机一看，有好些个未接来电。

领路的工作人员将江也带进来，颔首同从悦示意，很快又离开。

从悦给他倒了杯水，抱歉道："手机塞在抽屉里，我没听到电话。"

江也接过茶杯，在她桌前坐下。

"什么时候下班？"他问。

"你特意来接我的？"

"不然呢？"

从悦笑了下："那得等一下。不过快了，我刚刚在展示区逛，还没看完你就来了。"

他略略点头："你忙，我在这儿等你，不急。"

从悦想了想，丝毫没有跟他客气，出去前带上门："有事叫我，你可以在沙发上睡一会儿。”

这一去就去了二十多分钟，从悦再回来，江也正坐在沙发上盯着她墙上的照片看。

“这些拍的是画？”

“啊，对。”从悦瞥去一眼，墙上挂的都是一些名画的照片，“我来的时候办公室就已经装修好了。”

“那幅画的是什么？”江也指着最右边的说道。

“这个？”从悦行至那幅油画照片前，见他点头，柔声给他讲解起来。

“那边那幅看着跟它完全相反？”听她说完，他指向另一侧。

“那个啊。”从悦走过去，依旧柔声讲解。

待说完，她才意识到讲了一大通对外行人来说或许很枯燥的专业内容，从悦不好意思笑道：“我话太多了，一不小心没忍住。”

“还好，听着其实很有意思。”

她挑眉：“真的？你的表情看着不像。”

江也和她对视两秒，撇嘴角：“好吧。我确实没怎么听懂。”

“难为你还听我说了这么久……”从悦失笑。

“我不在意这些，有趣无趣都好。”

他忽地开口，从悦微顿。

“我不在意那幅是不是油画大师的遗作，也不在乎这幅画要表达的是什么思想。”

江也的指尖从左边的画作照片移到右边的相框，停了停。他斜倚在沙发上，看着她。

“老实说，这整间画廊里的所有东西我都兴趣不大——”

他的指尖再度缓缓移动，最后停在她身影前，淡淡一笑：“除了这个。”

3

江也把从悦送回公寓，车开进地下停车场，他停好车问：“不请我喝杯咖啡吗？”

从悦乜斜了他一眼：“大晚上喝咖啡你不准备睡了？”

他煞有介事道："可以考虑不睡。"

从悦轻轻踹了他一脚，两人一道上楼。

进屋，从悦当然没有给江也泡咖啡，虽然有些人对咖啡反应很淡，但晚上喝这些提神的东西，多少还是有碍睡眠。

她冲了两杯速溶热饮，一人一杯。饮料是卓书颜给她买的，还有一应零食全在她回国前准备好，怕她晚上无聊没有东西可以打牙祭，精心挑选过的，吃的喝的味道都不错。

两人各捧着瓷杯暖手，半杯下肚，一边说话一边在屋里走动。

"我这间公寓有点太小，没几步就逛完了。"从悦道。原本预计买两室一厅，为了出国进修的费用，愣是少买了一间房。

江也"嗯"了声："以后买个更大的。"

她没深究他话里的其他含义，指着墙上内嵌的玻璃柜，饶有兴致问："那个羊角是书颜买的吗？"

江也说是："她说你会喜欢。"

"我确实喜欢。"从悦点头，她的喜好，卓书颜可谓十分了解，和以往一样这次也没有出错。

重新回到客厅，聊了一会儿，江也席地坐下，从悦靠在柜边，问他："你不冷啊？"

"不冷。"

"行吧。"她耸肩。

"你刚刚说到哪儿了？"江也提起先前闲聊的话题。

"说到我们学院那个棕发的老师。"

"继续。"

他想听，从悦便继续给他讲，讲她在佛罗伦萨这一年多的经历，讲那些生活里的点点滴滴。江也时不时插话，偶尔也说些自己的事。

时间流逝，话题告一段落，从悦回神："现在几点了？"她拿出手机瞧一眼，"好像不早了，你该回去了。"

"不留我多坐一会儿？"

她玩笑道："问题是我不知道你想坐多久，你该不会想把那块地板撬走？"

江也轻笑，没再多言，懒散站起来。

他下午去见了一趟资方，谈到很晚，之后没来得及回家就直接去画廊接从悦，身上的西装也就没来得及换下。

从悦侧身，手肘压在柜面上，眯了眯眼，道："你知道吗？你现在的眼神特别像饿了很久。"

"是吗？"江也眸色微凝，抬手整理稍紧的领带结，"还有更饿的时候，想见识？"

从悦笑道："你叉院大神的名号如雷贯耳。这一年多你就……嗯？"

他的手顿了顿，用力一扯，干脆将领带整个扯下来，眼里多了几分不悦："守身如玉。要不要检查一下？"

"我错了，当我没说。"从悦没忍住被逗笑，抓起卓书颜放在旁边的一个香薰海绵球扔到他身上，他随手抓住，"走吧你。"

江也将扯下的领带收起，垂眸睨她，看着她笑闹，清淡的眉目染了几分柔和。

从悦的第一个休息日，江也带她去工作室参观。那毕竟也是周嘉起工作的场合，她作为朋友，支持一下倒也符合情理。

工作室里的人都是老相识，从悦同他们打过交道，不想这一次去却受到了极为热烈的招待。相比之下，林禧反倒显得淡定又正常。

工作区域不大，摆放的几乎都是电脑，有周嘉起和林禧在，不至于冷场没话说。而从悦的性格较之以前开朗了不少，竟意外地能聊，擅长领域不同却仍能和他们一帮大老爷们聊到一块。

场面一时其乐融融。

老A早有准备，从抽屉里拿出各类坚果和水果干，边聊边招待："尝尝！尝尝这个！我前两天买的，你们女生不是都喜欢吃小零食吗？干站着也挺无聊，你尝尝……"

他如此热情，教从悦满脸受宠若惊，连声道了好几句谢。

后半程，从悦随江也去了他的单独办公间，一众八卦视线被遮挡帘阻隔在外，这才算完。

"厉害啊，狗腿子！"

邻桌小哥重重拍了拍老A的肩膀，折服在他的“远见”之下。

老A拱手，“恬不知耻”地露出一个笑容：“过奖过奖。”

江也和周嘉起午后还得出去，从悦正好告辞，他们顺路送她。三人走后，工作室里一帮人就此聊开。

“他们这是谈着呢，还是……谈着呢？”

没人回答，谁都不知道，于是目光齐齐看向林禧。

林禧端着杯子喝咖啡，一脸莫名：“你们看我干吗？”

“你知道得多，咱也哥这是追上了吧？”

在众人好奇又期待的目光中，林禧卖关子良久，好半天才挑眉道：“……谁知道呢。”

“嘁——”

引来嘘声一片。

傍晚，工作室里一个个忙活的脑袋纷纷抬起，即将到饭点，照例讨论起晚饭菜单。

负责下单晚饭的人点完付款，忽然有人拜访。

“还在忙吗？”关佳一只手抱着工作装外套，另一只手提着东西，款款走进来。

几人扭头一看，见是她，纷纷打招呼。

“你来得不巧，江也和周嘉起出去很久了。”老A说。

“是吗？”关佳似也不在意，把塑料袋往桌上一放。

“带了什么？”正饿着的几人立刻凑过来。

“路过咖啡店，买了点热饮。”

众人七嘴八舌道谢，正好活动筋骨，起身过来拿饮料。

老A边喝边问：“你来找江也有事啊？”

大四实习，江也那一帮朋友几乎都来了盛城，关佳也是其中之一。有时他们来找江也聚会，江也便会带上工作室的各位，久而久之次数多了，大家渐渐就认识了。

“没什么重要事。”关佳说，“我们有个朋友这周末要来盛城，其他人想着难得见一面，打算聚一聚，我来通知江也。”顿了顿，她自己笑着加上一句，“其实打电话也能说，只是刚好路过，我就顺道上来了。”

老A点点头，“哦”了声没有多说。

瞥见老A桌上摆了不少零食，关佳好奇道：“你不是不喜欢吃这些东西吗？”

“是啊，我平时是蛮少吃的。”

关佳顺手拿起一包：“这个不是网上很火的网红零食吗？这个味道其实很一般，同一系列里最好吃的是抹茶味的。”

“是吗？那我下次试试。”老A随口答，“不过从悦挺喜欢吃的，刚刚给她尝她觉得很好吃，看个人口味吧。”

“……从悦来了？”关佳一愣，“她不是出国进修去了吗？”

“回来了啊，就前几天的事，江也亲自去接的呢。”

关佳好半晌没说话，唇边的笑意隐约僵硬。

“说真的，我好久没见江也那么高兴了。”旁边戴眼镜的小哥插话。

老A吐槽：“他都没笑，你怎么知道他高兴？”

“长眼睛看啊。你看他先前那样，眼里的神情，我真是要被吓死！”

他们嘻嘻哈哈，你一句我一句说笑起来。

关佳站着听了会儿，忽地说有事要走了：“我公司还有事情要忙，我先回去了，你们慢聊，下次见。”

一帮大老爷们客气道别。

人走了，老A晃着椅子打转，见林禧走过来，招呼道：“禧哥，喝饮料。”

“不用了，我喝咖啡。”

老A一听，没强求。

林禧去接水正好路过，瞥了一眼桌上关佳带来的东西，淡淡收回视线。

老A不喜欢吃零食，他们这帮朋友兼同事知道这个实属正常，关佳居然也知道。关佳认识他们不过是来盛城实习后的事，时间不长，对他们这些人的喜好却十分了解。

要么是天生热情会社交，要么是心眼多。

谁知道呢？

工作结束后到从悦的公寓来坐坐，似乎成了江也的爱好。也亏得卓书颜实习忙，叙旧时间少，没空缠着从悦，从悦的闲暇时间全被江也一个人占了。

送她回来的路上经过蛋糕店，从悦嘴馋想吃甜的，他停车买了几个小巧精致的可口甜点。进屋后，她去冲了点红茶，两人在小客厅的茶几旁，席地盘腿而坐。

她一边品尝，一边道："茶和点心本来都应该下午吃，可惜下午没时间。"

江也宽慰道："等休息的时候，会有机会好好放松。"

铁匙很小，从悦一小点一小点挖蛋糕，那口感细腻，香味独到，整个人都愉悦了几分。

江也动匙次数不多，看着她吃，眼神黏在她身上的时间一次比一次长。

她吃完半个，江也忍不住，从她面前的小蛋糕里挖走一块："我尝尝。"

"你那个和我的不是一样的吗？"她一顿。

"是吗？"江也挑眉，"我觉得你的更好吃。"

从悦乜斜了他一眼，"提防"着把蛋糕往自己面前拉了拉。

这个暗示动作没能让江也收敛，他魔爪肆意，自己面前的小蛋糕不动，铁匙一下又一下往她面前伸。

"我都没了！"从悦被他闹得，不免幼稚地抱怨了一声，干脆将蛋糕推到他面前，"给你给你，你吃好了。"

江也笑着，还没抬指将蛋糕拉到自己的领地，从悦一个不小心，蛋糕被她推得从茶几边缘掉下去。

"哎——"

蛋糕当然不会因为被她的惊呼停止，"啪"一下摔在了江也身上。他胸口以下沾了不少奶油，那块被吃得体积锐减的蛋糕，倒栽葱一般粘在他的裤子上。

从悦赶忙找纸巾帮江也擦："我不是故意的……"衣服上沾到的奶油被擦掉，浸润的痕迹却无法抹掉，她皱眉，"要不要用点苏打水什么的试试？"

江也说不用。

从悦正跪在他面前，垂眸瞥他一眼，塞给他一张干净的纸："下面的你自己擦。"说罢，专注擦拭他的衣襟。

江也用纸巾将蛋糕包起扔进垃圾桶，随手擦干净奶油痕迹，而后便盯着她看。

"你干吗笑成这样？"从悦手一顿。

"没怎么。"江也扯嘴角，视线扫过她停在他胸膛上的手，"就是突然想去奶油里游个泳。"

"……"从悦脸色微赧，将纸巾捏成一团扔给他，"你自己擦！"

在江也似笑非笑的视线中，吃蛋糕一事到此告一段落。从悦收拾好茶几桌面，正要开口让江也回去，手机突然响起。

她看着来电，顿了一下，倒也没避讳江也，一手还拿着抹布站在原地就接了。

"喂……你已经回来了？什么时候的事？"

那边不知道说了什么，只听得到她应答的声音。

"啊。这样啊。我以为你下周才回来。"

"我？我是提前有事，对……"

"那好，等明天再联系。"

"再见，詹师兄。"从悦和那边聊了一会儿，挂断电话。

收起手机一回头，江也在背后看着她。

"这一年，我错过什么了吗？"他眼神灼灼，仿佛意有所指。

从悦对上他的视线，静了静。三秒后，她弯唇一笑，答得毫不犹豫："没有，你什么都没有错过，我保证。"

4

这个午后，和煦得仿佛不像冬季。从悦出门办事，正好经过江也的工作室，于是买了些下午茶带上去。老A等人一见她来，十分高兴，连声道谢后瓜分了她带来的东西，当然也没忘给其他不在场的人留。

没见林禧和周嘉起的身影，从悦问了一句："还有人呢？怎么不在？"

老A答道："他们在里面开小会，估计等一会儿就好了。"说着起身要让椅子给她坐。

"不用了你忙，我不打扰你们。"从悦谢过，自行去休息室等候。

工作室有间房是他们平时休息的地方，面积不大，偶尔被他们当作会客室用。老A忽地想起什么，猛抬头："从——"话没说完，从悦已经走远。

工作室几人面面相觑。

"没事吧？"

"应该没事，能有什么事，她俩又不是洪水猛兽……"

从悦推开休息室的门，迈步进去，步子顿了一瞬。

里面坐着一个人，穿一身休闲工作装，脚下踩的小羊皮鞋俏皮又淑女。对方一抬起头，从悦认出她，不过没等从悦开口，对方先道："从悦？"

"关佳。"从悦笑了笑，同她打招呼。

休息室本就不大，从悦进去，挑了个适中的位置坐下，离关佳不远不近。

关佳和她寒暄："前阵子就听说你回来了，一直没见到。"

"嗯。刚回来事情比较多。"

"能在这儿碰上也算有缘，有空我们一起喝茶啊。"

从悦笑说："好啊。"顿了顿加一句，"不过不一定有时间。"

关佳笑意如常，问："你来找江也吗？"

"啊，对。其实没什么事，就是路过顺便上来打个招呼。"从悦看她，"你呢？"

"我也是上来坐坐，正好刘晨他们有点事，我代为转告。"

从悦视线瞥过她手里拿的手机，笑了笑没说话。

关佳问她："你回来以后就打算留在盛城，不出去了吗？"

"对的。以后打算留在国内。"

"那好可惜啊……你搞艺术，国内的氛围肯定不如国外，出去深造过，回来可能没有在外面那么景气。"

"都还好吧。"从悦说，"我更喜欢这里。"

关佳眼神闪了一刹，正要继续说，从悦手机响了。

“不好意思，我接个电话。”从悦起身到门边。屏幕亮着，是詹临打来的。

“我看过你送来的资料了，你们画廊总体来说还是不错的，不过有几个地方可以改进。”那头男声醇厚温和。

从悦小有惊讶：“这么快就看完了资料？真的麻烦你了，詹学长。”

“具体的我做个仔细的文件发给你吧，你慢慢看。”

“好。”从悦应下，又听他问：“明天晚上有空吗？”

“明天晚上？暂时还不确定，应该……有吧。”从悦在脑海里过滤工作安排。

门没关，从悦就站在门边，声音隐约传入休息室里，说到后几句，关佳朝她投去视线。

从悦专注听着电话。那头，詹临说：“那明晚出来喝一杯吗？我知道你不喝酒，喝点饮料也行。我把我之前整理的资料全部带回来了，正好给你看看。另外——”他叹了声，“唉，我真是头大。”

从悦闻言笑了，有些话电话里谈不方便，她道：“好吧，那明晚见。”

电话那头忙道：“凯跃那边有个静吧，叫新酒，明天联系。”

“新酒？凯跃广场那边？”听他说是，从悦心下有数确定了位置，道好。

挂完电话，她刚转身进休息室，老 A 就过来叫她们，说是江也那边开完会了。

从悦拎了包，见关佳起身，互相颔首笑了下，一前一后走出去。

下午在江也办公室没聊多久，从悦就先走了。晚上下班早，她和同事一起吃过晚饭，睡前在床上敷面膜的小憩时光，从悦接到江也的电话。

他问：“明天晚上有空吗？”

“怎么了？”

“明晚一起吃饭，工作室的人也去。”江也顿了一下，说，“还有一些朋友，你以前见过的。”

从悦猜到是谁：“刘晨他们？”

“对。”

“我可能没时间。”

江也沉默了下来。

“你别乱想，我之前和朋友约好明天碰面，腾不开时间，下次吧。”从悦理着面膜边角。

江也一听，没有强行要求她答应，只问：“朋友？”

“对。”她没说是谁，他便没再问，闲话几句挂了电话。

从悦和詹临是在佛罗伦萨认识的，他同是盛大的毕业生，算起来是从悦的前辈，叫一声师兄不会错。詹临大四那年出国学习，之后一直在那边生活，从悦他们刚去佛罗伦萨的时候，很多事情处理不来，人生地不熟没有头绪，多亏他帮忙省了不少麻烦。

詹临风趣幽默，待人进退有度，温和礼貌，是个不错的前辈。正好今年詹临打算回国发展，从悦那一批同去进修的几个美院学生，都提前留了他在国内的联系方式。

从悦先和同事解决晚饭，八点多打车到凯跃广场，在新酒静吧门前下车。詹临比她早到，要了个小卡座，见她进来招手示意。

从悦拎包坐下，闲话几句，詹临叫来服务生，将酒水单递给她：“要喝什么？”

“果汁吧。”她不挑，将酒水单递回去。詹临转交给服务生，另要了水果和点心。他理了理衣襟，两人叙旧。

“你帮我们画廊做的那个分析和规划我看了，已经递交给其他负责人，应该会通过。”从悦说。

詹临闻言一笑：“是吗？你还真是信我。”

“拜托，以你的水平做这些，我不信你我是不是傻？”

她夸得大方，詹临朗笑几声，顺着话题问：“你最近工作还顺利吗？回来之后好像很忙？都没见你发动态。”

“忙啊。”从悦说，“不过还好，上班时间搞得定，就是工作的时候没有半点空闲。下班之后还好，还是有些个人时间的。”

她点的果汁上桌，和服务生低声道谢，捏着吸管喝了一口，看向他：“怎么，你还在头疼？”

詹临叹气一声："是啊！"

从悦失笑："怎么讲？你就不能胆大一点，勇敢地上吗？"

……

两人越聊越起劲，果盘吃了一半，詹临又招手叫来服务生，重新点单。

新添的东西上桌，端盘子的貌似是个新来的，手脚毛躁，一不留神把桌上的果盘打翻了，当下，一片狼藉慌乱。年轻的服务生连声道歉，领班也来了，连连鞠躬："不好意思，非常非常不好意思——"

从悦和詹临倒不怎么生气，十分理解地道："没关系。"

詹临问从悦："你衣服没弄脏吧？"

她道："没，边上沾到了一点点，不碍事。"

领班马上道："对不起，真的对不起。我们马上给两位换上新的果盘，再加一道点心，算店里送的，给您添麻烦了，十分抱歉！"

一番往来，领班的道歉力度，差点让从悦两人招架不住，好不容易这一茬才揭过。沙发被弄脏，服务生连忙给从悦和詹临换位置。他们嫌太麻烦，直接在吧台前坐下，阻止了他们的手忙脚乱。

继续闲话，良久，从悦去上洗手间，出来后径直往吧台座位行去。

外间好些个座位上，客人离开的离开，新入座的正在点单，她没多看，拍拍发热的脸颊，接过詹临递来的湿纸巾："谢谢。"

刚坐回长凳上，身后突然传来一声呼唤："从悦？"

从悦闻声扭头一看，关佳正往柜台来，瞧见她似乎有些惊讶。

"好巧，你也在这儿！"关佳朝她露出和善的笑。

"这是……"詹临好奇。

"朋友。"从悦唇边弧度淡淡，瞥向关佳。关佳对她并不热络的态度，完全不在意，说："我来柜台加酒水，刚刚进来都没看到你……"她朝后指了指，"他们也在，你们要不要过来一起坐？"

从悦顺着她指尖的方向看去，角落那个原先空着的多人卡座，现在已经坐满了。正中那个不是别人，正是江也。

"你还有朋友在？"詹临诧异，挑眉询问，"要不要过去打招呼？"

从悦还没说话，刘晨在那边扬手招呼："关佳，你干吗呢？"

关佳回身，指了指从悦："从悦也在——"她大声答道，"我在跟她讲话！”

那边目光齐刷刷看来，落在从悦……以及她身旁的詹临身上。

关佳笑着，吩咐完服务员，又问一遍：“你们要不要过去一起坐？”

詹临无言地看向从悦，听她的意思。

这种明显是客套的话，按理来说一般人都会拒绝，不想，从悦却笑着应下：“好啊，人多热闹，那就打扰了。”

关佳眼里一怔，很快笑着招呼他们一起过去。

“我去吧台，刚好遇到从悦和她朋友在那儿，刚刚进门的时候没看到，真是巧了。”关佳先对坐着的那帮人解释，继而回头对身后俩人道，“坐啊！”

从悦对上江也的视线，而后大大方方坐下。詹临随之坐在她身旁。

“周嘉起和林禧没有一起来吗？工作室的其他人呢？”从悦看着江也问。

“他们吃完饭就回去了！”关佳抢话道，“刘晨他们几个嫌时间太早，我们就出来坐一坐喝点东西。”

“刮刮油嘛。”刘晨大大咧咧笑道，“要不是你说，我们也不知道这儿还有间静吧，环境挺……”

“哎，你刚刚不是想喝鸡尾酒吗，点了没？”关佳不知有意无意，恰好拿起酒水单，打断了刘晨的话。

从悦笑着，也不拆穿，目光移向江也，自她落座后，他还没说一句话。

“我介绍一下。这是我美院的师兄，詹临。”从悦说完，指了指江也，看向詹临，“他是……江也。”中间莫名停顿。

詹临笑着伸手：“初次见面，你好，我叫詹临。”

不知是不是从悦的错觉，江也慢了好几秒，才缓缓握上詹临的手，那目光如炬。

“你好。”

5

这一场闲暇聚会，局面有些古怪。关佳似乎对詹临特别有兴趣，待两边人寒暄后，一直主动和他说话，询问与他有关的事。

刘晨几个在小声聊游戏，桌上就听关佳一个人的声音，清晰又明朗：“詹先生现在的职业是？”

“我的工作和我的专业有关，美术方面的。”他没有细说，笼统回答了一句。

“詹先生私下有什么爱好吗？玩游戏或者运动？”

“偶尔打打网球，篮球也打，不过打得比较少。”

关佳一手托腮，问：“你定居盛城了吗？打算在国内发展还是？”她看了看从悦，“从悦就刚从国外进修回来，非常厉害。”

詹临道：“哦，这个啊，我和从悦就是在佛罗伦萨认识的，我们都是盛大美院的，不过我比他们早几届毕业，在国外学习时碰上他们来进修。”

她的这些问题，有些属于客套层面，有些算私人问题，出于礼貌，他一一都答了。

关佳听詹临如此回答，看向从悦笑言：“你和詹先生都很厉害啊，出国进修这一年多应该学到了不少东西吧？要是有机会，我也想出去游学。”

她的“好奇”没有适可而止，又问詹临：“问个不太妥当的问题，你不介意吧？”她挤挤眼，热情的态度让人不好拒绝，詹临摊手示意她问，她便真的开口，“詹先生是单身吗？”

詹临说：“单身。”

“好像搞艺术的眼光普遍比较高？”关佳接话，“我认识一些我们学校艺术院系的学长，他们的眼光就都挺高的，平时遇到女生追求，大多反应平平，对异性的要求不低。”

詹临笑道：“你这样说我们就担不起了，还好吧。”

从悦在旁听着，一句话都没插，仿佛没有看到关佳若有似无飘过来的眼神。

“你怎么这么有的聊？”刘晨突然吐槽，“就听你一个人在这儿叽里呱啦地问。”

关佳忙说：“我就是看詹先生面善，所以多聊了几句嘛。”

她冲詹临和从悦浅笑，后两人回以礼貌笑意，尤其詹临，在吧台前初打照面的友善已经消减，面上那客套，和从悦如出一辙。

反观江也，坐在正中，却一句话都没说，闷声喝了几杯酒。

聊了会儿天，关佳提议玩游戏："就玩……真心话大冒险。"

刘晨虽然觉得幼稚，但懒得跟她争："行行行，就听你的。"

从悦和詹临自然逃不掉，被拉着一起玩。第一把输的就是詹临。

詹临选："真心话。"

关佳当即提问："詹先生，你有喜欢的人吗？"

他毫不犹豫答："有。"

"……在座？"

"这是第二个问题，我拒绝回答。"詹临笑得滴水不漏，挡了回去。

这问题，不知道的听着还以为关佳对詹临有好感，在打探敌情，然而从悦知道她的意图。瞥了眼关佳，总是带着笑意的眼下藏着遮掩不住的志在必得，从悦心中实在想发笑。

第二次，詹临和从悦一起踩雷，关佳问："谁受罚？"

詹临道："还是我。"

关佳想了想，问："其实我很好奇，你和从悦是什么关系？"

刘晨皱眉，在旁插话："你怎么这么八卦？今天实在八卦得过头了吧。"

关佳没理他，眼神在从悦和詹临之间来回转。刘晨狐疑地打量，看了看关佳又看看詹临。关佳晓得他误会了，却任由他看也不解释，只盯着詹临要答案。

詹临瞥了瞥江也，又瞥了瞥在座几位，最后看看从悦，止不住轻笑。这事儿，挺有意思的。

"其实——"他咳了声，"我追过从悦。"

从悦发誓，她真的从詹临眼里看到了捉弄，想制止，碍于在座人多，忍了回去。对面江也的脸色已经沉了，她在心里默叹一声。行吧，等会儿她自己和江也解释。

江也仍旧一言未发，此刻他脸上的神情更是说不上好。关佳还欲追问更多，詹临笑着推说只能问一个问题。

之后其他人输了两把，很快又轮到詹临和从悦。关佳故作俏皮，调侃道："两把真心话后必须是大冒险哦。"

她一副半开玩笑的语气，拒绝反倒显得小气。

詹临应下："好吧，那就大冒险。"

"那就，选一个人亲她的手。"关佳言笑晏晏。

詹临在这里只和从悦一个人相熟，亲谁都不太合适，当然只有从悦是最佳人选。

然而没等詹临执起从悦的手，江也突然站起来，说道："关佳，你跟我出来一下，我有话跟你说。"

关佳一怔。从悦也稍愣，她本想叫停的，虽然詹临和她关系不错，专业方面亦给了她不少帮助，亲手甚至也只是西方礼仪中的一种，但她还是不想。不为别的，至少不能再给江也添堵。

江也和关佳两人离开卡座，亲手一事便作罢。

从悦坐了一会儿，起身去上厕所，一边往前走一边思考等会儿要怎么和江也谈。走出洗手间，她正要原路返回，忽听拐角另一侧传来说话声音。

"我还不是为你好！从悦她那样，那样你懂不懂？"

熟悉的女声染上几分激动情绪，但从悦还是听出来了，那是关佳的声音。

偷听不好，但自己的名字被提及，从悦脚下稍顿，而后提步靠近，站在可以听清的位置。

"她根本不喜欢你！你还看不明白吗？她说走就走，想出国进修就出国进修，做决定的时候考虑你了吗？只有你会傻傻等她，她把你当什么啊？招之即来挥之即去！

"现在你自己看，让你等一年多就算了，她根本没把你放在心上，她那个师兄……这一年多他们发生了什么，你知道吗？你真信他们没一点事？你信吗？！"

关佳很激动："你醒醒吧，江也！从悦她根本就不喜欢你，你为什么非得这么固执？她根本就是一边吊着你一边找别人，今天是这个师兄，明天说不定又会来什么学长！"

从悦听见关佳平复情绪的喘息声，江也久久没有说话，安静在这走廊角落弥漫了好几秒。

“这是我们的事。”终于，江也开口，声音带着几分冷然，“请问，你有什么资格来管这些？”

“我……”

“我很早就跟你说过，不要找不痛快，也别把别人当傻子。”江也打断她，“你以为你是谁？”

“我……我……”关佳气息又开始急促，她哽咽道，“江也，你能不能……”

“我说。”从悦缓缓从角落走出去，走到他们面前。小坡跟踩在铺了地毯的走廊上没有声音，她的姿态和她的步伐一样悠然，“既然提到我了，我是不是应该站出来说两句话？”

关佳愣了愣，干脆撕掉那层友善的面具，冷眼瞪她：“你听到了？那正好，我说的话有错吗？你扪心自问，你是不是这样？”

“你喜欢江也？”从悦忽地问。

关佳微顿，瞥了眼江也，他连个眼神都不给她，只看着从悦的方向。关佳眼圈红了，豁出去道：“是！我是喜欢江也，怎么样？我很早很早以前就喜欢他了，比你早得多。我喜欢他我没什么不敢说的，我比你强，不像你一边吊着他，一边和别人搞暧昧！”

从悦静静看着她，没说话，掏出手机打电话给詹临。

詹临接到她的电话很是诧异：“你在哪儿？走了吗？”

“没，我在走廊拐角，洗手间这边。你现在马上过来。”

“怎么了？”

从悦忍住翻白眼的冲动：“你开玩笑开够了，该给我解决一下麻烦了吧？”

那边用了几秒，立刻明白，詹临应声，马上就来了。

一看角落这场面，詹临对从悦露出一个尴尬的笑意。他走上前，朝江也伸手：“呃……再握个手，重新做个自我介绍吧？”

江也不动，詹临握了握拳又松开，活动五指，自讨没趣地摸了摸鼻尖。

“其实我早就听过你，是从悦跟我说的。”詹临道，“她刚到佛罗伦萨的时候我的确追过她，但是她马上就拒绝了我，后来我就歇了心思。我可以发誓我对她现在真的没有那种意思。”

关佳尖声插话：“你们是一起的，当然想怎么说就怎么说——”

詹临不理她，对江也道：“后来跟从悦做朋友之后，了解了蛮多你们的事。她经常提你，尤其是别人追求她，她拒绝之后。你知道吧，我听得耳朵都长茧了。那个时候我就挺好奇，能让她这样惦记的人是什么样的，今天总算认识了。”

“我今天找她除了叙旧，还有就是我这半年一直在追一个我喜欢的女生，她也回国了。这方面我比较没经验，连一次正式约会都还没开始，所以才来找从悦讨教。刚刚玩游戏的时候，说的那些模棱两可的话只是开玩笑。”他不好意思地笑了两声，缓和气氛，“从悦经常说我这一点很讨厌，咳……有时候确实是，我也知道，抱歉。”

江也认真听了他说的每一个字，到后来，眼神直接掠过他，看向一旁的从悦。她靠墙而站，歪头看着他，始终挂着一丝笑意，温柔而平和。

就像知道他不会走，而她也始终会在那里。

江也送从悦回到公寓，她兴致十足，拉着他在茶几边玩抽积木条，谁抽塌了就扣一分。

没几下，江也就弄倒积木。从悦兴奋得跪直身，在本子上记正字。

江也提笔，帮着多记了两划。

“干吗？”她不解。

“算你多赢两分。”

“为什么？”

江也淡淡噙笑，双眸深了一刹：“你刚刚看我那眼，杀伤力太大，多算你两分。”

“嘁。”从悦小声嘀咕，吐槽他油嘴滑舌，手上倒是不推辞地把牌全拢到面前。

“你为什么拒绝詹临？”她正抽积木，他忽然问。

手上动作停顿，她说：“想拒绝就拒绝了。”她微微垂眸不看他，声音有点轻，“就是那时候突然明白，你看，原来不是谁追我，我都会答应的。”

她抽出一根，“来，继续。”

江也没动作，看了她半晌：“你回来以后我好像还没有正式说过。”

“什么？”她抬眸。

江也看着她，一字一句道：“和我在一起，从悦。”

安静许久，从悦又抽出一根：“看样子你还是要输哟。”她将积木条放在面前，“至于你这个问题……”

她慢慢抬头，冲他笑：“好。”

第八章

今年春节，跟我回家吧

1

新酒静吧那一场堪称“小闹剧”的聚会彻底翻篇，唯一的后续大概就是刘晨等几个江也的旧时朋友，那晚之后纷纷联系他，问他为何拉黑关佳，还严令她以后不要去他的工作室，不要再联系。

江也不爱解释，但也不喜欢被人指责，该说的说尽，倒弄得几个哥们儿无比尴尬，原本都是被关佳怂恿来做说客的，自此之后，明白江也这回是动真格的，便没谁再自讨没趣跑来他面前替关佳说话。

江也慢慢淡出发小圈子，偶尔倒还会参加聚会，只是其他人都很自觉，一旦叫上了他就不会叫关佳。久而久之，好些个人和关佳的关系也逐渐淡了。

这些都是后话。

和从悦正式在一起的第一次约会，江也特地买了两张经典话剧的门票，计划带她去看话剧消遣。

一场视觉享受结束，从悦回味不停，身旁的人却反应平平。

“我觉得结尾那一幕真的非常好，怎么说，看完让人有点回不过神，一直沉浸在那个调调里……”

走出剧场正门，从悦和周围有序离开的观众一样，说起方才令人印象深刻的几幕。

“嗯，是不错。”相比之下，江也应得就有点敷衍。

“你怎么了？怎么心不在焉的？”从悦觉得他状态不对。

江也瞥她一眼：“真想知道？”

“当然啊。”

他眼中少见地闪过一丝赧意：“看表演的时候，我是想集中精神来着，没办法，你身上的香味一直往我鼻子里钻，我根本不能静心看。”

从悦一愣：“我喷的香水味道太重了？”她抬手嗅自己的手腕，道，“没有啊，我只用了一点点，还是出门之前抹的，就一点点。”

“不是你喷得多。”江也说，“是我自己太敏感。”

他微微垂眼看她，她还在闻着袖子边沿，檀口不自觉微张，殷红唇瓣轻轻蹭过布料，他喉结不着痕迹地动了动。那香味又来了，若有似无地拼命往他大脑里钻，就像刚才看话剧时，沿着呼吸钻进他心里，搅得他整场表演都没能好好看。

驱车回从悦的公寓，一进门，从悦刚换上暖脚棉拖，身后一股大力拽住她手腕，猛地将她拉进一个炽热的怀里。

“江……”

她抬起的手抵在江也胸膛，尚未来得及推拒，江也已经向她沉沉压来，不由分说地亲下来。

一番深情缠绵，从悦透不过气来，心知再不叫停就停不住了，费了点力总算推开了他。她仍被他圈在怀里，背靠柜沿微微喘息，轻挑白眼睨他：“你别告诉我，你一晚上都在想这个？”

“不止。”他说着，低头埋在她脖颈间，深深嗅了一口，“我想的比这多得多。”

脖子被他的呼吸呵得发痒，从悦缩脖子要避开，反被他揽腰紧紧抱住。他从她脖间抬首，攥住唇舌又是一番深吻。

半晌，从悦叫停：“你收敛点！一年、一年多也不算太……”久字没说完，她改口承认，“好吧，一年多确实算长，但是你冷静一下——”

江也还算听话，双眸幽深，勉强冷静下来，对她的话却不甚赞同：“不能这样算，得从暑假之后开始算。”

从悦拿他没办法，两人在玄关处说话，越是磨蹭纠缠，气氛越是朝不可控的方向而去。空气中弥漫起浓浓的暧昧，温度都升高几分。

突如其来的手机铃声打破了满室热意。

“等……等等！”从悦双颊滚烫地翻出手机，一看来电是画廊的同事，旖旎心思霎时冷淡下来。

“喂？”那边交代着事情，她站直理好衣领，听完应声，“好，我知道了，现在就弄。”

是工作的事，需要她马上开电脑，从悦趿着拖鞋快步朝卧室走。硬生生被打断好事的江也手插兜，眼里压抑的情欲和眉间透出的戾气交织着，活像个要吃人的魔王。

江也跟在从悦身后进房间，看她打开电脑开始忙活，只得在一旁安静作陪。

从悦似乎遇到了麻烦，进展得不是太顺利。她打了几个电话和同事沟通，在电脑前眉头皱了松，松了皱，最后还是没能完善解决，因时间太晚，暂时告一段落。

画廊的事江也帮不上忙，见从悦趴在床上一阵低沉，躺在侧边的他翻身从背后轻轻抱住她。

她埋头在枕间，闷声闷气说：“头疼死了……夸我一下。”

“好。”江也这就开始细数，“从悦非常厉害，非常聪明，学习成绩一等一的好，画画特别棒，长得特别漂亮，眼睛好看，鼻子看好，嘴巴也好看，从悦特别……”

他夸着夸着方向就跑偏了，从悦被他逗笑：“你说的这些和我工作的事有什么关系？”

“是无关，但是我想说。”江也摸摸她的头发，温声道，“你已经很优秀了，别给自己太大压力。”

从悦“嗯”了声，趴在枕头上，情绪有所好转。江也半压在她身后，两人不说话，就这么安静地待在床上。

温馨的气氛在感觉到他的变化后冲淡，从悦僵了一瞬，脸上浮起热意，扭头朝后，尴尬道：“你应该知道，我家没有准备那种东西。”

江也沉默几秒，说道：“要是我告诉你我身上带着，你会不会揍我？”

从悦在他身下翻了个身，睁大眼睛瞪着他，手从他鼻尖指到眉心，最后在他脸上拍了一下。她叹气，到底还是捧着他的脸，吐槽和其他无关的话语全变成了落在他脸颊上的吻。

男人惯会得寸进尺，江也的气息霎时变了，滚烫灼热，她脸颊被拂过的每一寸都热起来。棉被拱动缠成一团，从悦的声音被淹没，只余一阵窸窣动静。

江也是准备办事儿，可惜好事多磨，手机铃声再次响起，一阵一阵地响，大有不接就不停的架势。

从悦强撑着起身，拿起手机一看是个陌生号码。她清了清嗓，摁下接听。

“喂？”

那头有三秒的沉默，正当她要再出声时，传来一道略显沉重的男声：“从悦？我……是我。”

从盛声音低沉而颓丧，少了原先的趾高气扬，多了难以描述的疲惫。

从悦微顿，下意识就要挂电话，那边似乎察觉她的意图，忙道：“我是从你们学校领导那儿问到你消息的，知道你这个月回来了，才要了你的号码。给你打电话没有别的意思，想问你方便出来见一面吗……我在盛城，你弟弟……小睿他……他病了，情况很不好。”

……

从盛在电话里隐约带着哭腔，这令从悦很惊讶，她从未见过他这样一面。江也陪她一块去的咖啡厅，分开进门，挑了张不远的桌子坐，以便她有事需要支应。

“我本来不想来的。”坐下后，从悦便不留情面道，“你年纪也大了，这样打电话给小辈哭，你不介意，但我却怕折寿。说吧，你找我有什么事，今天一次性说完，以后不要再来烦我。”

从盛的精神劲明显不如从前，脸色暗沉，一下子老了好几岁。

“我……”他不知从何开口，干脆从最紧要的说起，“你弟弟病了，没有多少日子了。”他眼眶微湿，捏了捏眉心，“确诊有七八个月了，一开始医生说可能还有救，全家人都去做了配型，可惜都不合适。我本来想联系你回去配型试试，打到你学校才知道你出国了。”

从悦听着，没说话。从盛沉沉道：“后来医生说找到了合适的捐献者，我们以为有希望了，都准备做手术了，谁知道病情恶化……太突然了，我跟张宜一点准备都没有……小睿现在每天都在做治疗，只是医生说……医生说……”

后面的话他没有说下去，默默揩拭眼角。

“你找我来就是为了说这个？”从悦问。

她的冷淡让从盛从悲伤情绪里稍稍回神，稍作平复，他道：“这次带小睿来盛城做检查，我想了很久，以前的事，你别怪我和你阿姨。你妈妈走了之后，家里大小事情，我、你爷爷奶奶，全都是你阿姨在照顾，她怀娇娇和小睿的时候吃了很多苦，我和她难免溺爱一些……”

“你如果要跟我说你们的感情史，那就到此为止。”从悦像一个冷静的局外人，静静地看着他，“我没兴趣听。”

从盛哽了半晌，才道：“我来找你，是想你……回家，别跟家里人怄气了，你年纪也不小了，不要这样闹。你弟弟剩下的时间没有多少了，我们一家人聚在一块，好好地过日子。”

和他想的不一样，从悦丝毫不为所动，拒绝得很干脆：“我对你们一家人的情况表示同情，但其他的，就免了吧。”

她拎包起身：“如果没有事的话，我就先走了。”

“从悦！”从盛叫住她，眼里有不可置信，“你就这么恨我？这么恨家里人？我是你爸！”

“当初我走出从家大门的时候就跟你说了，你已经不是了。”从悦道，“而且我还得提醒你一句，你别随便替别人做主。你确定从睿希望我回家？”

她看着从盛，忍不住嘲弄道：“从睿自出生到现在，除了刚学说话那阵子，什么时候叫过我一声姐？从娇好歹还懂得在外人面前喊我一句姐姐，从睿？你不会是忘了吧，不管是当着家里人，还是当着客人的面，他从来都是喊我‘喂’。”

有些事她不想再提，但始终不吐不快。

“家里大人没空，让我去接从睿放学，他不开心又哭又闹，最后闹到你们来接，结果成了我不懂事不会照顾小孩。

“他过生日我送他玩具车，后来被他用作扔我的工具，有事没事砸在我身上。有一次我被他砸得流鼻血，我还没说话，他号一嗓子你们全都出来安慰他，结果又是我不懂事。

“从睿乱翻我的东西，撕我的作业害我被罚，从来不会挨骂。我写作业、画画，想要清静关上门，他要进来闹我就不得不让他进，不然他就踹门扔东西，我还要挨骂。他踹破我的门多少次？三次！我就说了一次想要不是空心的木门，结果呢？你们嫌我事多、矫情作怪，门总是坏总是换，说我麻烦！”

“这些破事儿太多了，真要一一数，我能在这儿跟你说到明天。”从悦深吸一口气，勾唇嗤笑，“从睿是还小，都说越小越不会说假话。我一旦惹他不高兴，他就指着我的鼻子叫我滚出他家，我想这点你总不会忘吧？你们从家太了不起了，反正我是不敢回去的。”

“你知道我今天为什么来吗？”她敛好情绪，“因为这些话我想说很久了，上一回在从家说得还是不够过瘾，既然你好意思打电话给我，那我不‘心软’也不对是不是？那就来说给你听，我们当面说个够！怎么样，这下你听够了吗？”

从盛呼吸不平，面色一片赤青，又是愤怒，又有说不清的痛苦。从悦小的时候很乖巧，经常倚在他膝边软声软气地说话，要他讲故事，要他抱。

曾几何时，他们也是一对亲昵的父女。时至今日，当初那个小女孩，现在只会用冷漠的眼神看着他，出口的每一句话、每一个字都像针一样扎在他心上。他从她的眼里看不到一星半点孺慕之情，只有无穷无尽的漠视、冷淡，将他彻头彻尾视为一个陌生人。

“从悦……你……”他双唇嗫嚅，眼眶发红。

“就聊到这里吧，我们没有什么好说的。你们家的事与我无关，从睿治得好是他运气好，治不好是他运气不好，作为一个无关人士，我不发表任何意见。”

从悦头也不回地离开座位：“再见，从先生。”

卓书颜是第三天从周嘉起那儿得知从悦和从盛见面的事，当即约从悦下班见面，一起吃晚饭。

“你去见他干什么？”

一碰面，卓书颜便恨铁不成钢地开口：“你家里那些人，有哪个是真的对你好的？你的学费，他故意卡着，非要你三求四求才肯给。最后一年的学费，还是你亲妈跑去帮你要来的。

“你家那个妹妹，小小年纪心肠就坏，平时总是阴阳怪气地挤对你；你那个弟弟，把你当用人看；还有你那个奶奶和你那个后妈……你都忘了？！”

“我当然没忘。”从悦说，“我怎么会忘？”

“那你还理他们干什么？”

从悦默了默，忽地问：“如果我答应回从家，你会不会怪我？”

“怪你什么，怪你心软？怪你泥人脾气？”卓书颜没好气，深吸几口气，最后无奈地表示理解，“回也好不回也好，你做什么决定我都支持你。”

从悦又问：“如果我拒绝呢？我那个弟弟，好像得了病，治不好了。从盛找我的时候，说希望我回去和家里人一起过，我不答应，你会不会觉得我冷血？”

“当然不会！”卓书颜白她一眼，“这么多年你被他们家庭冷暴力，他们一会儿当你是用人，一会儿当你是空气，现在你从那个鬼地方抽身出来了，他们想你回去你就必须回去啊，凭什么呀？”

从悦抿了抿唇，沉声说：“如果是你、周嘉起……或者江也，如果是你们三个发生什么不好的事，配型也好做手术也好，要我做什么我绝对不会拒绝，可是从家的人，我真的不想再……”她猛地呸了一声，狠狠打嘴巴，“我乱说什么！没有的没有的！”

卓书颜拉住她的手，她叹气，告诉卓书颜：“你不用担心我。我没有答应从盛，我没那么傻。以后不会再见他了。”

2

不知从盛是不是想向从悦展示诚意，咖啡厅的那场谈话结束，两天后他竟然找到了从悦居住的小区。从悦已经不想深究他是如何查到自己的信息的，看到他的第一眼，只有满腔的厌烦。

傍晚时分，如果是夏季，天边大概会有很壮观的火烧云。眼下冬天，枝头料峭萧瑟，更有不想见的人强行阻拦，从悦刚结束工作，一身疲惫，强忍着才没有发脾气。

“从……悦悦，你好好听我说，我们再谈一谈。”从盛拦在她面前，要和她找地方说话。

从悦一脸不耐烦，绕过他直接走开。从盛哪肯放弃，跟上她的步子缠上来。几步远就是保安室，眼见这一幕，立刻有保安上前询问：“小姐，请问是否遇到麻烦？需要帮助吗？”

从悦求之不得，点头正要说话，兜里手机响了。是江也打来的，她暂停话头，接通就听那边问：“下班了吗？我在路上。”

“我在小区门口。”从悦瞥一眼从盛，说，“被拦在小区外了。”

“碰上什么事了？”

“他来找我了。”从悦不欲当着旁人的面揭伤疤，含糊的一句话，足够让江也听明白。

他道：“你找保安，我马上到，两分钟。”

江也下班后，特地去超市买了很多从悦喜欢吃的菜，预备晚上两个人一起煮饭。顾不上开进地下停车场，他直接把车停在路边，径直朝保安室前三人所站位置行来。

从盛絮絮不停地和从悦说话，后者抿唇，一言不发，不作任何回应。

江也上前挡在从悦身前，长臂一伸：“麻烦你离她远一点。”

从盛盯着突然出现的江也看了几秒，打量他年轻却不稚气的面孔，略带不悦道：“这是我们的家事，你是哪位？”他扭头看从悦，殷切道，“悦悦，你不能……不能这样，我是你爸爸！”

从悦冷声提醒他：“你真的不需要陪着你儿子吗，有这么多时间浪费在我身上？”

“爸爸真的希望你能理智一点，咱们好好谈一谈……”

从盛还想说服她，从悦抬手打断：“你不要再浪费时间了，在大街上这样拉扯，你不觉得丢脸吗？我和你说的那些话，请你自己认真想一想，有些事情你现在来提，不觉得已经晚了吗？”

“走吧。”从悦握住江也的手腕，对保安轻声道谢，两人并肩往大门里走。

从盛提步欲追，从悦回头道：“你再这样骚扰我，我就报警。”

有保安拦着，从盛被挡下，或许是从悦那句“晚了”戳中了他的心，他一时竟抬不起脚，不好意思跟进去。

回了公寓，从悦将包和外套挂上衣帽架，往沙发上一坐，情绪稍显低沉。江也以为她是因从盛而心里不好受，在她身边坐下，握住她的手开导她。

从悦摆手说不是：“他对我怎么样我都不在乎了，早都过去了。我只是突然很感慨，以前他和我妈，两个人也是有过感情的，我那时候虽然还小，但是我记得以前他们两个人都很喜欢对方。可现在，我妈对他，还有他对我妈，两个人都把对方当成了陌生人。”

她眼神悠远：“一旦组成家庭就有这么多问题，我、他的现任妻子、他另外的孩子，纠缠在一起成了这样一个一辈子都解不开的结。你说这些东西有多麻烦？我真的不知道结婚的意义在哪里？”

江也一愣，尤其是最后一句话令他蹙了蹙眉，他很快展平眉头：“你在想这些？”

“是啊。我一想到我父母，就觉得结婚这种事很无趣，非常没有意思，所有的，所有的东西……你知道吧，那种感觉……”

她抬眸看江也，似乎是希望他给她答案。江也哪有心思和她探讨这个，听得心都沉了，握紧她的手，宽慰她：“别说这些，不要这样想，你的父母只是个例，你不要因为他们想太多。”

从悦叹气，点了点头，神思仍没归位。江也怕她再深想下去就要觉得连谈恋爱都没意思了，忙岔开话题：“饿不饿？我买了菜，我们去做饭，煮你喜欢吃的东西。”

江也拉从悦去了厨房，从盛带来的那些负面影响被他们暂时抛到脑后。

晚饭后，江也下楼去把停在路边的车开进车库。从盛已经走了，江也略一思忖，特地去了一趟保安室，和保安沟通。

“傍晚的那个男人，如果你们看到，记得不要放他进去。”

这个小区进出需要刷卡或是输密码，陌生面孔需要登记信息，以及同房主核对，安全方面做得挺不错。江也这样要求，保安自然应下。

交代好，江也才上楼。江也对从盛烦得不行，作为父亲，他从小对从悦不好。在江也眼里，这个人没有男人该有的担当，本来就十分令人不满，现在因为他的纠缠，又引得从悦对婚姻产生怀疑，要是她因此彻底对两个人的生活失去兴趣和信心……江也真是想死的心都有了。

吃了闭门羹后，从盛没有再出现，想来多少还是顾及脸面的，从悦的态度如此冷然坚决，他怕是也不会再拿热脸贴冷屁股了。只是人上了年纪就会开始念旧、念亲情，从盛这才是个开始，以后难过的时间想必还长。

没了打扰，从悦日子过得更顺心。自打她回来，江也回自己住所的次数就少了。这些天因为担心她被从家的人和事烦扰，江也一直在从悦公寓陪她。

从前十指不沾阳春水的大少爷，如今开始学下厨，工作室的事忙完，不用加班了，却一头扎进厨房，乒乒乓乓吵得整个屋里都不安生。

从悦吐槽他：“楼下这几天搬来的那户人家，搬家的动静还没有你做一顿饭大，你下厨的声音可比他们厉害多了。”

江也没回头，专注锅里，问：“你已经见过新来的住户了？”

“没有。”从悦说，“就是碰巧看到搬家公司的人进出，帮楼下的那户搬家具。”

这种一层一户的公寓，邻里之间的关系不大好建立，基本没什么打交道的机会，生疏得很。

江也随口应了两声，菜出锅，盛出来让她品尝。东南亚风味的美食，对他这种厨房新手来说，能做到这个味道已经很不错了。从悦点头称赞，毫不吝啬地竖大拇指：“很棒！就是少了柠檬汁提味。”

“柠檬汁忘记买了，等会儿去买。”

“不用了吧，等会儿还出去啊？饭都做好了。”

他道：“你不是要吃水果，我去看看便利店关门没，顺便去水果店给你带些水果回来。”

晚饭后时间尚早，江也出门买水果，外面冷，他没让从悦一块去，叫她乖乖在家等着。出去不到十五分钟，他就打电话回来。

“你要橙子，还是车厘子？或者草莓？”

从悦想了想：“要车厘子和草莓。”

很快，江也拎着一袋东西回来，买的却是半个拳头那么大的青枣和黑红黑红的车厘子。从悦拎去厨房冲洗，奇怪道：“草莓呢？”

江也慢悠悠跟上，从后面抱住她：“我看了下，草莓都是白天剩下的，不新鲜，所以没买。”

她点头，专心洗着水果，他又道：“不过，我买了另外的草莓，在我口袋里。”

从悦一顿，甩干净水，反手去探，在他右边口袋摸到一个长方形盒子，滞了一瞬，很快明白那是什么。推开江也，她拿眼刀剜他，似嗔非嗔，将水果端出去。

两人坐下吃水果，江也从口袋抽出那盒“草莓味”的东西，往茶几上一扔。从悦拈起一枚车厘子正递到嘴边，斜眼睨他。

他歪头，懒散一笑，把她扯进怀里，翻身压住。

沙发柔软，盆里的水果还没吃上几枚，从悦盯着他近在咫尺的脸，和他做最后的沟通。

“你以前……不这样的啊？”她皱眉不解，“明明天天板着一张脸，对什么都不上心，我以为你是很冷淡的那种。”

“那得分情况。”江也微嗤，眯眼掐了掐她的下巴。

从悦不服，保持着一上一下的姿势和他说起来：“那……男生都喜欢看那种片子，你也看吗？”

“教育片？”江也声音微哑，在她嘴角亲了下，“当然看。”

“看完也……”

“自己动手丰衣足食？”他笑了声，埋头在她脖颈间轻蹭摩挲，声线更沉了几分，“当然。”

从悦难掩惊讶，一时有些难以消化。江也见她一副大开眼界的样子，失笑：“我也是个男人，你在想什么？”

“我没……反正就是，以前打死也没想到。”

他道：“你知道吗？我们第一次接吻那次，还记得吗？”

“记得。后来你还感冒了。”

当时从悦感冒，没来得及说，江也低头亲下来的举动太突然，结果隔天他也被传染了。

“除了感冒，那天我回去一晚上都没睡好。”江也嗅了嗅她发间洗发水的香味。

夏天本来就够热，一时没把持住亲了她，已经够让他意外。谁想就因这么一个吻，当晚他回去辗转难眠，就靠心里最后一丝骄矜和莫名的羞耻阻拦，他才没有排解。

“啊？”从悦听得一愣一愣，江也在她唇上啄了两下，和她小声耳语。说着说着停了，从悦扭头，脸颊贴着他的脸颊，“怎么了？”

“没。”他闷声说，“我想感冒了。”

从悦抬手揽住他，沿着背脊而上，五指穿进他的发中。

这样的夜晚气氛大好，江也准备的“草莓味”宝贝正要派上用场，“叮咚”一声，门铃突然响了。而后，“叮咚，叮咚”，接连响了两声。

“是不是有人摁门铃？”从悦听到声音，抬头朝门张望。确认不是幻听，她轻轻推开江也，起身去开门。

透过猫眼一看，门外站着一个男生，看起来年纪不大，应该正在上大学。

“您好，我是楼下的住户，新搬进来的。我正在做饭，厨房里有东西没准备齐，想问问能不能借用一下？”

江也走过来，从悦便开了门。门外的男生颔首问好，刚才猫眼里没看仔细，眼下门一开，从悦忽然觉得这个人有点眼熟。

唐耀同样觉得从悦眼熟，盯着她看了两秒，蓦地一拍掌：“是你——”

从悦还在回忆，他拿出手机，翻开微信通讯录列表，飞快拉到下面，给她看:“你看！我好友列表里有你，我们是好友！你不记得了吗？我啊，很久很久以前在保龄球馆我找你要手机号，你还记得吗？”

他这么一说，从悦想起来了，扫过他给她备注的“漂亮姐姐”四个字，忍不住发笑：“是你啊。”叫什么来着？好像姓唐……哦，对，唐耀。

这么久了他们都没删好友，从悦是忘了，后来忙更顾不上这些。而唐耀虽然在一开始的试探失败后，就没有再试图追求她，但也没有把她删了。好歹真的教了他几道作业，偶尔能在朋友圈刷到她的动态，虽然十条里不一定有一张自拍，保不齐什么时候就能看到了，养养眼也不错。

江也板着脸站在从悦身旁，一言不发地看着这个突然冒出来的小男生和从悦寒暄。

“有什么事？”他冷声打断，这才让话题回到最初。

“啊，是这样。”唐耀完全不介意他的冷脸，笑嘻嘻地对从悦道，“我刚搬到楼下，想煮饭来着，忽然发现找不到锅铲……能不能借把锅铲给我？我明天买一把新的还你。”

锅铲这东西，即使便利店开着门也不一定有。

江也冷冷抛出一句：“你不会点外卖。”

唐耀瞥他，尴尬地看向从悦：“我想自己动手煮嘛……外卖吃多了不健康。”

从悦笑说：“你等等，我去拿给你。”

她朝厨房走，留下江也和唐耀四目相对。唐耀冲江也笑，不笑还好，笑完忽觉周身冷气似乎又加重了几分。

从悦将锅铲借给唐耀，他再三保证明天一定会买新的送来，道过谢后兴高采烈地走了。关上门，从悦见江也一脸不爽，踮脚倚进他怀里，两手扯他的脸。

江也扭头别开她的手，她道：“别不高兴啦，就借把锅铲而已，干吗这么小气？”

他气的是这个吗？江也撇嘴：“要做饭不知道事先买好厨具，蠢不蠢。”

从悦拍拍他的背，拽他回茶几边吃水果。

不到十分钟，唐耀又上来了，江也正觉得气氛不错准备酝酿酝酿办正事，又被这个来借调味料的不速之客给搅和了。

这一次，没等从悦去厨房拿麻油，江也已经拿来塞到唐耀怀里，他沉着脸：“你还有没有什么想借的？一次借完。”

“呃……”唐耀道，“应该，没有了。”

“再见。”江也二话不说关上门。

江也牵着还没弄明白他为何不爽的从悦回到沙发，暗暗决定，唐耀要是再上来借东西，他就给唐耀一拳。

五分钟后，门铃又响了。

“我不是来借东西的！”门一开，唐耀忙道，“谢谢你们借锅铲和麻油给我，我带了些东西，都是我搬来的时候我妈让我带上的吃的，家里做的，不想炒菜的时候可以煮了吃！还有水果，我下午买的，你们拿去吃，不要嫌弃！”

他热情地把手里的东西往前一递，每一袋都装得满满当当。

“不用这么客气……”从悦接也不是，不接也不是，被唐耀强行塞来，沉得一晃，差点没拿稳，江也沉着脸从她手里接过。

“你说要煮饭，饭做好了吗？”从悦问，“要不要进来坐坐？”

“好啊！”唐耀不客气，应声进门，笑道，“菜煮好了，饭还没熟，等饭熟了就能吃了。还好遇到你！真的好有缘，我本来还在犹豫是去楼下还是楼上借锅铲，扔色子才决定的，结果一上来才发现竟然是你，太巧了！”

他们聊得热火朝天，唐耀坐下后，从悦还给他泡了杯大麦茶。江也斜斜倚在沙发角，脸黑得和锅底灰有得一拼。

流年不利，这几天一定是流年不利，总是有那么多的事情干扰他。他不过就想好好和从悦睡个觉，还能不能行了？！

3

该办的事儿被唐耀打断之后，江也没能再进行下去。好不容易送走不速之客，躺进温暖的被窝，江也正酝酿情绪，从悦竟然在他无意识拍背下睡了过去。看她睡得那么沉，犹豫半天到底还是没忍心叫醒她。

第二天一大早，从悦是被热醒的。两人都要上班，按照生物钟习惯，江也本该起得更早，当下却比从悦醒得还晚。他眼眶下微微泛着一层乌青，把从悦吓了一跳，连忙煮了个水煮蛋给他敷眼睛。

她连问几遍“没休息好吗”，江也全都木着脸答：“没事。”

看从悦手忙脚乱给他准备早餐的身影，江也头一次体会到什么叫有苦说不出。

开车先送从悦到画廊，临下车前，江也扯住她：“我这周可能会很忙。”

“啊？哦，你跟我说了，我知道的。”

“你记得按时吃饭。”他叮嘱，“手里事多也要先吃饭再说。”

她笑：“这话你也得对你自己说。”见他睨来，忙抬手在他脸颊上搓了搓，语气像哄小孩似的，“知道了，知道了，我有空就去你那儿。”

“楼下那个……”江也想到昨晚那张欠揍的脸，不放心地皱了皱眉，“他要是找你，不管有什么事都记得告诉我。”

从悦听话地点头。

“那我走了？”从悦解了安全带，却还被他严严实实地拴着，她侧头睨他几秒，忽地一笑，凑过去在他嘴角亲了亲，“小心开车！”

她下车走远，江也坐在车里看，直至背影完全隐进画廊大门内，这才发动引擎。

自从唐耀搬到楼下成了从悦的邻居之后，疏远的邻里关系瞬间被“拉近”，他得了什么好吃的总不忘捎上一份送到楼上来，水果、妈妈做的可以贮藏的美食，又或者是新学会的一道菜。

从悦受了他的热情招待，不好意思之下，便也偶尔回点东西。煮水饺多煮一份，榨果汁多榨一些，有一次在电梯里碰上，唐耀看上了她买菜时摊主多送的一把葱，从悦也分了他几根。

江也和工作室的人忙新程序，核心部分需要耗费大量心思，不能像前阵子一般时常来接她下班，得空了还在公寓里下厨煮饭。从悦便按时给他发消息，白天工作发生什么有趣的事，晚上回家，唐耀又送来什么，包括串门时说的趣事，一一都告诉他。

“他怎么又来了？”

得知唐耀特意乘电梯送来一只厚重的手工火腿，江也忍不住发微信道。

“我没收。”从悦语音回复，“太沉了，我们肯定吃不完，而且送点小东西就算了，偶尔煮东西能招待他吃，有来有往也不算占人家的便宜。他特意花钱去买的，我说什么也不能要。”

江也问：“特意花钱去买的？”

“对啊。”她道，“谁家那么闲，晒那么大的火腿，又不是年关，晒点香肠腊肉还说得过去，那火腿还是有包装的呢。”

从悦一边做菜，一边干脆调到语音通话模式，絮絮叨叨和江也说起话来。那边江也其实正在看资料，然而耳边时不时传来她说话的声音，还能听到她做菜的动静，他不仅不觉得烦，情绪反而更安定。

说着说着，她突然停了。

“怎么了？”江也手中动作一顿，她说完唐耀今天来串门的事，正给他实况转播做菜的过程。

“这都快五天了。”她的声音略微低沉，“感觉好像好久没见你了。”

江也低笑一声：“那你来啊。”

“不会吵到你吗？”

“吵我？你想怎么吵？”

“你自己说的。”从悦擦干净手，将电话换了一边，“我明天就来！”

不是嘴上说说而已，从悦真的琢磨起这事儿，后半段放下电话，开免提和江也通话，手里炒着菜，心里开始思考明天的工作安排。

迟钝如工作室那一帮大老爷们也看出江也最近心情不好，板着脸倒算了，周身还散发着一股“请勿靠近”的低气压。老A等人私底下琢磨好久，实在没想通他在不高兴什么，只得小心地不去摸老虎毛。

阴了几天的上空突然转晴，看着江也明显好转的脸色，一帮人奇了怪了。

“江也这是怎么了，最近神神道道的。你们看到他前两天那脸色没，黑得跟关公似的！今天太阳又打哪儿出来了？心情这么好……”

议论半天也没议论出个结果，恰好周嘉起从一堆繁忙杂事中暂时抽身，他出来透气，顺道扔下一句："哦，对，今天的晚饭你们别点江也的份，他等会儿跟从悦一起吃，让他们自己点。"

一帮人微愣："从悦会来？"

见周嘉起点头，众人这才明白江也那厮心情好转的原因所在。

一扭头，见林禧捧着部手机神情忧郁，老A好奇道："怎么了禧哥？黑着张脸，发生什么事儿了？"

往常总是眯着眼笑的林禧这回只看了他一眼，淡声道："没事。"

那一脸淡到几乎不见的笑意敷衍万分，老A看着他走开的身影满头雾水。先是江也心情不好，好不容易阴转晴，这边又来一个林禧。难不成他们工作室风水不好？

旁边喝茶的小哥接话："别想太多，他应该不是针对你。林禧这段时间一直这样，心情不太好。"

老A闻言，还是想不通，干脆不去想。

没多久，从悦来了，工作室里一片笑笑闹闹的说话声。寒暄完，她进了江也的单人工作间，他早就在等着，她爱吃的菜也已经点好。

"今天楼下那个来敲门了吗？"想来江也还是很介意唐耀，坐下没说几句就问及。

从悦失笑："我都没回家，直接从画廊过来的，他怎么敲门？"

"没来就好。"江也扯了扯嘴角。

相比下班可以见面的日子，江也的确很久没见从悦了。这样惬意的闲暇，这阵子难得，从悦在旁说话，江也就一直握着她的手细细把玩五指。

晚餐的点一到，他点的餐便送来了，将工作相关物品移到一旁，桌面用来摆饭。

江也的时间都是挤出来的，饭毕，从悦不好再打扰他，独自回公寓。

"我送你回去。"

他站起身，被从悦拦住："不用了，你忙，我自己能回去。"她不让江也送，替他关上门。

"这就走了？"老A几人和她说话，她笑着点头一一应了。

到门边，林禧正好出来，从悦和他打了声招呼，他挑眉："你回去？"

她说对："江也还在忙。"

"回公寓？"

见她点头，林禧道："要不要送你？我刚好要出去，顺路。"

林禧也有车，虽然不是太高档，代步绰绰有余。从悦本想拒绝，他说："只是举手之劳。"分寸恰到好处，拒绝反倒不合适，她犹豫两秒，一边道谢一边应下。

两人一道下楼，步行至停车场，始终保持适当的距离。

一辆送外卖的摩托车突然从林禧身边经过，擦肩一碰，林禧脚下微晃，踉跄半步撞到从悦。从悦伸手扶他，不到半秒就松开："没事吧？"

林禧站稳，略带歉意地道谢。

"你车停在哪边？"从悦朝远处望。

"在那边，你在这儿等我好了，我去开过来。"林禧让她稍候，步行去取车。

从悦站在原地等，握着手机正浏览新闻，前方猛地响起车轮摩擦地面的声音。她抬头，一愣，一辆宝马从不远处拐了个弯直直朝她冲来。

速度之快令人瞠目结舌，反应不及的从悦忽地被侧边一股大力扑倒在地。她被抱在宽厚有力的熟悉怀抱中，江也护着她就地滚了两圈。

那辆车开出去又急刹停住，掉了个头，似是要卷土重来。

江也拉起从悦，避到一旁。林禧开车过来，目睹这一幕，当即停车下来，他满脸怒容地拦下那辆再度冲来的车。

里面坐着一个长鬈发的女人，化着精致的妆，眼里满含怒火。林禧二话不说，上前拉开车门，将她扯下来。

"你是不是有毛病——"

那边争吵起来，从悦顾不上管别人，着急去看江也的手腕："擦在地上了？我刚刚看到你手红了，是不是流血了？"

"没事。"江也安抚道，"擦破了一点皮，小问题。"

"你怎么突然跑出来了？万一也撞到你了呢？要是你没带我躲开，我们不是两个人都被撞了吗？！"从悦皱着眉，又气又心疼。

江也垂眸静静地看着她，默然一叹，伸手将她扯到怀里："你没事就好。"

一句话说得她眼眶发酸。

再看向车前的那二人，江也的眼神霎时冷了。那女人声音尖厉，林禧除了厌烦还是厌烦。从争执中隐约能听出一些东西，大致就是这个女人看上了林禧，追他几个月没有回应，近来变本加厉。刚刚她看到从悦和林禧挨在一块说话，怕是想到林禧对她的冷淡，一时怒上心头，冲昏头脑开车撞过来。

想来这就是林禧最近闷闷不乐的缘由，被这么个女人缠着，他不难受谁难受？

江也冷眼看他们吵架，拿出手机报了警。

工作室楼下的动静，最后闹得所有人都跑来了。得知前后经过，大家别提有多同情林禧。这样的追求者，家里有钱又怎样，漂亮又怎样，一言不合就开车撞人，谁敢搭理啊？！

见江也秉承着一贯的冷血，报警将那女人送进派出所，没一个人站出来做和事佬。

因受了“伤”，大家很体贴地给江也放假，让他提早回去休息一晚上，各自将他分内的工作划分承包。

从悦的意思是要去医院，江也嫌麻烦，就近找了个诊所，消毒上药简单了事。为此，回她公寓的路上，她足足念叨了一路。

“你，去床上躺着。”一进门，从悦就把江也往里推。

江也不太配合，慢悠悠地迈步，皱眉道：“我伤的是手腕，不是脚。”

“你快躺下！”

从悦让他脱了外套鞋袜，躺在床上。她在浴室捣鼓半天，小跑出来“吧嗒吧嗒”将拖鞋趿得直响。

待她上手，他才明白她要干什么。

“你累了这么多天了，我给你按按肩，你好好睡一觉。”她道，语气里满满的心疼。

江也想转头看她，刚扭脖子，就被她一掌摁回去：“别动！”

他埋头在枕间失笑，不再动，顺从地任她施为。

按了半个小时，其间从悦一直轻声和他说话，语音潺潺，如轻缓溪流，江也差点睡着。然而，她似是累了，中途休息时往他背上一压，就那么趴在他身上。

给他按了半天的肩背，她确实累了，趴在他背上搓自己的头发，殊不知他被她挨蹭的动静撩得有多痒。

她趴着闲话，说到哪儿算哪儿，江也的瞌睡一点一点跑净，又听她想起什么，忽然道："哦，对了，你那天买的那盒草莓味的，我收起来了。昨天去便利店的时候刚好看到有柠檬味的，我又买了一盒。"

他一僵，背后她伸来手，捉着他的手肘捏了捏。

"手腕应该不会留疤吧，医生开的那个药……"

从悦话没说完，忽觉一阵天旋，整个人被江也翻身压下，位置彻底调换。

"你干吗？"

"办点正事。"

"可是你的手……"

剩下的话语，全被他堵在了唇舌之间。

从悦被江也亲得全身血液直冲头顶，热得晕头转向，他忽然停了，她迷蒙着眼，嘴唇红肿，一时有点蒙："……怎么了？"

"没。"江也哑着声，低头在她唇上啄了口，"我以为又听到了门铃声。"

那几次中途被打断，实在是给他留下了极深的阴影。

这一次，门铃没响，电话也没响，江也总算把该办的事儿办了。

从悦却后悔了，临门半脚，她禁不住抬腿踹他，眼角都沁出了眼泪："停……停一下，先……今天先到这儿……"

江也额角淌过一滴汗，粗声附在她耳边："乖了，疼疼我，要不我得死在这儿！"

他握住她的手，十指相扣，一点一点吞没了她所有的啜泣和闷哼，一点一点，将她的抗拒和抵触彻底融化。

4

江也一大早就准备好了早餐，从悦行至餐桌，他正端着最后一碟小点心上桌。

“早。”唇边怡然的笑，昭示着他神采奕奕的状态。

和他的神清气爽相比，从悦浑身没劲地走到餐桌旁坐下，短短三步路扶了两下桌。

“没事？”得到满足的男人格外体贴，江也问着，连连往从悦碗里夹菜。

“没事。”从悦摇头，缓慢夹起碗里的东西送到嘴中。

江也看着，道：“实在难受就请假一天，今天待在家休息。”

“我今天本来就休息。”从悦说，“吃完你出门吧，不用担心我，多大点事。”说到最后脸色微赧。

“实在不舒服记得擦药。”江也睨她，“我去买……”

“知道了，你赶紧吃！”从悦实在不想跟他坐在饭桌上继续聊她的身体。

麻溜吃完早饭，送江也出门，从悦把自己往沙发上一摔，半天没有动弹。临近中午，她自觉恢复得差不多，不适感消失，简单收拾一番，出门采购食材。

电梯下了一层停住，门打开，唐耀背着包站在门外，一见她立时笑着打招呼：“好巧啊，姐姐！”他提步站进电梯内，扭头问，“你出门吗？”

“啊，对。”从悦点头，“你去上课？”

“是啊，今天都是下午的课。”前几回聊天，唐耀说了不少家里的事，他家离学校远，麻烦了一个学期以后，终于决定搬出来。这边离他念的大学相对来说比较近，环境又好，他父母便不计价格，给他租了间单人公寓。

闲话几句，电梯门打开，两人一齐往外走，唐耀忽然问：“那个哥哥，是你的男朋友吗？”

他指的是谁不言而喻，来她这儿来得最多的人只有江也，连周嘉起都不怎么来。

“对。”她淡笑承认，没有一丝犹豫。

唐耀似是感慨地叹了声：“那个哥哥有时候挺吓人的……”他笑，“我们之前也见过吧？在保龄球馆的那次，我和你说话，一直走过来拿东西的就是他，对不对？”

从悦隐约记得些，笑着承认，说了声是。

唐耀勾唇，没再多说。

出了小区两人分道，待从悦采购充足返回家里，手机“嗡嗡”振动，收到江也发来的消息：“还疼吗？”

一想到他出门在外还时时刻刻惦记着她饱受折磨的那处，饶是脸皮再厚，从悦也不禁觉得别扭。她不得不斥他：“你专心工作，少问两句！”

然而午后，她又收到两条关切询问，他道：“还疼不疼，疼给你带药回来？”

从悦只好答：“不疼了，什么都不用带。”

江也表示知道，继而又例行问了句：“楼下的来串门了吗？”

从悦想起电梯里的偶遇，她对唐耀印象其实挺不错，照实答了。对此，江也只回了一个“哦”字，十几秒后切换话题：“今天能早收工，忙完就回来，晚上给你做菜。”

得了他的知会，从悦一边休息一边等，下午泡茶吃点心，看看书，惬意无比。冬天天黑得早，六点多窗外已经擦黑，她想起还有东西忘了买，趁江也回来前再度出门。

来回接近四十分钟，从悦拎着东西回来，行至小区内，快到公寓楼区域，一时不察踩进花坛小径旁的下水道口。下水道口子甚至不及半个平板电脑大，只怪天太黑，她走得急没能注意脚下，这才没有绕开。

从悦的鞋跟不高，卡进细小的铁栏之间也足够头疼，她试了很多次，用力抬脚，可无论怎么施为都拔不出来。抬头看前方，离公寓楼还有几十步的距离，光着脚势必要踩着地上细小的沙砾一路走过去。

眼下别无他法，从悦叹了口气，刚要把脚从鞋子里抽出来，好巧不巧碰上熟人。

“从悦姐姐，你在这儿干什么呢？”唐耀打招呼的手刚抬起，注意到她的异样，问候的话转而变成好奇。

从悦略显尴尬：“没什么，鞋子卡住了。”

“卡住了？卡哪儿了？”唐耀手里还拎着东西，一听立即往地上一放，近前就要蹲下。

从悦忙叫住他："没事，我把鞋脱了走回去就行……"

"别啊，踩到沙子或者别的把脚磨破了怎么办？"唐耀不由分说地蹲在她脚边，"你别动，我帮你拔出来，要是站不稳你就撑着我的肩膀。"

从悦觉得不妥，连声婉拒谢谢他的好意。唐耀直言都是小事，两手握住她的鞋跟，一下一下使劲。从悦连声劝："算了，真的，就让它在那儿吧！"他却充耳不闻。

无奈，从悦只好把脚从鞋中抽出来，单脚往旁边蹦了两步，给他让出充足的空间。

不多时，唐耀将她的鞋从下水道口拔出来，完好无损。

"喏，你穿上吧。"唐耀递给她，没等她接过去，又蹲下放到她脚边让她穿。

从悦穿好，下意识往后退了一步："谢谢。"

唐耀蹲着没起身，抬头看她，忽地笑了："姐姐，你这样避嫌，是因为怕你男朋友不高兴吗？"

从悦不料他忽然提问，顿了一下，解释："不是，只是……"

"我知道，我知道。他肯定有意见对吧？"唐耀道，"他是不是觉得我不怀好意？"

江也确实有这样想，然而当着唐耀的面，从悦当然要维护他："也没有，你不用想太多，他只是不太喜欢和人交往，原本脾气就这样，不是针对谁……"

"其实他想得也没错，站在他的角度来说，我确实算得上不怀好意。"

从悦一愣："什么？"

唐耀勾唇，歪头看她："姐姐，当时我追你，你说我会影响成绩，你不想害我。那现在呢？我已经不会被影响了，我在大学里成绩还不错喔，你要不要再考虑考虑我？"

从悦表情稍敛："开这种玩笑没意思。"

"我没有开玩笑。"他说，"当时在保龄球馆的时候，你和那个哥哥并没有在一起吧？现在你们……既然你都肯考虑他，为什么不能考虑我呢？"

面前蹲着的少年笑容灿烂，面庞略带稚嫩，但阳光开朗，想必喜欢他的人也不会少。被这样一个俊朗的大男孩追求，换成别人或许会开心，甚至可能会考虑发展的可行性，但从悦完全没有往这个方向想。

她沉吟良久，垂眸认真道：“不好意思，我拒绝。”

“为什么？因为你男朋友？”

“对。”

唐耀脸上浮现不服：“你没试过，你怎么知道我不如他？说不定呢。”

“我试过。”从悦笑了。谁说她没试过，关于江也，她试过太多，她喜欢过他，也试过不喜欢他，还试过考虑别人，但都不行。詹临不行，现在面前这个稚气活泼的大男孩，同样不行。

“我很喜欢我男朋友。”她说，“所以我不能也不想接受你，考虑也不行。”

唐耀拧眉，似是在思考措辞，侧边突然响起一道男声：“从悦——”

顺着声源一看，江也从侧旁道边一棵树下走了过来。像是没有看到还蹲在地上的唐耀，他径直走到从悦面前，接过她手里的小购物袋，搀住她一只胳膊：“鞋跟踩得稳吗？我扶你回去。”

他没有给身后的唐耀一个眼神，因为没有必要。

从悦总觉得，江也心里很高兴。晚餐被他做出了花，味道比以往又更上一层楼，她在室内走动，去洗脸、去找东西，又或者她干别的，他的眼神如影随形地跟着，片刻都不离。

待她洗漱完，被江也从后轻轻环住腰身，她忍不住失笑：“你到底在高兴什么？”

他“嗯”了声，也没回答，就两个字：“高兴。”而后低头亲她的脸，从颊侧一直亲到唇边。

浅尝辄止的吻结束，从悦摸摸他的脸庞，柔声道歉：“唐耀老是往楼上跑，我还怪你想太多。”

有她明确的表态在先，江也完全不在意这个，搂着人又是一通亲。

临睡前，江也发现她扔在床头的一盒象棋。

“你买的？”晃了晃，还能听到里头塑料棋子沙沙作响的声音。

从悦说是：“我差点都忘了，我去超市的时候看到就买了，来来，陪我玩！”

江也歪躺在床上，把象棋随手一扔：“不玩。”

“为什么？”

“你技术差，懒得跟你玩。”

她瞠目：“拜托，之前玩游戏什么的都是我赢好吗？”

江也嗤笑：“要不是我让你，你以为你能赢吗？”

从悦不服气了，扑过去拽着他的胳膊，非要他起来一决高下。闹了半天，江也勉强同意，他还是那副懒散躺着的模样，提出要求：“玩可以，输了脱衣服，你玩吗？”

从悦一愣，被他肆无忌惮的目光打量着，昨晚受累的地方莫名又觉得不适起来。

“既然你这么想玩，我就陪你玩好了。”江也没给她太多考虑时间，趁她还发怔，坐起身，一副勉强作陪的模样，看着有几分欠揍。

铺在床上的一局象棋，下了不过几分钟，从悦就被江也一把捞进怀里。她正节节溃败，江也道：“你也没必要下了，怎么下都是个输。”他不由分说地将她紧紧搂在怀中，一只手吃她一个棋子，另一只手便解她一个纽扣。

从悦坐在他怀里，气得脸都红了：“哪有这样的，不让我下，就你一个劲地下……”

“嗯哼。”江也眉头轻挑，脸皮堪比城墙，丝毫不为所动，“有意见？”

没几句话，象棋随着沉下去的床垫和纠缠在一块的两人，被掀翻到一旁，棋子凌乱四散。

……

半个小时后，从悦趴在被窝里一动不动，江也的肩膀早被她咬出了数个牙印。他穿了件睡袍，腰带松松散散系着，因她说口渴，出去给这位祖宗倒水去了。

江也端着温水进屋时，从悦搁在床头柜上的手机响了。来电是卓书颜，她清了清嗓，尽力使自己的声音听起来不那么引人遐想，这才接听：“喂？”

那头卓书颜的语调听起来略带紧张，张口便是忐忑的一句：“怎么办，悦悦？我、我好像怀孕了……”

5

卓书颜这通电话来得还算是时候，没有选在江也办事前或办事当中，否则以从悦对她的着紧程度，怕是一听卓书颜这不大好的语气，就算江也事情办到半途，从悦也非得叫停，半根手指都不会给他碰。

然而这几句话实在把从悦说蒙了，她怔了好半天才问：“周嘉起……周嘉起知道吗？”

卓书颜道：“他不知道，我还没告诉他。”

“为什么不跟他说？”

卓书颜说：“我暂时还没确定是不是真的有了，也不知道要不要告诉他？”

从悦听出她状态不对，她的情绪好像有些不稳定，忙道：“那你先别多想，你跟我说，你是怎么检查出来可能有的？”

“早上我用试纸测了一下，出现两条线……”卓书颜低沉道，“但是那条线不是很明显。我今天感觉不太舒服，请了一天假在家，想了很久，就想给你打个电话。”

从悦略一思忖：“那你现在想怎么办？”又略带安抚道，“不然这样，我们先去检查好吗？今天太晚，等明天检查过了再做打算。”

卓书颜听起来仿佛哭过，瓮声瓮气：“好。”

从悦不知道她现在究竟是什么情况，怕她出意外，脑海里转瞬闪过很多，甚至生出要立刻去陪她的念头。

说了几句话，那厢卓书颜情绪回转过来：“不用了，我待在家哪儿也不去，你好好休息，大晚上别跑过来。”

从悦让她宽心别多想，明早在家等自己，叮嘱许久才不放心地挂了电话。

见从悦一脸低沉，江也轻抚她的头发：“没事。”

她很自责：“我最近只顾自己的事情，都没怎么管她。”

江也宽慰：“别这样想。”

“你不知道。”从悦摇头，“我以前没什么朋友，初中的时候和卓书颜同桌，只有她一个人不嫌弃我脾气冷硬不好相处，天天逗我说话。体育课后半节自由活动时，大家都在跳绳踢毽子，没人邀我，唯独她不会落下我。课后不管有什么活动，她都会想着我。”

别人和从悦闹矛盾，卓书颜会帮她解决；她为家里的事头疼，卓书颜是她最忠实的陪伴者，在她不想回家的时候，永远义无反顾陪着她。

就因为从悦会管着她，以前她不听课贪玩，课后跟人到处混，从悦不赞成，说不听只能不管。等到考试她来求从悦帮忙，从悦说什么都不答应帮她作弊，但在她挂科被罚之后，私下给她开小课，教她做作业。下一次考试来临前提醒她要复习，把自己的笔记借给她。

卓书颜说虽然她混，但是分得清谁口蜜腹剑，谁真心实意。她觉得从悦对她好，于是她也对从悦好，一好就好了那么多年。

这些年来无论从悦遇到什么事，卓书颜从来都是义无反顾，事事当先，真正把她放在心里。

江也见从悦陷入难以自拔的沮丧和自我谴责中，心里默叹，一时又有些难言的吃味，长臂一揽抱她入怀，说了好些话开解她。

第二天一早，刚休息完一天的从悦又请假，早饭都没吃几口就急着赶去陪卓书颜做检查。

昨天的电话里，卓书颜的意思明显是还不想让周嘉起知道，出于对她情绪的考虑，从悦对江也千叮咛万嘱咐：“你记得千万别告诉周嘉起，先不告诉他，等我看看书颜什么情况再说。你记得，千万千万别告诉他！”

江也保证了三遍，最后连手指都竖起，她才放心。

从悦到卓书颜公寓的时候，她刚睡醒，精神不大好。从悦陪她吃完早饭，提起要去检查的事，卓书颜突然犹豫了。

“怎么了？”从悦问。

“我不知道怎么说……”

“对我还有什么不好说的？”

卓书颜摇头：“我不知道，我有点害怕。”

“怕什么？怕怀孕？”

卓书颜坐在沙发上发愣，忽地抬头问她："要是真的怀了怎么办？"

从悦在她身前蹲下："你不想要孩子？是因为现在还小，还是因为不想一毕业就成家，所以害怕？"

"都不是。"

"都不是？"从悦一愣。

卓书颜说："我不知道，我不知道我能不能和周嘉起进入下一个阶段。"

从悦拧起眉头："你……"

话没说完，被卓书颜打断："有的时候也会觉得很累，我们在一起是我先喜欢他，是我先表白，也是我要他给一个态度，才有了后来的事。所有的一切进行到现在，都是我进一步，他才进一步。恋爱可以这样……"

卓书颜笑得有点难看："恋爱都这样，结婚怎么办？结婚是两个人的事，甚至是两个家庭的事，我不知道我们下一步应该怎么走？"

她的话让从悦微微陷入沉思。

"如果我怀孕了，周嘉起为了负责，该做的肯定都会做。可我不想我们向前走的每一步都是因为这些外力。和我在一起是因为我要他抉择，成家是因为我怀孕，这样有什么意思。"

卓书颜说得快哭了，眼眶有点湿："悦悦，我真的好累。如果当时我没有逼他做决定，或许拖到现在，我已经不喜欢他了呢？"

"你别想这些……"从悦握紧她的手。

卓书颜反握住她的手掌，道："他工作很忙，现在是很难的阶段，我知道。我实习也很累，有的时候我们也会因为一些小事吵架，我总是想，是不是因为我一开始选择错了，所以才会这样？是吗？"

从悦想安慰她，忽觉无从开口。她认知里的卓书颜一直都像长不大，无忧无虑，永远处于青春期，但人都是要向前迈进的，或许一步，或许很多步。就像现在，对于感情，对于将来，她也在开始思考。

……

从悦开解了卓书颜一天，下午两点成功劝得她出门，谁知路上遇上堵车，临近四点才到医院。拿到了号，排在前头等的人数多得吓人，坐到五点多钟，从悦拦住一位经过的护士询问："护士小姐，我们大概还要等多久？”

护士看了看检查情况，道：“今天可能是排不到你们了，来得太晚了。”

“排不上吗？”

“没办法，人太多了。”

从悦无奈。卓书颜心烦意乱，看看手里明天才能做上检查的挂号单，干脆拉着从悦回去。

返回卓书颜公寓，从悦和她说了好一会儿的话，卓书颜除了疲惫，情绪已然稳定。在从悦万般不放心之下，她送从悦出门回家。

精神上辛劳一天，回到自己的住所，从悦进门就直奔沙发。江也从厨房里闻声而出：“回来了？晚上想吃什么？我给你煮。”

从悦看着他手中捏着一瓣蒜，驾轻就熟的样子，愣了几秒。

“怎么，看我干什么？”

她忙回神，道：“我想吃排骨。”

江也打量她好一会儿，道了声好：“你先休息，好了叫你。”转身走进厨房。

从悦怔怔地在沙发上坐了半晌，起身进房间。衣柜里，大部分是她的衣服，另一小部分则是江也的，他住在这里的次数日渐增多，换洗的衣物渐渐也多了。而浴室里，除了她的物品，还有他的毛巾和洗漱用具，玄关处，常摆放的拖鞋有两双，一双她的一双他的……

她生活的这个小空间里，不知不觉已经布满江也的痕迹，他的存在感强到令人无法忽视。

从前是她在意更多，而经过中途那些小曲折一路走到现在，如今，又是她依赖他更多。

卓书颜的那些话，从悦不是没有想过。或许不对等的感情都会有这样的忐忑和那样的不安。在一段感情中，一个人的步调快于另一个人，有一份热烈的情感率先发生，等到最后尘埃落定一切归于平静，先燃烧过的那个，总会有无法掩饰的不安和不自信。

或许是受了触动，她下意识开始思考起她和江也。

从悦的不对劲江也看在眼里，一餐饭吃得不如以往愉快，他正准备和她好好谈谈，门铃忽然响了。透过猫眼一看，不是前阵子经常来串门的唐耀，而是红着眼的卓书颜。

从悦一惊，慌忙开门迎她进来。

“怎么了这是？”

卓书颜撇嘴呜咽，也不说话，站着掉金豆子。从悦揽住她，扭头递眼神给江也，示意他稍微离远些。江也会意，腾出空间让给她们。

“我和周嘉起吵架了。”坐下后，卓书颜说。

从悦忙问：“什么情况？”

“挂号单被他看到了，他问我为什么去做B超检查……”

从悦很快想明白，大概是卓书颜装在外套口袋的挂号单被周嘉起发现，她去做妊娠反应检测，周嘉起又不傻，肯定能猜到。

“然后呢？你们吵架你就跑出来了？”

“我们说着说着就吵起来了，该说的不该说的都说了，他说我不信他，可我真的很累。”卓书颜鼻尖红红，“我不想跟他吵就出来了。”

“你……”

从悦正欲说话，门铃又响了。江也承接了开门的工作，行至门前一看，周嘉起一张怒意满满的脸入目而来。得，这对小情侣一前一后，都奔这儿来了。

开门放周嘉起进来，场面霎时变得尴尬。从悦看看拽着她手不放的卓书颜，再看看一身冷气明显有话要讲的周嘉起，陷入了两难。

江也适时上前：“我们去洗点水果，你们先聊。”他不由分说地拉着从悦脱离修罗场。

公寓不大，周嘉起和卓书颜此时正激动，音调难免高了几分，说话声从客厅传到厨房。江也和从悦两人将那一小篮草莓洗了又洗，都快洗烂了，只得装作耳聋。

谁知那两人越说越大声，原先只是正常的对谈，到后来变成争执。从悦听卓书颜激动得声音都变调了，有东西砸在地上，似乎传出哭声，她再也按捺不住，提步就往客厅冲。

到客厅前，还没踏出那一步，从悦被身后紧随而至的江也眼疾手快一拉，生生止住脚。她转头不解地看他，江也摇头，无声示意。从悦再顺着他的目光看去，客厅里哪还有争执。

茶几上的空果盘被撞到地上，刚才的声响就是它发出的。卓书颜坐在沙发上，挺着背，眼眶发红。而周嘉起，蹲在卓书颜面前单膝跪地，头抵着她的双膝，一手抓着她的衣襟，一手握着她细嫩的手指，声音低沉又哽咽。

"你是不是不信我？工作忙、累，永远都有新麻烦，我努力是为什么，是为了我们的以后……我对你的爱不比你对我少……你别不信我。"

送走那对情侣，已是深夜。

江也问："你饿不饿？饭都没好好吃，我再煮点东西给你？"

从悦说不用："我还好，不怎么饿。"

他"嗯"了声，没多问，在她出神时走出房间，没多久端着一盆热水进来。

从悦一愣："这是干什么？"

江也将水盆放到她脚边："累了一天，你不累我还心疼，泡一会儿等下好睡。"他说着，握住她的脚踝，将她两只白嫩脚丫放进温度适中的热水里。

好半晌，从悦才想起来拒绝："你不用这……"

江也握着她的脚不让动，在水中用毛巾一下下擦拭她的脚背脚底。她坐在床边，他蹲在水盆前，低头就能看到他的发顶。

"你是不是也在担心？"他忽然问。

担心……什么？

"我不知道你在担心什么。"江也抬头，凝着她的眼睛，"总之就是担心，或者害怕。"

从悦动了动唇，说不出话。

江也认真将她的脚擦拭一遍，拿起一边的干毛巾包住她的脚丫，随手一拉将那盆水扯开，也不管地上洒落的几滴水珠，就那么席地坐下。他坐在微凉的地板上，支起一条腿，把她的两只脚揣进怀里，让她踩在他怀中。

"不要怕，相信我。"江也抬头看她，说完这句话后停了一停，眼里有一种难以形容的认真，"今年春节去我家，好不好？"

6

从悦没有回答江也的问题，他也不急着要她立时就给答复，替她洗完脚，把她的两个脚丫子塞进被窝里，而后端着水盆出去，没有再提其余话题。

去江也家过年，这句话很久之前他就说过，在老家的那个公园里。那时候天冷，路灯还是坏的，他陪她过了一个异常沉闷、异常沮丧，但又难忘的除夕。

那时，他便开玩笑说过，可放到今天，这个问题又有了不同的意义，去他家过年意味着什么，从悦和他心里都清楚。

卓书颜所有的不安和忐忑都源于对下一个阶段的思考，而她和江也，似乎也面临同一问题。

江也没有逼从悦，给足时间让她想，因为这个话题，睡前两人没心情闲谈，都显得有些沉默。

从悦在他怀里沉沉睡了一觉，第二天醒来头莫名昏沉。厨房里传来香味，江也在做早饭，这段日子以来，这样的场景，她已经并不陌生。她坐在床上，抚着额头呆坐好半晌。

洗漱后，她到餐桌边坐下，江也面色无异，和以往一样该是如何还是如何，他给她盛粥，将她喜欢的小菜放到她面前。

从悦坐着，需要微微抬头才能看到他，或许是昨日残余情绪浮现，又或是大清早还在懵然当中，她忽然问："你会不会觉得很烦？"

"什么？"

"就像这样，每天平淡乏味，还要照顾我。"她问，"你会不会觉得烦？"

江也身上的围裙是深色的，没有一丝花纹，和女孩穿法不一样，系在腰腹以下。这条围裙是他们去超市采购食材的时候买的，从悦也有一件粉色带图案的。

以前还在校的时候，江也在盛大计算机系名声赫赫，后来他进了叉院，在同龄人和同级生里，也是佼佼者。早些时候谁能想到，暴躁冷戾又不近人情的江也穿着围裙下厨，温柔体贴、事事顺从，即使换成现在，去跟从前认识他的人说，怕是也没几个相信。

江也凝视从悦足有十几秒，默然将平底锅里的煎蛋铲到盘子里，这才对她道："你是不是没睡好，一起床想什么有的没的？"

从悦怔怔坐着，江也摆好碗盘坐下，淡淡道："昨晚的事你慢慢想，去不去都行，其他有的没的不要再想。"

慢慢从不清醒状态中回神，从悦总算没再问蠢问题。两人收拾好预备出门，江也去工作室，从悦打算再去卓书颜那儿看看。谁知还没换鞋，卓书颜就先打来电话。

"怎么了？我现在正准备过去。"从悦以为又有新情况，紧张得不行。

"没什么。"卓书颜的语气听起来颇为尴尬，她道，"你不用过来了，我不去医院了。"

"为什么？！"

卓书颜咳了一声："……我来大姨妈了。"

这神奇的走向从悦着实没想到，她一时愣住了。

"那就是，没怀孕咯？"半晌，她找回思绪发问。

卓书颜说是，叹道："那天测出两条线的结果，应该是我早上起床测的方法不对。"

从悦不知说什么好："那……你和周嘉起谈得如何？"

说到这个，卓书颜在电话那边沉默了好一会儿，从悦又问了两遍，只听她缓缓道："我们决定订婚了。"

从悦愣了半晌，最后才找回自己的声音："订、订婚？！你们决定了？什么时候决定的？就这样决定了？昨天不是……"

昨天晚上还吵着架呢，他们吵到后来暂时休战回了自己住的地方，怎么就一个晚上，睡醒起来就要订婚了？

"具体的见面说吧，你先忙你自己的事，下班一起吃饭。我这边今天要先跟我家里沟通一下。"

三言两语解释不清，卓书颜说完，很快挂了电话。

不多时，江也便接到周嘉起请假的电话，说辞大致无二。

从悦这回是真的蒙了，还是江也淡定，他揉揉她的头发，问："去画廊吗？不去就在家再休息一天。”

从悦没有消极怠工的爱好，这几次请假都是事出有因。如今卓书颜那边安定下来，暂时没她什么事儿，她甩甩头，只好换上工作装赶往画廊。

卓书颜和周嘉起订婚这事儿，说匆忙也匆忙，继从悦和江也之后，工作室一干人等接到周嘉起的通知，个个都反应不及。因订婚宴安排在春节期间，大伙都得回家过年，周嘉起和卓书颜便以聚会名义提前请大家吃饭，弥补届时他们不能参加的遗憾。

这件事真正提上日程后，从悦还和卓书颜确认了许多回，在约好一起去挑订婚宴服装的前一天还在问。

“你真的决定今年订婚？”

卓书颜没有犹豫，很肯定地道：“那天我和周嘉起谈了一晚上，这个决定是我们想了很久做出来的。我们都想清楚了。”

从悦无言半晌。他们二人都是她的好友，能走到一起并携手步入婚姻殿堂，她当然发自内心为他们高兴。只是……

“那天你说，你害怕，也怀疑，现在呢？已经想明白了吗？”

“我决定和他订婚，是因为我想通了我自己在怕什么。”卓书颜直视从悦几秒，缓缓握住她的手，“你知道我为什么怕吗？我怕我和周嘉起最后的结果跟我想的不一样，怕到始终放不下心里的惴惴不安，怕到和他吵架，甚至产生怀疑，这些都是因为……我希望我们能有个好结果。”

她说：“因为想要，所以才怕最后不能如愿。”

从悦怔然看着她，愣了很久。

江也回到公寓已是晚上八点，他回来得晚，从悦自行解决了晚饭。

“晚上吃了什么？”江也挂好外套，从晚饭起倒推着询问她一天的动态。

从悦一一答了，忽地道：“今年春节，我跟你回家吧。”

江也解领带的动作一顿：“怎么突然提起这个？”

卓书颜和周嘉起订婚，从悦肯定是要去的，这就意味着今年春节她必定得和他们一块回去。但去不去江也家，对于这一点两人一直没有做一个确切的决定。这阵子见她纠结如斯，江也不想逼得太紧，正准备找个合适的机会和她谈这个，如果她不想太早定下，这件事作罢也无妨。

“我今天和书颜见面聊了一会儿，我决定了，今年春节我跟你回家。”她说。

从悦和从家已经不来往了，从盛如今或许盼着她回去，但她没有这个意愿。如果没有卓书颜订婚一事，春节期间她很有可能会独自留在盛城。

现在她最好的两个朋友要订婚，她自然得回去，在一整个假期都住酒店和住江也家之间，她选了后者。

莫不是省事才如此？江也多少有这个猜测，慢条斯理地抽出领带放到茶几上，在她身旁坐下。手抚过她的背，瘦骨嶙峋的背部让他皱了皱眉，她太瘦了，得找机会多补补。

“你们聊了什么？”他接上她的话题，“其实去不去都可以，住酒店也没关系，我随时都可以去找你。”他顿了下，“……跟我爸妈一起吃顿饭就行。”

从悦摇头：“没事，我想好了。”她笑问，“该不会是你后悔了，不想带我去你家？”

江也嘴角一撇，表达对她这个猜测的不屑：“我说过的话从来不后悔。”

“那就成了。”她道，“到时候你记得提醒我，很多东西我都不太懂，要是你爸妈不喜欢我……”

“不可能。”江也抚摸她的头发，“我爸一天说不上几句话，基本可以忽略；我妈——”他停顿了一下，摸着她头发，垂落在她身上的眼神带着几分难言的热忱，“我妈喜欢我喜欢的所有东西。你放心。”

谈完，从悦放下心来，纠结了好些天的事情就此拍板，她显得轻松不少。

倒是江也，歪歪靠在沙发角，临了莫名开口：“你为什么忽然同意，因为卓书颜和周嘉起的事？”

从悦去洗水果的脚步一顿，扭头看他，过了几秒才说：“不是，就是我想去。”

卓书颜说得很对，之所以害怕，是因为怕跟期待的结果相反。

她其实也一样——她怕江也照顾她久了会烦，因为她希望他不会烦；她怕他的喜欢始终不如她的多，因为她希望他的感情能有那么多；她怕他们走不到下一个阶段，因为她想有一起走下一段路的时候……

不安是必然的，但在担心的坏事还没有发生之前，不如遵循本心，去做自己想做的那些事。

心情不一样了状态也就不一样，屋里沉闷不再，又恢复以往轻松简单的氛围。

从悦吃了一盘草莓，越吃越饿，喊江也："我的手机呢？你把我手机拿过来——"

"要手机干什么？"江也闻声问道，手里拿着她要的东西。

从悦接过，二话不说开始点外卖："想吃东西，我饿了。"

他皱眉："你没吃晚饭？你不是跟我说你吃了？"

"煮了点水饺随便吃了下，现在又饿了……"从悦心虚，声音轻缓，在他的注目下飞快点了几样东西。

江也板着脸，对她不好好吃饭的行为明显不赞成，到底还是没有说什么。

半个小时后，从悦点的东西到了。江也洗澡，她一个人在餐桌边吃东西。刚才点东西有点着急，没仔细看，这送来的外卖味道有些奇怪，总觉得带着股药味，从悦吃了几样，其余便不动了。她喊江也："你好了吗？洗好了过来一下！"

江也穿着浴袍刚出浴室，头发还是湿的，边用毛巾擦着头发，边不急不缓走来："怎么了？"

"我吃不掉了，你帮我吃，别浪费。"从悦把面前一碗黏糊糊的东西推过去。

"什么东西？"

"不知道，我随便点的，好像是什么羹？"她瞥了眼，"我就吃到了虾肉。"她说，"我明天要陪书颜去挑订婚穿的衣服，不好迟到，吃太撑等会儿睡不着，你吃。"

她又把外卖塑料碗往前推了点。

她不想吃又不想浪费，倒是想起家里还有一个人。江也不是第一次做她的“垃圾桶”，在她的催促中坐下，一口一口吃完了整碗。他本就不饿，没尝出什么好味道，交差般解决，至于吃的什么，他没多问，他不是过敏体质没有什么忌讳。

而后收拾餐桌，两人如往常一般洗漱，从悦念着隔天要早起，进被窝后没聊多久就关了床头灯。一个小时后，她睡意越来越沉，渐渐沉入梦乡。江也却辗转反侧，一开始莫名觉得热，到后来那股感觉越发强烈，手握成拳，掌心都是热的。

他烦躁地呵出热气，试着静心好多次，丝毫没有效果。

最后，江也伸手一捞，翻身将从悦压在身下。

“你……”从悦快要睡着了，蓦地被弄醒，双眼惺忪，“怎么了？”

江也看着她带着安然睡意的脸，忍了忍道：“你把手机给我看看。”

从悦不明所以，还是照他说的，摸过床头柜上的手机递给他。江也打开她的外卖软件，找到点单记录，一看，气得差点儿摁着她揍一顿。

“你点东西的时候看清楚了吗？”他皱眉，“老程家药膳房，你好好的点药膳吃干什么？”他将手机亮给她看，咬牙切齿地道，“还有这个，海鲜壮阳煲……从悦，你故意的吧？”

从悦被他说愣了，看着屏幕中那一行菜名，眼睛都忘了眨。

江也揍她的心都有了，方才她还说吃到虾肉，什么虾肉，食材怕是选的龙虾肉才对，估计还有生蚝、干扇贝一类的东西，以及那股奇怪的药材味，也不知加了什么。

他气息粗沉，待从悦反应过来时，江也已经扔开手机沉沉压住她。

“等一下，别……我明天还要陪书颜去挑……”

话没说完，全被江也堵住。这阵子事情多，好的坏的一块来凑热闹，前几日，因为卓书颜和周嘉起闹别扭，顾及她的情绪，晚上他都只是抱着她睡，不做别的。

这下可倒好，身板硬得跟铁板似的，周身温度快赶上烧红的碳，江也就是想冷静也冷静不了。

拦不住他，从悦趴在枕上，先是抱怨，再是求饶，最后实在不成揪着枕头哭了起来。

江也听她哭也心疼，奈何停又停不下来，气得在她圆润肩头一咬，粗着气在她耳边道：“还哭！我真的服了你……什么都……敢给我吃！”

寂静长夜，屋里的哭声持续许久，直至后半夜，不知是累的还是睡着了，那道声音终于渐渐止住。

第九章

原来他早就喜欢上她了

1

周嘉起和卓书颜请一众朋友在年前聚餐，此时工作室的人忙了一年，终于可以休息，都纷纷等着回老家过节，有大把的空闲时间。

吃饭的地点是周嘉起特意挑过的，环境特别好，他订了个大包厢，正中一张大圆桌，一群人正好坐满。

饭局开席，一屋子人有说有笑，热热闹闹。吃到气氛最热时，一帮男人挨个起身给周嘉起敬酒，什么“百年好合”“和和美美”，祝贺的好话说了一箩筐。

卓书颜坐在他身侧，怕他喝多，一直想办法拦着，能让他少喝一口是一口。

和他们忙不过来的情形相比，斜对面的从悦两人显得格外清闲。

“怎么没人敬你呢？”从悦见周嘉起面前递来一杯又一杯，歪着脑袋边看边问江也。

“又不是我要订婚，他们灌我干什么？”江也瞥了一眼，道，“等我们订婚的时候你再看，这帮人谁都不会放过。”

“我就是看书颜拦得好辛苦。”从悦瞧着热闹道，“相比我就清闲多了。”

“怎么，你还嫌无聊？不然我去喊他们过来陪我喝？”

“别！”她赶紧止住江也这个想法，“你醉了谁开车？我可没办法把你弄回去。”她不过说说而已，真把她推到卓书颜那个位置，她怕是躲得更快。

菜单是提前就点好的，周嘉起考虑到大家的喜好，菜品的味道大多比较浓郁。从悦没忍住多吃了两口，到散席的时候受不住刺激，胃里难受，去洗手间吐了。

江也随后而来，递给她擦嘴的纸巾，担心地问道：“没事吧？”

从悦摇头：“没事。”

恰好卓书颜也来洗脸，见状问：“怎么了这是？不舒服？”

从悦说：“还好，刚刚吐了。”

卓书颜一惊，上下打量：“你……你不会是怀孕了吧？”

从悦瞪她：“瞎说什么，我吐是因为胃里不舒服，现在已经没事了。”

“哦，我还以为疑似怀孕这事儿还带传染的……”

她尴尬地笑，从悦没力气应付她，摆手让她去忙，被江也牵着回包厢。

路上，从悦忽地扭头看江也：“刚才你不会也多想吓到了吧？”

“我害怕什么。”江也一笑，“要是真的，我巴不得。”

一年一度的春运开始，从悦四人特意早早返程回去，避免了被大堵长龙卡在路上的情况。

去江也家这事儿，从悦着实很紧张。按理来说，一般都是男方先登女方的家门，碍于她情况特殊，只能省了前面一步。

眼下她作为女朋友第一次上门拜访，在一年中最大的节日春节期间居住在男方家，说不拘谨是假的。

江也家是独栋，这一片的房价有多贵，作为本地人从悦或多或少知道一些。三层半带阁楼、天台以及花园和后院的独栋别墅，满打满算下来，像她的单身公寓这个价位的房子，怕是够买上七八间。

被江也牵着进门的前一刻，从悦的心跳不禁比平时快了数倍。

江家人口简单，开门来迎的是江也的母亲。江妈妈很漂亮，江也的长相一大半都随了她。只是和江也略有不同，她笑起来极为和蔼可亲，不笑的时候也很随和，江也身上那几分生人勿近的冷然，在她脸上找不到半分。她纤瘦高挑，保养得宜，看起来不过三十出头，年轻时候必然是个明亮出众的美人。

从悦礼貌问好，小辈该做的礼仪尽数到位，江妈妈热情亲切的态度也让她的紧张消弭了不少。被江妈妈拉着寒暄了好半天，从悦才有空仔细打量先前只打了声招呼的江爸爸。

他是个严肃的中年男人，看着精神劲很足，五官端正，身材周正有型，保持得很好，没有半分猥琐油腻气息。他话不多，一双眼看过来教人下意识心头一凛，但他对从悦的态度倒很慈祥，看得出来尽力放柔了表情，生怕吓到她。

从悦想起江也和她说过的那些话。他爸总是喜欢故意找事儿招惹他妈，像是在他妈妈做饭的时候过去吐槽，被赶走，过会儿又偷偷摸摸靠过去，又或是嫌弃她做的菜难吃，但偏偏吃得精光……

这样一个不苟言笑的严肃男人做这些毛头小男孩做的事，若非不是真的爱自己的妻子，决计不可能有这样的举动。

只这么一面，从悦便清楚，江也是在一个充满爱的环境下长大的。一时间，心里对他生出了些许羡慕，还有一丝对江家的好感。

江家有一个年纪偏长的帮佣，江妈妈一出声，帮佣立刻擦手走出来，帮从悦把行李搬进了客房，半点不让她经手。

而后，江妈妈亲热地挽着从悦的胳膊，招呼：“来来来，坐下说，我一大早让人送来了水果，今年的冬柑可甜了，我给你剥一个！”

从悦心下惶恐，直道不用：“我自己来，自己来就行了，阿姨您坐……”

江妈妈没给她拒绝的机会，愣是剥了个柑橘，还细致地将内里连带的白丝儿撕干净，才将果肉递给她。

“谢谢阿姨！”从悦双手接过。江也倒是大剌剌的，没阻止他妈妈的热情，顺手在从悦手中的果肉上掰下两瓣，吃得自然无比。

从悦小口吃着橘子，和江妈妈闲话家常。视线一抬，见客厅正中的墙上挂着一台巨大的电视，想来就是江也说的，每年除夕他爸用来看春节联欢晚会的那台。

从家的客厅也有大电视，平时都是她爷爷和奶奶在看，从睿还小的时候会守着看动画片，其余就是年节时，家里人凑在一块看节目。但几乎没有她说话的份，想看什么节目，或是对画面有什么见解，她都只能憋着，在那个家里从来没有她说话的份，于从家而言，她不过是一个摆设。

从家的经济条件算得上富庶，同样也是别墅，但从家的位置比江家这座房子所处的区域，差了不是一星半点。而自她进门后，江妈妈没有过问她半点和家里有关的问题，这已然不是一点点体贴。

从悦的事情，该说的江也都已经在电话里和他父母说过。都说结婚是结两姓之好，江也带从悦回家就是存了成家的意思，他的父母完全不在意她家里的情况，不计较她家的条件比不比得上他们，甚至对她和家里决裂也没有丝毫的不满，光是这一点，就比从家强了无数倍。

在客厅聊了好一会儿，江妈妈担心他们刚回来会累，让他俩先去洗澡休息："瞧我！一说起话来就顾不上时间，你们累了吧？快回房，休息一会儿，等会儿吃晚饭我来叫你们！"说着起身。

江也的父亲不管这些，陪着见完了这第一面，一个人钻进书房。

到二楼，江妈妈带从悦参观给她准备的客房，从房间里的香薰，到床头的小灯，每一样都是江妈妈精心准备的。

从悦略有动容，她俩正挽着手说话，江也靠在门边，面上隐约不爽，打断道："妈，我房间不能住吗？干吗把客房收拾出来？"

江妈妈一顿，回头白了他一眼："说什么呢你！你厚脸皮还当人家从悦跟你一样？再胡说我揍你！"说着，拍了拍从悦的手背，对她道，"别理他！"

江也皱眉，不服："我怎么……"

"你还说！"江妈妈瞪他，"人家好好一个没结婚的大姑娘，来咱们家过年，让她跟你住一块像什么样子？你懂不懂一点礼数？！你好意思，我还不好意思！我跟你说，你别想着从悦来了咱家你就能随便乱来，我把话放在这儿，你可听好了，她是来过年的，不是来给你欺负的！"

江妈妈大半年没训他，教训起来毫不嘴软："记清楚，你房间在隔壁，少给我乱窜跑错了！从悦好脾气给你欺负，我这当妈的还不能收拾你？！

站着干什么，还不回你房间，看什么看？”

“……”江也好生吃了一通排揎，又无从回嘴。这是他亲妈，他在外头再浑，也没有跟亲妈顶嘴的道理。

那厢从悦都听愣了，看着他眼睛都忘了眨。

“我回房收拾去了。”江也闷闷憋出一句，转身走人。

江妈妈哼了声，对着他的背影还在教训：“看你那样，做事没着没落，多大的人了还不懂事？这么好的姑娘跟你谈朋友真是委屈了！”她连连啧声，拍着从悦的手背，一口一个“委屈”，不知道的还以为外面那个是她捡来的儿子。

从悦心里其实是感动的，给她准备客房不是因为客套，也不是在跟她客气，反而是一种尊重。有些家庭，根本就不拿别人家的闺女当自己人看，儿子第一次带女朋友回家，当妈的就恨不得马上把两人赶进一个被窝，立刻怀上生个孩子。这样女方既跑不了，谈婚论嫁的时候也“失了先机”，又得弱下一头，由着他们拿捏，算盘打得不知有多响。

江妈妈如此，除了尊重，同样也是在向她表达善意。

房间就此定下，从悦住的客房里有卫生间，他们到家的时候已是下午，各自洗澡休憩一番，很快到了晚饭的点。

回来的第一天，途中劳顿，时间又不早，外头天冷，前几天刚下过雪寒气还没散，江也和从悦便不打算出门玩，逛街或是见朋友、同学，暂时往后安排，只到小区门口的便利店去了一趟。

傍晚时分天际擦黑，天幕残余的浅蓝色被周边的深蓝包围，白色雾气萦绕在路灯下，澄黄光线一圈圈淡化散开，脚踩在地上，能听到细沙咯吱的轻响。

脱离妈妈的监视，江也总算能牵着从悦的手好好走一会儿，一向雷厉风行说一不二的性子，走起路来步子比平时慢了几倍。

返程时，行至一半，江也忽地停下脚步。

从悦不解：“怎么了？”

江也没说话，忽然搂住她脖颈，低头亲下来。

冬夜寂静，灯光透过各家各户的玻璃映出，江也抱着从悦亲了好一会儿。从悦怕冷，出来时特意裹上了一件大外套，整个人笨重得不行。

她挣不开他，被他亲得透不过气来，最后忍不住拍他的胸膛，就差拿拳头狠狠捶他的胸口，才被放开。

“你干吗呀你！”她喘着气，呼吸化成白雾。

“趁着没回家先亲两口。”江也理由充分，“等会儿我妈看见又要找我麻烦。”

从悦无奈地白他一眼。

江也更委屈，本以为把从悦带回家能美美地过个年，谁知道他妈仿佛不是他妈似的，不仅房间分好，还警告他不许半夜摸到人家屋里去。

春节有一个多月的假期，这可怎么得了。在盛城时，他们俩自己过惯了，兴致来了，随时在家里沙发上或是浴室里就亲热，回来了却得听他妈的，安安分分不得逾矩，江也简直有苦说不出。

从悦心理上已然和江妈妈亲近了不少，道：“别闹，阿姨说的话你得听。”

江也盯她几秒，抬手帮她戴起帽子：“知道了。”

才第一天，这就已经偏向他妈，看来在讨人喜欢这一方面，他比他妈还是差得太远。

从悦和江妈妈的确很投缘，从便利店回去后她就进厨房帮忙打下手，乐得江妈妈夸了好几声贴心，顺带数落另两个不爱动手的大老爷们。

其实一年到头，江妈妈也就春节这段时间会下下厨，其余时候家务有帮佣做，不需要她上手。但她这样说，从悦便听听，跟着说笑几句。

晚饭其乐融融地吃完，十点多，从悦和两位长辈打过招呼，回房休息。本以为江也会腻歪，没想到他规规矩矩回了自己的房间，安分得很。

从悦正觉得他有时还是很稳重的，不想，老老实实回屋关上门的江也，在屋里没待多久就翻过阳台，从隔壁翻到了她的落地窗前——

也不怕冻死！

2

在江也翻窗到她房间之前，从悦原本正和他发着消息。两个房间之间隔着一道墙，从悦躺在被窝里用手机和江也聊天，看着手机屏幕上两人一句又一句的对话，一下子仿佛回到了学生时代。

从悦这样想，便也这样说了：“你觉不觉得很像以前谈恋爱？不敢让大人知道，躲在被窝里偷偷地聊。”

“像吗？”江也答，见她说像，便顺着回了一个“嗯”字，而后道，“你说是就是。”

从悦说着，又想起学生时代她和江也连话都说不上，蓦地有些感慨。

“你那时候对我可没这么好的态度。”她道。

“还好吧。”

“哪儿好了？我当时要是加你，估计说不了几句就被你拉黑。”

“……”江也回了一串省略号，不欲和她聊这些不愉快的，转而说起别的，“我妈妈做的菜味道还行吗？我看你没吃多少。”

从悦的注意力马上跟着跑：“我吃得还不多？我吃了两碗！阿姨做的菜挺好吃的，没你说得那么夸张。”

她顿了顿，加上一句：“不过，叔叔怎么没看电视？”

江也道：“他平时不看电视节目，等到除夕的时候就会准点守着。”

“原来真是春节联欢晚会的忠实观众啊！我还以为你是开玩笑的。”从悦道，“不过叔叔真的挺严肃的，看起来有点凶。”

江也解释：“其实不怎么凶。他是那样，看起来吓人，等熟了就好了，以后话会多起来，不过他一般都只对我妈话多。”

有的没的聊了一堆，从悦越聊越觉得在他们家生活是一件轻松的事。气氛正好，江也忽然问：“你有没有想我？”

从悦无语，道：“刚刚才从同一张餐桌下来好不好，我们就隔了一道墙。”

他说：“对啊，可是隔着一道墙呢。”

“……”从悦回了一个省略号。

想了想，从悦劝他：“你别想那些啦，早点睡早点起。”

这句发出去，江也很久没有回复，她正奇怪。过了三分钟不到，她突然听到阳台传来响动，抬起脑袋一看，还没看清就见手机屏幕亮了。

江也发来一条消息：“我在阳台，给我开门。”而后，门被轻轻叩响。

从悦愣愣地去开门，一打开寒风涌进来，她被江也抱了个满怀。

“关门！冷！”他的怀里也是冷的，从悦忍下，没有推开他。江也单手关上门，另一只手抱着她不松，搂着她的腰踉跄进屋。

她穿着睡衣，虽然是冬装，但比傍晚穿的大外套薄得多。揽在她腰间，他能感受到她身上的馨香温热。

“你来干什么？”从悦问。

他道：“想你。”

“你怎么过来的？翻阳台？”

“嗯。”

从悦一听脸色一变：“你不要命了！万一踩空怎么办？”

他不以为意：“不会，我小时候经常翻。”

从悦瞪着他。

江也岔开话题：“好冷，去你被窝暖和一下。”

“你要不要脸……”

江也是真的不怎么要脸，被她在腰间狠狠拧了一把，仍旧一派从容，强行钻进她的被窝。

两人面对面躺着，从悦说他：“你来干什么呀，你房间的床不能睡吗？”

江也振振有词：“感觉不一样。”

“什么感觉不……”她没说完，他便亲下来。

被亲了好半晌，从悦别开头，顾不上整理乱七八糟的衣服，让他起开：“你好沉，压着我好累。”

江也撇嘴：“一压压好几个小时的时候，你怎么不喊累？”

从悦用膝盖顶他，被他摁住，她道：“你再不走我喊阿姨了。”

“长本事了？学会拿我妈威胁我？”他挑眉。

“你走不走，不走我真叫阿姨了。”

江也盯着她狐假虎威的脸看了半晌，低头在她嘴上亲了一口，到底还是起身下地。

“不闹你了，早点睡明天带你吃好吃的。”他边说边往阳台走。

从悦叫住他：“你去哪儿？”

“不是你让我回去的吗，怎么，改主意了？”

从悦简直都不想说他："你翻什么阳台？"她掀开被子下床，扯着他往门口走，"放着门不走你想什么呢？你不怕摔我还怕！"她乜斜他一眼，把门打开。

江也懒散一笑，抬起她的下巴低头亲了一口："我还真当你一点都不心疼我。"

"少贫！"从悦把他推出去，"砰"地关上门。

卓书颜和周嘉起的订婚典礼决定在春节前办，江也和从悦自是会去。但不是正式的结婚宴，只是订婚，其他同学不会来参加。周嘉起提前联系了一些关系好的高中同学，做东请客，只要被他邀了的，不是忙到没半点时间的都来了。

非正式的宴席，不收礼钱，架不住周嘉起人缘好，一帮人都私下偷偷塞了红包。周嘉起推脱不过，他们还说："订婚和结婚分开算！结婚的那份到时候再说！"

周嘉起挑了个好地方，下午开包厢给老同学们玩，晚上聚在一起吃饭。从悦和江也到得比较晚，一大帮人都是跟周嘉起、江也关系好的，说笑玩闹不那么拘谨。

女同学们关注的重点是卓书颜的订婚宴和提上日程的婚礼，聊归聊，都很有分寸地没去问隐私问题，比如戒指几克拉、婚纱多少钱之类不礼貌的问题，谈的大多是些感情方面的事。提到婚礼，也是听卓书颜说说准备期间的趣事，要么听她发发牢骚吐槽吐槽。

而男人们玩桌游、电子游戏，又或是凑在一起聊篮球。

到最后围坐到一桌喝下午茶，卓书颜提醒："别吃太饱，留点肚子，晚上掌勺的那个师傅做的菜可是出了名的好吃，他们酒店的位置超难订！"

众人笑着应好，聊着聊着说到江也和从悦身上。见他们如今处得这么好，同学问："你们俩什么时候把事办了？"

江也道："既然周嘉起他们先办了，就让他们先。"

他们立时便笑道："这么说原来还是起哥抢了先，给他行方便？那也没事儿啊！你们两对都办，我们这些老同学又不是吃不起酒席，哈哈！"

说说笑笑间，有关系不错的同学大胆吐槽："我以前还以为江也十年八年的不会找对象呢，没想到反倒比我们大多数人还快，这都快定下了！"

另一人接话："像也哥这种哪需要担心嘛，像咱们这些光棍还是多操心操心自己的好！"

"说到这个，其实吧——"有个穿白棉袄的男生开口，"我老早就觉得江也和从悦会成。"

"马后炮！这话谁不会说？"

"就是，人家现在这么好，我也会说啊！"

大家纷纷抢白。

"不是马后炮！"穿白棉袄的男生解释，"真的，高中的时候我就这么觉得了。"

众人都不信："你现在说算什么，都是马后炮。"

这个男生以前经常和周嘉起他们一起打篮球，偶尔去奶茶店聚会，他也会一同去，就像如今，作为交情不错的朋友被周嘉起邀请来。

被大家集火怼，他摇头，啧声道："看你们这一个个，我就知道你们谁都不记得，就我一个人记得。"

"你记得什么呀？"

"你们忘了？高二下学期那一次，那回放假，晚上我们一帮人去西广场附近的圆号奶茶店。你们几个，还有老任、瓜子、阿北……大家不都在吗？"他点了好几个人的名字，可惜时间太久远，众人都不怎么有印象。

大伙都好奇起来，催促："那你倒是说啊！"

作为话题的主角之一，从悦也被勾起了好奇心，看向江也，后者老神在在，完全没有要开口的意思。

穿白棉袄的兄弟道："就那天我们一块玩游戏嘛，玩的什么我忘了，反正当时逮到也哥，你们一个个的都想整他，还记得问了他什么不？因为前面怎么搞都赢不了他，最后想了一招……"他看了眼从悦，"你们几个说，让也哥讲出三种从悦最喜欢的颜色，大家都以为他肯定答不上来，结果……"

“结果怎么了？”有没参与的问。

“结果能怎么，也哥当然答了！他们一开始还取笑说，要是答不上三种答两种也行，结果也哥一口气没喘，停都没停就答了三种。我想想是哪三种颜色来着——”

穿白棉袄的男生思考起来，江也蓦地接话：“黑色，深蓝，浅粉。”众人的视线齐齐朝江也集中。

白棉袄男生马上道：“对对，就是这些！”

话题聊到这儿，一帮人都来了兴趣：“不能吧？我记得江也高中不是一句话都不跟从悦说吗？”他俩现在在一起，打趣的话只要不过分，点到为止还是可以说的。

“谁不是这么想的。”白棉袄男生道，“我就记得瓜子和阿北他们都愣了。瓜子还结结巴巴地问也哥：‘你不是随便编的蒙我们的吧？’最后问周嘉起，周嘉起做证说确实是这三种，大家才认输。”

外号叫阿北的男生听了这么多，想起来了：“哦，对！是有这么一回事来着！我问也哥他是怎么知道的，他说是因为从悦老穿黑鞋子、深蓝牛仔裤，不穿校服的时候就是白底粉色图案的 T 恤、卫衣，书包上挂的吊饰也是浅粉色的，她身上永远只有这三种颜色。”

“这……”其他人听得有些蒙。

阿北道：“我们也觉得奇怪啊，经常穿就表示喜欢吗？不一定吧？但没办法，周嘉起说是，他就是对了。我们都当也哥是猜的。”

白棉袄男生嘚瑟道：“我跟你们可不一样，我当时就觉得很微妙，都说也哥讨厌……咳。”他顿了顿，抛了个眼神给从悦让她别介意，“高中那时候大家都那么说，都那么以为，说也哥不喜欢从悦，可说是不喜欢，喜好却记得这么牢，当时我就觉得有古怪。”

“少来！”

“装吧你就……”

一帮人接话，纷纷挤对他的“先见之明”。

周嘉起听着，也渐渐想起这件事，朝江也投去一个复杂的眼神。那天聚会结束，回去的路上走到最后就剩他和江也。

他当时问江也：“你怎么知道从悦喜欢什么颜色？”

江也满脸无趣，还是那副说辞：“不是说了，她老是穿那几种颜色。”

他又问：“她穿什么你也注意？你不是……”

没等他狐疑完，江也就扔给他一个冷冰冰的白眼：“她天天往我面前凑，一天经过我跟前八百回，我想看不到也很难。”

一句话堵得他没话说。也是，对一个人过度关注，不是喜欢就是讨厌，照江也的情况看，那只可能是讨厌。

那晚，周嘉起替从悦难过了好一会儿，每天经过他跟前多少次他都记得清清楚楚，江也这得是有多讨厌从悦啊？

想起这一遭，周嘉起盯着江也的脸，突然很是不爽。江也这傻缺，当时以及后来很长一段时间，应该都是这样开解自己的吧？对从悦那些不同寻常的微妙感觉，全都被他用“讨厌”和“反感”解释了，以至于好好一段感情，硬是生出许多波折。

想来高考后从悦跟江也表白，江也心里肯定经过了一番天人交战，怕是一边想答应，一边又耻于这种感觉，最后找了个“其实不讨厌她”的说法掩饰那已经生根发芽的喜欢，甚至只敢承认“有一点好感”，就一点点。

从某种意义上来说，江也真是个“作精”。

周嘉起暗暗在心里鄙视他，收回目光不再看。好在如今是好的，他和从悦最终还是走到了一起。要不然，他自己找地儿哭去吧！

这几件事勾起了大家回忆过去的热情，你一句我一句开始说起读书时候的事。

从悦听着大家聊，偷偷扯了扯江也的衣摆，小声问：“原来你那么早就喜欢我了啊？”

江也直直看了她几秒，说了两个字：“对啊。”

那时候的江也面对周嘉起的追问，只会故作镇定地找借口搪塞，自我欺骗；如今的他已经不会再那么幼稚，和自己玩掩耳盗铃的游戏。

江也喜欢从悦，不需要犹疑，早从一开始就是。

晚上饭局结束，因是庆祝卓书颜的喜事，从悦一时高兴喝了几杯果酒。酒性温和不刺激胃，走出酒店大门时她神志清醒，只是稍稍有些脸热，困倦来袭想睡觉。

没有跟卓书颜俩人一块走，从悦和江也手牵手漫步在大街上。走了一段路，从悦累了，轻晃他的手臂："打车吧？"

江也问："累了？"

她点头："嗯，想睡。"

江也替她撩开吹到脸上的头发，说好。

十五分钟后，从悦被江也牵着从出租车上下来，却是一愣："这是哪儿啊？我们不是回去吗？"

"今天不回去。"江也说，"我跟我妈说了，会和周嘉起他们玩到很晚，在朋友家住。"

从悦乜斜他一眼："撒谎啊你？"

江也不置可否。

酒店装潢大气，江也提前订了房间，从大厅到六楼的套房，一路通畅，都不到五分钟。从悦站在房间客厅中央环视一圈，才反应过来他这是早有预谋。

"不回家跑到外面来住，你钱多烧得慌。"从悦斥他。

江也扫一眼室内浴池，再打量她，笑意十足地开始解纽扣："来都来了，那就别浪费。"

……

满室都飘着腾腾热气，从悦泡在温热水池中，趴在池边，忽然捂住脸哭了起来。

水波阵阵荡漾，江也正到酣畅，根本停不了，只得分出一半心神哄她："怎么了哭什么？弄疼了？"

从悦脸上红热，分不清身上的是汗还是热水，热意和羞耻加上返潮的酒意齐齐涌上来，她哭道："阿姨好意让我和你……住隔壁……结果我还跟你跑来酒店……这样……"

知道她这是因为喝了酒，酒精作怪，江也在她脸颊上细细地亲，哄了又哄。她呜呜地哭，却不知声音湿软更教人热气汹涌。

那水波翻腾，足足荡漾了半晚。

3

订婚宴上要穿的服装从悦和卓书颜早已一起挑好，因为不是正式婚礼，暂时还用不上婚纱或是伴娘服，卓书颜挑了一身方便走动敬酒的中式礼服，从悦则选了一条裙子。

自从得知他们这个春节要去参加老同学兼旧友的订婚宴时，江妈妈就颇有兴趣，好几次和从悦聊起订婚宴相关的事。

离订婚宴还有两天，饭后闲聊时刻，江妈妈又想起这茬。这种闲谈江也的父亲不参与，晚饭后的客厅里大多只能见到他们三人的身影。

江妈妈放心不下，问："你们俩都准备了礼金吗？虽然是好朋友，但是礼数不能少的，而且人家跟你们关系好，越好越是要多表示一下。"

"我们准备了礼物，礼金等结婚的时候给。"从悦道。她和江也一人准备了一份，没办法，卓书颜和周嘉起怎么都不肯收他们的礼金，非说留到正式婚礼再来。

细细问过，见礼数方面准备得齐全，江妈妈点点头，问起服装："你们衣服准备好了吗？稍微穿得正式点，不然人家家长会觉得你们不讲礼貌的。"

江也说："准备了。前天你帮我收拾衣柜时问过的那身西装就是。"

"我买了一条裙子。"从悦说。

"是吗？"江妈妈一听来了兴趣，"什么样的裙子啊？"

从悦道："浅蓝色的，带点银白。"

"长裙短裙？"

"中裙，过了膝盖，到小腿。"

"收腰吗？你的腰，收腰的款式穿了好看！"

"是收腰的。"从悦笑道。

江妈妈饶有兴致地和她聊起裙子，问了一通，提议："你这样讲也讲不清楚，要不然试试看？穿上身看看合不合身好了！"

买衣服的时候肯定是试过的，江也嫌麻烦，皱眉反对："妈！你又想折腾我们，换衣服有什么好玩的？"

"谁要看你穿了！"江妈妈嫌弃地白他一眼，"你一边去，我们女人家的话题你懂什么！”说罢，不理江也，拉着从悦去房间里看她买的裙子。

两人在房里捣鼓了半天没出来，江也只好起身一探究竟。到房门外一看，从悦被他妈拉着换上了裙子。

江妈妈正给从悦整理裙子的细节，小声商量：“这件会不会太素了？颜色好看是挺好看的，但是有点单调，加个首饰搭配一下？”

“首饰？”

“对，戴个镯子啊，或者项链、耳环都好。我那儿有，等会儿我去……”

她们说得热火朝天，连一眼都没看他。江也不甘被忽视，环抱双臂倚着门框，出声：“妈，爸好像在叫你？”

江妈妈扭头：“在叫我？”

“对，他看书不是喜欢喝茶嘛，可能是叫你帮忙泡茶。”

江妈妈信以为真，一边唠叨，一边让从悦等她，快步朝书房去。

江也立刻进屋，反手关上门。他盯着从悦的衣服看了几秒：“这身不好看。”

“可是书颜和阿姨都说好看。”

“我觉得不好看。”

从悦无奈，近前捧住他的脸颊：“又怎么了，不高兴啊？”

江也垂眸盯着她的锁骨，眼里的不悦又加了两分。她穿的不是抹胸款式，但肩膀处的布料是薄纱材质，透明一层几乎等于没有。

“这样穿冷，今天去买一条新的。”江也说。

从悦拆台：“酒店有空调，外面还穿外套，不冷。”

他一脸不爽，不说话。

从悦知道他为什么不高兴，失笑：“你又不是今天才看到这件衣服，买的时候就拍给你看了……”

“那是你没拍清楚。”

“真的不露！真的，除了你谁看我，别想那些。”

两人正说着话，从悦手机响了。江也一瞥，见是个陌生号码，问道：“谁？”

从悦也不知道，摁下接听：“喂？”

那边响起从盛的声音，没有破口大骂，没有苦苦请求，有的只是颓然：“你弟弟昨天走了，在灵堂停了一晚上，明天出殡，你来吗？”

从悦愣了愣，而后默然不语，没有落井下石，也没有同情泛滥，一言未发。

没等到她的回答，从盛叹了口气，说：“白事酒定在星期六晚上，尊粤酒店四楼，C厅。”他顿了顿，“你如果有空就来吧，家里人都在。”

没有多说，他挂了电话。而从头至尾，除了“喂”字，从悦一句话都没说。

江也问：“什么事？”

她摇头：“从盛的电话，张宜的儿子死了。明天出殡，星期……”她说着才想起来，抬头看向江也，“星期六书颜和周嘉起订婚酒席也订在尊粤酒店？”

“对。三楼。”

“晚上？”

江也点头，见她拧眉，问道：“怎么？”

她说：“从家的白事酒定在同一天，也是在尊粤大酒店。”

这真的凑了巧了，江也不欲她多想，揽过她的肩：“没事，我们去我们的，不跟他们打交道。周嘉起他们选日子也没想到会那么巧……”

“我知道。”谁家不想选个诸事皆宜的好时候，就是有这么巧，就是恰好撞上了，谁也没办法。

江也问她：“你想见从家的人吗？”

从悦沉默三秒，到底还是摇头：“不想。”

要是从老太太听到，怕是又要骂她白眼儿狼。可人的感情就是这样，都说滴水石穿，她的心可不比石头硬，这么多年下来，早被他们用尖刀扎了个透。他们没有给予过她感情，她又怎么拿得出相应的情感来做回报？

对于从盛的电话，从悦和江也都不想投注过多关心。

到了卓书颜和周嘉起订婚宴那一天，傍晚时分两人出发，到尊粤酒店门前一看，两侧的车位停满了车，客人不少。

从悦和江也搭电梯到三楼，牵手往A厅走。

卓书颜和周嘉起在门口迎客，卓书颜脸上妆容精致，不过腮红颜色稍显喜庆了些。周嘉起倒是容光焕发，精神十足。两家大人也一同在旁作陪以示郑重，亦是怕他俩招待不周。两家亲朋好友陆续到来，门口一片欢声笑语。

从悦和江也作为订婚主角唯二邀请来的朋友，被安排和卓家表弟表妹们同一桌。

趁主角两人进大厅休息的空当，从悦去找卓书颜说话，聊着聊着，问："这一层有几个厅啊？"

"三个。"卓书颜道，"问这个干什么？"

"没什么，我看这一楼人挺多的。"

"隔壁B厅也被人包了，所以人多。"卓书颜随口一说，对别人家的事不大放在心上。

想了想，从悦还是没告诉她从家的事。红白喜事一般不会安排在同层，卓书颜在三楼办订婚宴，从家的白事酒安排在四楼，酒店方面不会出这种错。

今天是卓书颜的好日子，从悦没说旁的，嘱咐她多找空休息，回了座位。

和所有酒席流程相差无几，在客人大致都到齐了之后，正式开席。卓书颜和周嘉起却不能立时坐下，他俩一桌一桌去问候亲朋，尤其是长辈们，更是礼貌万分。这也算是让他们二人互相认识两家亲戚的途径，两人笑得脸上肌肉都酸了。

从悦小声感慨："看着都累。"

江也往她碗里夹了一块肉："先别担心他们，你多吃点，长点肉。"

再怎么看，从悦也不可能去帮他俩的忙，只得乖乖吃东西。那厢卓书颜和周嘉起满场绕了一圈，总算能坐下进食。他俩坐到从悦身边，卓书颜挨着从悦，揉着脖颈小声说话。

"太累了。"

"那你多吃点，省得等会儿没力气。"

从悦听她偷偷抱怨，附和着点头，不住地往她碗里夹东西。

酒过三巡，从悦吃得差不多，想去洗手间，江也陪她离开大厅。

4

出了 A 厅向左拐，走过一段，先经过电梯，再往前就是洗手间。江也在外头等她，几分钟后，从悦擦着手走出来，纸巾投进垃圾桶。

“等会儿回去先陪我走一段路，散散步，我……”

两人说着话往回走，“叮”的一声电梯门忽然打开，走出一个穿素色衣服的女人，从悦两人迎头和她碰上。

照面一打，从悦和张宜都愣住了。

张宜刚痛哭过一场，涕泗横流失态得很，想洗脸，无奈四楼的洗手间全被人占着，只好下来找洗手间。

从儿子查出病开始，她时不时就要哭一场，这段日子更是，今年这个春节，从家丝毫没有年味，反倒哭声常闻，不是她哭就是从老太太哭。从睿下葬当天他们已经哭得几近肝肠寸断，今天办白事酒，一时勾起情绪，张宜没忍住又哭了一回。

此时，张宜手里抓着擦拭用的手绢，眼睛肿着，整个人看起来老了十岁。

“你……”张宜看着从悦，先是一愣，而后皱眉，“你不是说不来吗，又来干什么？你弟弟……”

说着忽觉不对，视线落到从悦的打扮上，见虽是一身浅色，但也是明亮的浅，完全不像是参加丧礼该有的着装。

她柳眉倒竖，刚要发怒，从悦抿唇不言，提步拉着江也就要绕开她。

张宜猛地伸手拽住她：“你站住——！”从悦被她扯得踉跄，还好江也扶住她，把她往回揽护在怀里。

“你弟弟走了，你穿得这么喜庆，你是生怕别人不知道你高兴是吧？！从悦，你还有没有一点良心？！”张宜红着眼冲她怒斥。

自从悦和从家划清界限的那天开始，就已经算是和他们撕破脸皮，而后从盛因为从睿的病突然转变心态决意要从悦回家，张宜为此又和从盛大吵了一架。以往那些温柔贤淑对待继女的把戏，如今这个情况，张宜也无心再玩。

当下，就在这酒店三楼的电梯前，张宜向从悦宣泄积攒已久的怒火。

“你这个白眼儿狼！我们好吃好喝养着你，你呢？你妈不要你，我辛辛苦苦替她照顾你。你倒好，跟家里对着来，气你奶奶气你爸爸，翅膀硬了学人家往外飞！连今天这样的场合，你竟然也穿红披绿浓妆艳抹，你弟弟才刚走几天！”

张宜说着放开了哭，指着她骂：“你这个白眼儿狼！没心肝的，不要脸！”

旁边已经有经过的宾客驻足围观，从悦气得指尖发颤，不想被张宜搅和了卓书颜的订婚宴，正要发作，卓书颜和周嘉起就从另一边赶来。

卓书颜本是来上厕所的，拉着周嘉起作陪，听见争吵声，走近一看是从悦和江也，两人顾不上那么多，拔腿就跑来。

张宜的叱骂他二人都听了个清楚，双双沉了脸。倒打一耙，反咬一口，这胡搅蛮缠的功夫，从悦这位后妈真是修炼得炉火纯青！

“悦悦——”

卓书颜这一声唤吸引了从悦的注意，从悦正准备上前一步扯着张宜到别处去说，别在大庭广众之下丢人。闻声，她下意识扭头，脚步跟着一顿。

张宜逮着空当，见势就要趁机上前打从悦。

江也眼疾手快揽着从悦的腰避让，卓书颜正好近前来，被张宜扑了个满怀，顺势拽起张宜的胳膊把她往旁边一甩，力气十足，都不用周嘉起出手。

张宜踉跄几步，站稳后怒气冲冲，抬手就要甩到卓书颜脸上。管她是谁，和从悦一起的，打了就是！

卓书颜面对她挥下来的手根本不躲，连眼皮都没眨一下，稳稳捉住她的手腕，反手就是一巴掌扇在张宜脸上，“啪”的一声，响亮清脆。

“大婶，你别是在家欺负人欺负惯了，以为走到外面谁都能给你打？！”

“你——”张宜捂着脸，狠狠瞪着卓书颜。嫁给从盛以后，她过的都是当家太太的日子，从没有这么失态的时候。

张宜看着卓书颜和周嘉起身上的礼服，再看从悦两人身上的衣服，指着从悦冷笑，气得发抖：“好啊，你弟弟病了这么久，你爸爸亲自去找你，你都不肯去看你弟弟一眼。现在你弟弟走了，你跑来参加别人的酒宴，自己家的事情反倒丢在一旁！你看我怎么跟你爸说，你这个没心没肺的白眼儿狼，你别想再——”

“再什么，再回从家？你以为我很想回去吗？你问问从盛他找了我多少次，求了我多少遍，我要是真想回去，早就回了。”从悦眼里的张宜，像极了一个小丑。她拂了拂衣摆，淡淡睨着张宜，“我今天就是来参加朋友的订婚宴的，你们从家在楼上办白事，关我什么事？你又能拿我怎么样？”

“你！你……”张宜话没说完，电梯门“叮”的一声又开了。从盛的身影不合时宜地出现，踏出电梯门才走两步，看清眼前的场景，他一愣。

“你在这儿干什么？”这句话是问张宜的，而后他的目光移向从悦，眼里闪过一瞬间的欣喜，“你……”下一秒注意到她身上的着装以及卓书颜两人，那欣喜很快消失。

张宜扑到从盛身边，抓着他的手臂像抓住救命稻草：“你看看她！”她指着从悦，“今天是什么日子，你看她穿成什么样子！睿睿才刚刚走，她就……”

“大叔，麻烦你管好自己的老婆，别让她出来发疯。”卓书颜冷不丁开口抢白，“大家谁也不欠谁的，这位大婶发神经一头撞进我怀里，抬手就要打我，请问这是什么道理？还揪着我朋友不让走，骂个不停，到底是哪里来的疯婆子？你们家也不嫌丢人！”

她嗤声翻了个白眼，一点情面都没给从盛留。从悦是她朋友，他们关系越好，看到这个对从悦不好的父亲，她就越是来气。她早就对从家人憋了一肚子气，一直没机会，现在他们自己送上门来，不怪她说话不留情。

从盛被个小年轻如此顶撞，先是觉得怒，但见张宜如此状况，他又觉得丢人。从悦在一旁冷冷看着他，在他来之前，想必已经闹过一通了，他在她眼里完全失了威严。他冷声开口，却不是对从悦而是对着张宜道：“你还没闹够？！上个洗手间也这么多事，还不快点回去！”

因为从睿的病，夫妻两人这半年来的纷争比以往多年加起来都更多，尤其张宜知晓他去找从悦后，更是大闹了一场，说他只想着前妻和前妻的女儿，说自己辛辛苦苦为这个家付出多年，儿子卧病在床，他却还有心思去找那个叛逆的女儿。

从盛和张宜真的吵累了，心力交瘁，办完这场白事酒这件事就算告一段落，没想到临了，张宜还在这儿闹出事端。

原本是张宜找从悦的麻烦，最后演变成从盛和张宜夫妻两人的争执。从悦冷眼看着，看张宜吵到最后不顾形象地蹲下号啕大哭，突然想起很久以前。

有一回，从睿和从娇一块故意拿玩具扔她，她忍不住发脾气吼回去，大人们出来，问清是怎么回事，结果她还没哭，张宜就先摁着从睿的头让他给她道歉。从睿被强行摁着头弯下腰，站都站不稳给她道歉，而从娇非常适时地在一旁哭起来，那场面……最后，大人们没一个怪从睿不懂事拿玩具扔她，成了她做姐姐的大惊小怪不懂包容。

那个时候，有很多那种类似的时刻，从悦都想干脆放声大哭一场。时至今日，她已经不需要再忍，不会再有想哭不能哭的时候——如今，换作张宜在她面前痛哭流涕。

莫名有一口气郁积堵上胸口，从悦沉沉舒出。

世事无常，长路漫漫，人活着，或许真的不能太过轻狂嚣张。

第十章

此后一切，幸福美满

1

眼前发生的一切像是一场闹剧，张宜的哭声、从盛的斥责，搅和在一起令人无比心烦。来参加卓书颜的订婚宴本是喜事，来这么一出，从悦的心情立时沉了几分。她不想再理会他们，招呼江也三人回去。

从盛瞥见她离开的身影，撇开张宜，叫住她。

“有事？”从悦停步，淡淡问。

“你阿姨她……”从盛稍作停顿，改口，“张宜她说的那些话你别放在心上，你大了生活里也有自己的事，我理解，不忙的时候想回家尽管回来。”

张宜扶着墙站起来，满脸泪痕，一听这个都顾不上哭，怒不可遏地破口大骂。

从悦没心情和他们任何一个交谈——他们俩是夫妻，共为一体，在她眼里从盛或是张宜，两个人没差多少。

不作回应，连哼一声敷衍他都懒得，从悦平静收回视线，对另外三人道：“走吧。”

身后那对夫妻再度争吵起来，他们一行四人离开，将烦人的嘈杂抛在身后。其间碰上几个卓书颜家里的亲友，询问：“什么情况，怎么吵起来了？有没有事？”

卓书颜顾及从悦，不欲宣扬出去，全都笑了笑搪塞：“没事没事，都是别人家的事情，莫名其妙闹到这一层来了，不用管他们，等会儿就走了！都回去坐，吃好喝好——”

安抚好亲友，他们四人却没有回酒席上，卓书颜陪从悦去休息室休整。谁知一进去，门刚关上，从悦忽然蹲下，两手捂着脸。

“怎么了？”卓书颜忙蹲在她面前。

江也同样蹲在她旁边，搭上她的肩，轻拧的眉头写满担忧。周嘉起没地方可蹲，微微俯身，又觉得不合适，只好直起身站在卓书颜身后。

从悦捂着脸摇了摇头，卓书颜去拉她的手腕：“难过啊？”

“不是。”

“那你……”

卓书颜没问完，就听从悦吸了口气，声音里满是自责：“今天你订婚，我还给你惹这么多麻烦，差点把你的订婚宴搞砸……”

“说什么呢你。”卓书颜还没说话，周嘉起先笑了，“从悦，你越来越婆妈了，这有什么！找麻烦的又不是你，你能管得了吗？来就来呗，甭管她后妈后爹，敢往上撞就别怪咱们收拾她，对不对？倒是你，跟我们说这些见外的干什么！”

他说着，卓书颜顺势把从悦挡脸的手挪开，对上她沮丧的眼神：“听到没？你又不是不知道，我和周嘉起最烦别人腻腻歪歪的。再说了，你那个后妈，我还怕没机会碰上她呢！我跟你说，刚刚我都没骂过瘾！她欺负你那么多年，就还她一巴掌，便宜她了还！”

卓书颜一番开解，从悦的情绪有所好转，说到激动处，两个女人抱在一块，场面很是“感人”。然而苦了江也和周嘉起，上去抱吧，不合适，又不好打搅她们。两个男人对视一眼，面面相觑，只得等她们宣泄完。

平复过后，四人在休息室里坐下。从悦催促：“你们不用出去招待宾客吗？酒席快散了，等会儿叔叔阿姨找你们找急了。”

“没事，坐会儿，我刚好也累了。”卓书颜懒懒靠着椅背，“你都不知道招待客人有多辛苦！”

江也给从悦递了杯热水，周嘉起忽地说起刚才的事：“从悦，我问个问题你别气啊。”

“嗯？”

“你爸他好端端的，为什么突然变化这么大？”周嘉起想不明白，“因为你后妈的儿子死了？所以受了刺激？那也不应该是这种反应啊。”

从悦哪里晓得，耸肩：“他跑来找我，就说希望我回去，谁知道他突然哪根筋搭错了。”

“这还不简单？”卓书颜嗤笑一声，点出他们都没想明白的一处，“以前他有三个孩子，悦悦只是三分之一，没了悦悦他还有小女儿、小儿子，又嫌悦悦碍他的眼，所以一直不咸不淡，各种不上心。现在儿子没了，家里就剩一个小女儿，你又离开他们家，一下子对比不就显出来了？”

卓书颜抬指弹了弹手边瓷杯的杯身，“叮”的一声，她接着道：“他只剩从娇一个女儿——拜托，你们想想，这还不够可怕？这简直就是鬼故事了好吧！”

对于从娇，卓书颜一向看不上眼。她因为从悦的关系见过几次那个小姑娘，人不大，方方面面却都惹人嫌，也是一种十分了不得的本事。

从悦略一想，觉得从盛确实有可能是出于这般考虑才对她变了态度。毕竟张宜生从睿的时候伤了身体，当时医生就说过她以后不能再生育。从盛只有他们三个孩子，现如今就剩她和从娇。

自入学开始，从娇一路念的都是重点学校，请的家教老师也是最好的，但她的成绩一向平平，甚至不大稳定，时好时坏。课外学的那些才艺，从娇不是一时兴头过了不想学就是嫌累中途放弃，唯一坚持下来的只有钢琴。她学琴一节课的课时费用比从悦学画画贵得多，然而弹钢琴的水平只能用一般来形容。

相比之下，从悦不仅艺考成绩优异，高考文化分同样过了一本线，毕竟是能念盛大美术系的人。以前不去想，不去比，如今儿子病逝，看着家里当成花一样娇养的女儿那般不成器，而磕磕绊绊粗糙过活的另一个女儿却成长得很好，从盛心里难免会有想法。

“不过，管他怎么想的呢。”聊了几句，卓书颜微微翻了个白眼，“爱怎么想怎么想，这些乱七八糟的都是他们自己的事，悦悦，你也别想！”

从悦“嗯”了声。

卓书颜休息够了，起身整理衣服，周嘉起帮她理好领子，江也和从悦同他们一道出去。

后半程，没人再来闹事。虽然有不愉快的插曲，但订婚宴还是圆满结束。

让从悦颇觉窝心的是，隔天江妈妈无意听到她和江也的谈话，得知订婚宴上发生的事情后，晚饭后找了个空，和她谈心。

江妈妈拉住她的手，笑容一如她和江也到家的第一天，不同的是经过这些天的相处，眼里多了初见时没有的亲近。

江妈妈说：“你家里那些事情，江也跟我和他爸说过一些，但具体的我们不是很清楚。那是你从小长大的地方，那些人都是你的亲人，我们作为外人——即使将来会成为一家人——但在这种事上，还是没有多少资格说什么。”

不等从悦说话，江妈妈拍拍她的手背：“我知道，我知道，我晓得你要说什么。阿姨跟你说这些没有别的意思，阿姨是想告诉你，你和你家里的关系由你自己去处理，你自己做决定，或者可以和江也商量，不管怎么样我和江也他爸爸都不会有意见。以后不管是和他们往来还是不往来，我们都尊重你们。你放心。”

“阿姨今天要跟你说的是别的。”江妈妈看着从悦，笑容里带着长辈对晚辈的怜惜，“你是个好孩子，阿姨很喜欢你。父母家人，这些都是你选择不了的。”她抬手捋了捋从悦额前的碎发，“阿姨希望你不会因为这些不好的事情失去信心，你还年轻，将来还有很长的路要走，你的生活不会被他们击垮，不会被他们破坏，只要你自己过得好，总有一天你会摆脱这些，彻彻底底地摆脱。千万……千万不能被不好的人和事影响，知道吗？”

自从父母离婚后，从悦想象过很多次被温柔慈祥的长辈呵护的感觉，这么多年一直没能体会，如今却在江也妈妈这儿切实感受了一把。

她将江妈妈说的每一个字都听进心里，认真点头。江妈妈叹着气笑，搂住她的肩膀，抱了抱她：“好孩子。”

谈完心后，从悦和江妈妈越发亲近，两人时常一起出去买东西，或是在厨房做点心，气氛融洽得江也无从插入她们之间。

没多久，除夕到来，从悦在江家度过了非常开心的一天。吃年夜饭时，四个人围坐在桌边品尝江妈妈的手艺。她不停地给从悦夹菜，不等江也开口，自己先说：“我一年难得下厨几回，你可要抓紧尝，平时难得吃到的！”

因为从悦在场，江也爸爸收敛不少，但吃饭过程中仍习惯性找麻烦，激得江妈妈注意力集中在他身上，你一句我一句呛起来。多年夫妻的情趣，两个晚辈便只听不打岔。

饭后聚在电视机前看春节联欢晚会，从悦也在，江也曾经给她转述过的那些内容一一成真，而她不再是个无关的听众，她参与其中，在这个家里感受着这一份真实的温馨暖意。

江也父母还准备了红包给从悦，她万般推托，最终拗不过他们只能接下。江也早就过了拿红包的年纪，好几年不曾拿过，今年为了让从悦不那么尴尬，江妈妈在给从悦红包的时候，意思意思随手塞了一个给他。

江也捏着比从悦薄了数倍的红包，再次确定了自己的地位——“捡来的儿子”。

过年的流程无非那些，只是和不同的人在一起，心境完全不一样。守岁过了十二点，从悦和江家人一块高高兴兴吃了汤圆和水饺，说完吉祥话，道过晚安才歇下。

因从悦曾在卓书颜家过春节，年初一之后，她挑了个合适的时候和江也一块去卓家拜年，正好遇上周嘉起也在，四个人陪长辈聊了一会儿便出门消遣找乐子。

年初七，江也父母去朋友乡下的庄园做客，当晚不回家，江也和从悦两人在家独处。到了入睡的时候，江也拉着从悦不让走。

从悦被他拽着挣脱不开，晃他的手臂：“干什么？我要回去睡觉了。”

“今晚在这儿睡。”江也把她拉到自己床上，这张床他睡了多年，无数个夜晚有无数个记忆，但都是他一个人的。自回家的第一天起，他就很想抱着从悦在这张床上睡觉。

从悦首先想到的就是江妈妈："阿姨说……"

"我妈今天不在。"江也呼吸渐重，"你别管她说什么，先管管我——"

……

在返回盛城工作之前，江也终于如愿以偿，拉着从悦在他房间的床上过了一夜。而后悠闲的假期结束，从悦四人一道动身，踏上重返工作岗位之路。还有几个月，实习就要结束，届时大家都要回校拿毕业证，走完流程后就将正式告别大学校园。

回了盛城的日子和以往无异，在这儿生活了几年，这座城市相当于他们第二个故乡，亲切又熟悉。卓书颜和周嘉起订婚后过得越发蜜里调油，以前还会吵架，如今连吵都不吵。他们的婚礼定在今年冬天，因为要忙工作上的事，婚礼事宜由两家长辈代为操办。

回去的第二个月，林禧谈定一单，这个合作若是成了，整个工作室便更上一层楼。事情初步定下，一帮人连续辛苦二十多天，由江也请客，挑了个天清气爽的日子外出庆祝。

从悦和卓书颜作为"家属"自然同去，其他有对象的人也带着自己的对象一块来了。

照规矩，聚完餐接着第二摊，一群人去 KTV 唱歌。一坐下，江也给从悦倒了杯果汁。

"还好吧？"她近段时间胃口不大好，怕她再犯胃病，晚上吃饭时江也没让她喝一口酒。

"没事。"从悦笑他大惊小怪，"我又不是瓷娃娃，不会碎的。"

江也不置可否，将她面前的酒杯推得远远的。

包厢里热闹非常，老 A 等人唱完歌，闹着要江也献唱一曲。江也板着脸不肯参与，众人见拉不动他，围到从悦身边试图让她出马。

江也正要让他们别闹从悦，林禧笑说："你们还是别，听江也唱歌你们会后悔。"

"为什么？"老 A 不解。

林禧瞅一眼江也的脸色，笑道："以前住宿舍的时候，有一回晚上我们出去玩，江也多喝了点，回去听他唱了半宿，我差点没命。"

老A等人诧异："不能吧？"

从悦看看江也，奇怪道："不会啊，我听过江也唱歌，挺好听的，都在调上。"

"唱的什么？"周嘉起插话。

她道："……儿歌。"那回在雪村，他唱儿歌当作摇篮曲哄她入睡。

"那我不知道。"林禧说，"反正我那天听他唱了好多歌，流行曲啊什么的，全都——"话点到为止，唇边的笑意泄露了他要表达的意思。

老A一听更兴奋了："来来来！也哥，话筒给你赶紧来一首！"

从悦盯着江也："真的假的？"

江也无视老A，只答从悦："还好吧。"既不承认也不否认。

从悦也生出兴趣："那你唱一首？唱吗？"

其他人的视线江也全部过滤，眼里只有她。她开口，这回他半点都没抗拒，接过老A手里的话筒，起身就去点歌台点了一首。

包厢里安静下来，大家都等着听江也一展歌喉。二十几秒的前奏音乐过去，江也开始唱——

"噗——"

才第一句，周嘉起就呛到了，他慌忙放下酒杯，抽纸巾擦嘴。

江也面无表情地盯着屏幕，手握话筒沉稳地唱着，屏幕亮光照在他身上，显得他别样淡定——若是那歌声不那么"杀人"，大概会更有气质。

从悦听得都愣了，她着实没想到江也除了儿歌之外，能把歌唱得难听成这样。

其他人偷笑的偷笑，老A几个忍着不发出声音，肩膀不停抖动。林禧强忍笑意，没比他们好多少。

那边周嘉起呛完，满脸都是难以言喻的表情，旁边卓书颜看起来像是被酸得倒牙了一般，揪紧了他的衣袖。

从悦没笑，因为江也很认真地看着她。这是首情歌，他的声音饱含情感，奈何五音不全。她想叫停，想跟江也说如果不喜欢、真的不会唱，那就不唱了。但江也没给她这个机会，他丝毫不为其他人的偷笑而怯场，只看着她，眼里的诚挚汹涌得快要溢出来。

一瞬间，她的心柔软得像是要化成一摊水。

好不容易一曲终了，对其他人来说大概是受难结束，包厢里响起“劫后余生”的热烈掌声。

老A等人胆肥打趣：“也哥，牛，真的牛！”

江也懒得理他们，平静地坐回从悦身边。他握住从悦的手，将她杯里的饮料添满。

其他人见没有热闹可凑，聚到点歌台前继续点歌。江也捏了捏从悦的手：“好听吗？”

“唱得……”从悦扬起嘴角刚说了两个字，忽地面色一变。她捂着嘴猛地起身跑进包厢内的洗手间，吐了一阵。

江也担心地跟在后头，他刚才问的那句只是开玩笑，自己唱歌什么水平他心里有数。他不爱在KTV唱歌，一是因为小学时音乐老师非逼着他上台唱歌留下了阴影；二是因为他唱歌实在是不好听。

江也到从悦身边，轻拍她的背，见她弯腰吐得厉害，心疼得眉头紧拧。他就那么一问……还是说，他唱歌真的难听到这种程度，竟然把她唱吐了？

2

从悦吐了一会儿就停了，对上江也担忧的脸，忙摆手。江也扶她出去喝了杯温水，在KTV这种地方，十分格格不入。从悦没那么娇气，吐完整个人都舒服了许多，拉住江也不让他大惊小怪瞎折腾。

十一点左右散场，晚上回去后，江也在公寓里翻箱倒柜。从悦奇怪：“你找什么？”

“看看家里有没有胃药？”江也找到家用医药箱，翻开。

“我现在已经不难受了……”

他低着头一盒盒检查，说：“我给你找出来，你以后放包里随身带着，胃不舒服就吃。明天我去药店买新的放家里。”

从悦刚想说他紧张过头了，他道：“这周末我陪你去医院检查一下。”

她一愣：“检查什么？”

江也回头看她，沉着眼满是不赞成：“胃不舒服不是一次两次了，不检查？”

早先她追他的时候，他时时刻刻装冷淡不屑一顾。后来他追她，他各种犯傻发神经，他冷的一面热的一面从悦都见过，可在一起后却又和以前都不一样，有时他板起脸，一派正经的严肃样子，总能唬得她一愣一愣的。

江也说得很对，从悦没反驳，默认着同意了周末去看医生的事。入睡前，江也给她揉了揉胃，一夜好眠。

这天轮到从悦休息，江也还是早起给她弄好早饭。用完餐送他出门，从悦被他反复叮嘱：“一定要记得按时吃饭。”

她点头如捣蒜，而后一个人趿着拖鞋在屋里走动消食。

清闲又无所事事的上午，从悦窝在床上看电影，不时收到卓书颜的微信消息。两个女人老调重弹地聊了一些没有新意的话题，末了，卓书颜忽地道：“对了，你有没有检查一下？”

从悦吃着草莓，奇怪道：“检查什么？”

“昨天你不是在 KTV 的厕所吐了吗，你没有买验孕棒回去测试啊？”不到二十秒便回过来的消息，足以显示卓书颜有多无语。

从悦拈着吃了一半的草莓，回她：“……我没买。”

“你怎么这么心大呢？”要是当着面，卓书颜怕是要用指尖戳她的额头，下一句便说，“你今天不是正好休息在家，反正也没什么事做，去楼下药店买支验孕棒测试一下呗。哦，对，你这个月来大姨妈了没？”

她不说，从悦还真的忘了，当即暂停电影画面，回复：“没来。”这两个字发出去，她都有点想骂自己。仔细算算推迟挺久了，她总是说卓书颜粗神经，结果自己也没好到哪儿去。

那厢卓书颜连吐槽她的力气都没了，回复了一个翻白眼的表情，外加一句：“我服了你。”

不再多聊，从悦当即起身，穿上外套下楼，她到附近的药房里买了两支验孕棒——怕不准确，特地买了两支。

回到公寓后，她也顾不上和卓书颜汇报进展，拿着东西进厕所，试了一支，又拆开第二支，稍等一会儿，结果清晰地出现在两支验孕棒顶端。

卓书颜按捺不住，一个电话打过来：“怎么样，你去买了吗？试了没有？结果是什么？”

“……嗯。”从悦盯着手里的东西，意味不明地发出声音。那头卓书颜追问不停，她沉默良久，最后说，“没什么事。等找个空见面了再跟你说，先不聊了。”

卓书颜不明所以，被她挂断电话。

忙到九点回家，江也一开门，家里各处都是黑的，“我回来了”几个字在舌尖盘旋一圈，又止住。他打开灯，换上拖鞋进屋，叫了几句：“从悦？”公寓里十分安静，听不到一丝声音。

不同寻常的气氛让江也皱眉，找了一圈确定从悦不在，他站在卧室门口给她打电话。

“嘟”音响了七八遍，没人接，他挂断再拨，拨了三回，一直无人接听。

江也点开微信给从悦发消息，等了几分钟不见回复，再度给她打电话，依旧没人接。

从悦的手机没人接，江也转而拨卓书颜的号码。不找周嘉起是因为江也白天和他一起在工作室，如果和从悦有过联系，他应当会提一句，没有即表示从悦没找过他。

卓书颜很少和江也单独联系，几乎可以说是没有，声音明显带着诧异：“喂？”

江也简单打了个招呼，直入主题：“从悦有没有去你那里？”

“悦悦？没啊。”

“她今天联系过你没有？”

“联系是联系过，今天我们……”卓书颜说着一顿，“怎么了？出什么事了？”

江也说：“她不在家，电话没人接，发信息也不回，我找不到她。”

“不会吧？”卓书颜着急起来，“没在家里？会不会是下楼去买东西了？”

江也问道：“今天她和你联系的时候，你们说了什么？她有没有跟你讲晚上要去哪儿？”

卓书颜犹豫两秒，如实告诉他：“上午的时候我让她去买验孕棒检查一下是不是怀孕了，她生理期好久没来了嘛……就聊了那一会儿，中午之后就没聊了。”

江也微怔：“她……”

“我也不知道。”卓书颜说，“我问她测的结果是有还是没有，她没告诉我，之后好像去休息了。有没有我真不知道，她没跟我说，我也没问出来，她讲下回有空再说，然后就挂了电话。”

从卓书颜这儿没能问到从悦的行踪，但至少知道了一件事——从悦可能怀孕了。

江也谢过卓书颜，很快挂断电话，刚到家还没坐下歇一会儿又决定出门。他去卫生间洗脸，用冷水让头脑冷静下来，正要转身，蓦地发现洗手台上放着两支东西。

他顿了一瞬，拿起一看，是两支用过的验孕棒。

——两支都显示的是两条红线。

江也火急火燎离开公寓楼，还没跑出小区门，在主干道旁被人叫住。

“你去哪儿？！”

熟悉的声音，是从悦无误。江也脚步一顿，扭头看去，她坐在树下的石凳上，抬头朝他看来。江也愣了一瞬，当即跑过去。

“没事吧？”他俯下身，用力握着她的肩膀。

“我有什么事……”从悦奇怪道，“你跑这么急要去哪儿？”

江也定定地看了她足有半分钟，才问道：“我见你不在家，你的手机也没人接，怕你有事出来找你。”

从悦轻声失笑：“我又不是小孩子，哪那么容易有事？我只是出来散步，转一转，马上就准备回去了。”

“从悦，”江也忽然正色，“你有没有什么要跟我说？”

从悦抬头和他对视，停顿几秒：“洗手台上的东西你看到了吗？”

他点头。

她笑了下：“那就是了。你应该看得懂吧？”她轻敛笑意，认真地对他道，“江也……我可能怀孕了。”

在看到那两支验孕棒上的红线后，江也心里就已经有所准备。他弯身蹲在她面前：“我知道。”他心里有种说不清的紧张，问，“你怎么想的？”

“我能怎么想？”从悦皱眉，手抚上肚子，“来都来了……”她看向他，“还是说你不想……”

“我没有。”江也握住她的手，似乎带着一丝庆幸，“你跑出来，我还以为你不开心。”

她不明白：“我有什么好不开心的？”

“我以为你，不想这么早成家。”

从悦从他眼里看出了忐忑和惊慌的余影，愣了愣，忽地明白了他刚才跑那么快的原因。

“你想什么呢？”她抬手捏了捏他的耳朵，搓得他的耳垂发热，力道隐约带着泄愤的意味，“你以为我因为怀孕了不高兴，所以离家出走？你当我是什么人啊你？”

江也没反驳，默了默问：“这么晚了，你不在家里待着出来干什么？风大，别着凉。”说着，他抬手摸上她的肚子，眼睛直勾勾地盯着。

她道：“我就是一下子有点惊讶，在家里晃了一天觉得闷，吃完晚饭就出来散散步嘛。坐在这儿想事情想得太久了，没留意时间。”

其实，从悦最开始也是蒙的，有忐忑，有不安，出来散步这几个小时，脑子里乱糟糟的，想了很多东西，有好也有坏。越晚风越冷，渐渐地，她冷静下来，接受了这个“可能”之后，心里竟隐秘地生出了一丝期待。

突如其来的新生命，她确实害怕，但同样的，她的内心深处或许对开始人生新的篇章早已期待许久。

江也却只听到一个重点：“闷？家里闷吗？要不明天我让人来家里把窗户换了？”

从悦见他这么快就着魔了，忍不住在他手上打了一下。

江也生生受了，不仅没躲，反而握住她的手。他紧紧将她的手攥在掌中，在她手背亲了一下又一下。

想笑他傻，可看着他脸上那股隐忍的激动，从悦到嘴的话还是化为一声叹息，弯眉扬唇。

江也请了一天假，早起陪从悦去医院做检查，最后结果出来，果真怀孕了，近两个月。算算日子，大概是春节时在江也房间的那次。当时措施做得不到位，从悦小小地担心过，没想到成真了。

卓书颜和周嘉起知道后，买了一大堆补品和水果来探望从悦，那把她当稀有动物小心对待的态度，闹得她哭笑不得。

其余朋友对这桩喜事是何反应，倒都不是最要紧的，要紧的是江也父母的态度。确定妊娠后的第三天，从悦和江也谈了一晚上，九点多给江也父母打去电话。

江妈妈和江也说了什么，从悦不清楚，他们母子俩对话期间，江也一直没有太多表情。而后，他把手机递给她："妈让你听电话。"

从悦接过，"喂"了声。那头江妈妈的声音万分柔和，跟她说起该吃什么该用什么，以过来人的身份传授经验，从悦听着连连应声。

最后，江妈妈道："我和他爸明天马上过来，别的话咱们当面说，你什么都不要想，吃好喝好每天开开心心的就好了，知道吗？"

她说知道，听江妈妈好一番温言叮嘱，半天才挂电话。

隔天晚上，江也父母赶到盛城，从悦彻底被当成了瓷娃娃。她不过是想下厨给他们煮个饭，马上被拦住，别说锅铲，就连菜盘子都不让她端。

江妈妈规划了许多事，想来是来的途中打算的："这间公寓太小了，明天我就让人帮你们找新的，先租住一段时间，月底咱们去看房子，挑你们俩喜欢的买。"

"还有之后孩子要用的东西，所有的都让我们来准备……当然这些还早，先给你们两个安置好。"继而，江妈妈又说起结婚的事，"至于先拿结婚证，还是先办婚礼，都依你们的意思，生孩子前时间有点紧张。如果要先办婚礼再生，那现在差不多就要准备起来了，我这几天就请人去办；如果生完孩子后再办婚礼，那咱们就慢慢来。"

怕从悦不高兴，江妈妈拉起她的手，保证："你放心，该有的一定都有，阿姨绝对不会耍赖苛待你，你放一百个心！"

从悦忙说："没有没有，我知道的。"

四人商量了许久，细细算起来，要办的事情很多。从悦的公寓只有一间房，江也父母去小区附近的酒店暂时住了一晚。临走前，江妈妈拉着江也到一边训话，手伸出又收回，好几次想戳到他头上。

"你这个兔崽子！"江妈妈瞪他，"谁家姑娘大着肚子结婚，你厚脸皮，也不为从悦想想？我真是——”

江也一声不吭，乖乖听训。没办法，在外横行无阻，到了妈妈面前，霸王也只能收起利爪。

木已成舟，江妈妈懒得再跟他生气，叮嘱：“好好照顾人家，嗯？把你那个臭脾气收收，要是让我知道你欺负她，我打得连你爸看了都认不得你！”

“……”他爸本来就不怎么看他，天天跟在他妈身后跑。

干柴烈火的小年轻，发生这种事很正常，何况他们俩住在一块。然而作为一个体恤小姑娘的未来婆婆，江妈妈怎么可能去教训从悦，要训当然得训儿子。

听江也再三重复，保证不会出纰漏，江妈妈这才罢休。

送父母到酒店住下，再回公寓，从悦正在洗脸。江也趿着拖鞋走进卫生间，从背后环抱住她。

他叹道：“我妈差点就揍我了。”

从悦乐得失笑，反手轻抚他的脸颊。

一应事务，有江妈妈处理，再妥当不过。接下来的日子，从悦和江也搬了一次家，暂时住进一套三室两厅的房子。江妈妈直接租了一年半，时间充足。

搬完家后，他们便带着从悦两人去看房，怕她辛苦，大多数是拍了照片回来给她看实景，只有非常喜欢的几户才带着她亲自去看。

挑了一个月，最终定下一套户型十分不错的新房，三室三厅，采光充足，手续办好后立刻就开始精装。

从悦决定在生完孩子后办婚礼，一开口，江妈妈便着手挑日子。她的产期大致在十一月左右，于是婚礼安排在了春节之前。

江妈妈忙着筹备婚礼，嫌江也毛手毛脚照顾不好，特地请来一位经验丰富的阿姨帮忙照顾起居。可以说，除了吃喝睡以及上班，从悦的一切琐事都被包办解决。

从悦算过时间，到实习结束时，她的肚子还不怎么显怀，平时在画廊大多都是待在办公室里，工作内容很轻松，最后几个月便打算坚持完。

江也对此怀有意见，拗不过她坚持，只能随她去。

除了着装稍有改变，其他无异，从悦如愿在画廊待到实习结束。毕业典礼那天，江也说什么都不肯让她去，怕人太多冲撞了。考虑到也许会被校友们投以注目，从悦听了他的，要办的事情全都交给他办，当天老实待在家。

对于从悦怀孕这件事，周嘉起和卓书颜私下感慨了好多次。分明是他们先订婚，先踏上人生的下一阶段，结果一不留神反而被他们后来赶上。江也和从悦直接跳过订婚这一步，今年春节办结婚宴——从法律意义上来说，他们俩拿了结婚证，已然是一对合法夫妻。

先聊了一通从家的八卦，卓书颜从她父母那儿听来的。从悦和卓书颜一直同班，对于从悦的家人，卓妈妈知道一些，也曾和他们打过交道。听卓妈妈说，从盛似乎在外面找了别的女人，张宜逮人好几次，夫妻俩天天吵架，闹得老家生意圈子许多人都晓得。

张宜在从家的日子似乎不太好过，那家人不是今天吵就是明天打，从盛犯糊涂的次数渐多，生意也频频出岔。

卓书颜讲给周嘉起听，冷哼："真是活该，我看他们的好日子很快就要到头了。"

周嘉起附和几句，对从家的"惨状"兴趣不大，这都是可以预见的。闲扯几句，他话题一转："你看啊，从悦和江也都有写了两个人名字的房子，马上要生一个他们俩自己的孩子，咱们什么时候……"

卓书颜十分不给面子，白他一眼："你们男人，攀比心真重！"

"……"噎得周嘉起无话可说。

其实江也的日子远没有周嘉起想的那么美好，虽说平日照面，提到结婚、儿子等话题，江也一副"万事足矣"的样子让人好生羡慕，但实际上，照顾孕妇的日子比想象中要辛苦得多。

自毕业典礼之后，从悦就离开画廊留在家待产，原本画廊方面想留住她，希望她实习完直接转正，不想她怀孕结婚，只能等她"忙"完再谈。

肚子一天比一天大，从悦越发觉得辛苦，除了晚上睡觉累，还有很多明显的改变让她受罪。

脾气不稳定是其一，她也弄不懂，情绪时好时坏自己都控制不住，不仅常常生闷气，还变得十分爱哭。

因为怀孕胃口大开，她经常想吃很多以前不爱吃的东西。有一回大半夜胃口大开，忽然想吃牛肉面，早已过了送外卖的点，江也只好自己出门去买。

牛肉面、猪肉水饺、凉粉……出门前由一样变成许多样，江也将她念叨的用手机备忘录记下，出门后绕了周遭一大圈，近一个小时才买齐。

从悦以前是不吃香菜的，怀孕后却开始爱吃香菜，特意嘱咐江也跟店家多要了一份香菜末。对着桌上一堆吃的，从悦风卷残云般，吃得停不下来。

江也进进出出，自买完夜宵回家后就没休息，见她吃得太多，怕她积食，经过餐桌时说了一句："慢点吃，别吃得撑到了。"

就这么一句话，从悦忽然停了筷子，眼泪大颗大颗掉下来。江也吓了一跳，忙过去问："好好的哭什么？"

从悦拍开他伸来的手，哭得抽抽噎噎："我就知道你烦我，你肯定是嫌我吃得多……"

江也端着还没洗的草莓一脸蒙，他什么时候嫌她吃得多了？这不正准备洗草莓去吗？

从悦愤愤地从凳子上起来，一边往房间里走，一边恨声说："嫌我吃得多那我不吃就是了，有什么了不起的……回来了一句话都不跟我讲，谁不会生气似的！"

江也在餐厅又好气又好笑，赶紧追上去，手里的东西都没来得及放下。

"谁嫌你吃得多了？你吃饱才好，但是已经这么晚，等会儿你就困了，我怕你吃多了睡不着。"他好声好气解释了半天，从悦的脸色才有所好转。

"真的？"她斜眼瞥他。

江也点头："真的。"

她的视线向下，落在他手里那盘草莓上："……那你给我吃一个，不然我不信。"

江也无可奈何，拈起一颗草莓递过去，还没到她嘴边，慌忙收回。从悦脸一变，他赶紧解释："还没洗，洗了就给你吃。这个本来就是给你买的，我怕你吃完夜宵想吃水果，特地一起买回来的。”

哄了半天，这茬才算过去。

像这样的事情很多，从悦有时在饭桌上吃着饭，吃着吃着突然就哭了，或者睡醒一觉起来，就见她坐在家里某个角落，一个人默默掉眼泪。

江也从一开始的受惊，到后来只剩心疼。怀孕影响内分泌，她整个人都不太正常，每回哭都要把眼睛哭肿，他担心她受不了。

好在这种情况只持续了不到两个月，越到后期，从悦的状态越稳定，吃好睡好，去做产检，指标样样都是达标的。

到了八个多月的时候，她的预产期将近，江也更加着紧，每天一下班就赶回家陪着她。

十一月初的周五，江也早早回了家，七点多忽然接到林禧的电话，让他立刻回一趟工作室。似乎是有哪里出了错，需要他们返工。

江也放心不下从悦，一听，皱起了眉。从悦问清事情，当即笑道：“你去呗，张阿姨在家呢，我有什么事去敲她的房门就可以了，有什么担心的。”

他稍作思忖：“那……”

“去吧，他们都等着你呢。”

江也捏捏她的手：“你先休息，我很快就回来。”

从悦点头说好。

送江也出了门，张阿姨搀着从悦，扶她回房睡觉。张阿姨将房间里的灯关上，给她开起床头的小灯，稍暗的光线正好合适。

没多久，从悦犯困昏昏欲睡，将睡未睡之时，肚子忽然痛起来。

一时间，张阿姨听她喊了一嗓子，披着外套飞快地从客房赶来，客厅里的几盏灯全都亮堂开起。

江也还没到工作室，只开到半途就接到家里的电话，当即掉头返程，别的什么都顾不上了。

——从悦要生了。

3

从悦被推进了产房。

江也打电话通知他爸妈，之后便一直在门口僵站着。林禧久等不见他，打来电话询问，这才知道他去了医院。

一时间，工作室众人都得知从悦要生的消息。周嘉起赶紧联系卓书颜，作为第二个缺席返工的成员，和卓书颜分两头火急火燎往医院赶。

老A见他走得急，愕然之下问林禧："咱们用不用也去？江也今天晚上应该是不来了吧……"

林禧想了想，说不用："有他们几个就够了，我们去帮不上忙还添乱，等生了之后再去探望就是。"他拍掌召集其他人，"开始工作了，别的事都放下。"

众人响应，工作室如常运转。

另一边医院，周嘉起和卓书颜赶到时，就见江也站在产房外发呆，他妈妈给从悦请的阿姨在一旁和他说话，他不知听没听进去，神情微愣。

周嘉起上前："怎么了？"

张阿姨道："我让他坐下，他一直站着不动。"

卓书颜让阿姨先到旁边休息，和周嘉起一道围着江也说话。

江也是半途接到电话赶回家的，从悦又进了产房，他们问"多久能生""情况如何"之类的问题，他无从开口，答不上来。

最后只好闭嘴，三个人站成一排。

不知等了多久，医生出来，说："宫口开得很慢，我们和产妇商量了一下，她想剖腹，问一下家属的意思。"

家属江也被卓书颜一推，站到医生面前。

"从悦的家属？"医生问。

江也点了点头，和平时相比，整个人木讷许多。医生说了几句，让他进产房和从悦见面，卓书颜也想去，被拦下，目送江也的背影满眼都是焦急。

过了一会儿，江也从产房出来，卓书颜和周嘉起再度围住他："怎么样？"

"马上剖腹产。"他已经签了同意书。

"悦悦，人还好吧？"卓书颜比较关心这个。

江也的脸色比先前镇定了很多，点头道："还好。医生说她阵痛比较轻，顺产要等很久，她自己想剖。很快就好。”

“那就好，那就好。”卓书颜两人听从悦没事，悬着的心当即放下。

“不是可以有一个家属进去陪产吗？”周嘉起又问。

“那是顺产……而且从悦嫌我碍事，让我出来了。”江也没说，他进去握着从悦的手，她反应正常，他的手却在发颤。

随后，三人坐下等待，卓书颜和周嘉起小声说话，江也独自出神，脑海里一时乱得很。

他想起很多，有最初得知她怀孕时的忐忑不安、担忧害怕，到后来一同期待。这大半年的生活，新生命的存在越来越明显。在这个过程中，她被影响，情绪不稳定，他担忧着急，两个人闹出了不少事。

然而这些都是幸福的，有酸有甜，就像是生活的味道，平凡又真实。

从初中开始，认识江也的都说他冷静，有时甚至对外界冷淡得过头。可在这样的时候，他比任何人都感到紧张，也无法不紧张。

从悦在产房里同样想了很多。到这时候，她也不知道自己怎么会有心情想除了生孩子以外的事。

她想了很多，从他们初识开始到如今，一点一滴细致又飞速地在脑海里闪过。

那年高中校园，她站在盛夏的艳阳下，看见一个气质清冷、逸然出尘的男生在写板书，他有一双灿烂如阳的眼睛，高傲、骄矜、不染尘埃。

那时她看得出神，从此这个身影印进她心里，一晃就是好多年。

后来波折有、磕绊有，她也曾对这个人失望死心，却在转弯之后柳暗花明。

从磨合到融合，她和他一直在互相迁就，彼此包容，他成了一个可靠的人，有一副可以依托的肩膀，毅然撑起生活的重担，替她遮风挡雨。

如今人人都叫她江太太，她从悦，和江也是一对夫妻。

她见过他的幼稚，了解他的不成熟，更加懂得他的爱。

剩下的路，她想和这个人一同牵手前行。

——在听到孩子降生后啼哭那一刹那，从悦心里的这个念头，越发明确。

回到病房后，麻药药效消退，从悦开始觉得疼，她不能动，接下来几天也不能进食。

孩子很健康，是个男孩，哭完便安静地闭着眼睡觉，卓书颜和周嘉起围在小床边看着，声音低得不能再低，生怕吵到他。

江也坐在床边，细声和她说话，说江妈妈什么时候来，说张阿姨已经把孩子的床铺好了，说……

“辛苦了。”

从悦让他们把孩子抱到身边，她不能动，只好尽力垂眸看了又看。

暂时看不出长得像谁，五官小小的，皮肤很白，还带着一层新生的红，睡颜很是恬静。

“小名叫满满。”从悦说，“满足的满。”

大名江也的父母还在选，挑了又挑，怎么样都觉得不够好。

江也没有犹豫，应下：“好，听你的。”

他伸出手掌，孩子小小的手攥成拳躺在他掌心。从悦缓慢地将手放进他手里，他一握，将她和孩子一大一小两只手，一同握紧。

满，是圆满，也是人生新篇章，此后一切，幸福美满。

番外

高中生的一天，大多是从早上六点开始。寄宿生们的时间稍稍宽松些，不必火急火燎地赶，走读生们就不一样了，若是住得远，许多人天不亮就要起床，只为不在早读课上迟到。

六点四十五分，离早读开始还有十五分钟，教学楼顶端再远些的位置，天幕似乎蒙着薄薄一层雾。

高一走廊最尽头的那间教室，人到齐了大半。

阿北坐下，桌子上那小山一般的书堆怎么看怎么不顺眼，他一本本拿下来往课桌里塞。课桌里装的东西也不少，还没塞几本就满了，阿北低骂一声，只好将刚塞进去的书一本本掏出来。

“你是不是傻？每天早上都要塞一回，又不是不知道塞不进去！”老任嗤笑吐槽，指着阿北叫傻子，两人拿着书差点打起来。

老任少年老成，才十六七岁就长得像三十岁，一帮朋友都爱在他姓前加个“老”字，外号喊着喊着就这么喊开了。

“都别闹行不行？”瓜子抬头，指指后座趴着睡觉的江也，“正睡着呢，等会儿把他吵醒了！”

老任和阿北一下噤声，互相瞥一眼，不再玩闹。

勤奋的同学已经开始背起课文，偌大一间教室，就江也一人睡得昏天暗地。

老任瞅一眼江也，嘀咕：“我说，也哥这是什么毛病？每天早上都见他在这儿睡。”

“哪止早上？明明从早到晚都在睡好吗？”阿北接话道。

“晚上干什么去了他？”

“问周嘉起啊，他俩顺路，不都一块走回家吗？”

“我见周嘉起倒是很精神……”

三个人你一句我一句议论，说到周嘉起，不由得又提起另一个名字。

“我说，”老任下意识压低了声音，带着点调侃笑意，“就那个从悦，那么——喜欢江也，江也没半点反应。周嘉起跟从悦关系好得不行，就冲这个，他们竟然没吵架没打起来，倒也是奇了。”

“你以为都像你？”阿北呛他，“这有什么，兄弟当然比女人重要！”

见他俩又要吵起来，瓜子拦住他们，话题一转道：“我早上还看到从悦了。”

“在哪儿？”

老任和阿北下意识地异口同声问。

“就在校门口呗，她和周嘉起一块，好像在说什么。”

“说什么？”

“我哪儿知道！他们讲话我又不好凑上去听，你们又不是不知道，从悦除了跟周嘉起还有卓书颜玩，跟别人都不怎么讲话的。”瓜子说，“我就走过去跟周嘉起打了个招呼，很快就走了。”

“不过，我听到他们好像在说江也。”瓜子补充。

三人正聊着，话题的主角之一——周嘉起，从教室门口大步流星地进来了。

“哟，起哥来了！”

他们赶忙停止话题，和周嘉起打招呼。

周嘉起点头应过，一句话没说，直奔江也课桌前。

“叩叩——”

指节轻敲江也的课桌，周嘉起略微沉着脸，敲完两下见江也没动静也丝毫不急，就这么静静站着等。

几秒后，江也慢慢抬起头。他惺忪睡眼眯成一条缝，没说话，等周嘉起开口。

“给你的。”周嘉起将早餐放到江也桌上，另外三人这才发现他手里拎着东西。

江也睇了一眼：“哦。”没多说，低头又要继续睡。

“从悦给你的。”周嘉起淡淡道，“你要么就吃了，不吃就扔了。”

江也没反应，过了会儿，拎起早餐系带，起身走到垃圾桶边，把早餐丢进去。而后，他回到位置上，趴下继续睡，全程没有说一个字。

周嘉起在他面前站了一会儿。

气氛僵滞，老任几个大气不敢出。刚说他俩重兄弟情，没有因为从悦闹矛盾，这就来了。

好在周嘉起没做什么，连脾气也没发，稍站了站，转身就走，回自己的座位。

后头江也睡得沉，老任三人偷偷打量靠窗坐的周嘉起，凑在一块议论。

“起哥，这是何必呢？”

“算了，又不是第一回了。”瓜子啧声，“上次周嘉起带早餐来给江也，不也说是从悦给的吗？”

“还有上次，上上次。”

“是啊，不知道第几回了，江也全给扔了。”

老任搞不懂：“我就奇了怪了，周嘉起要是想让江也吃从悦送的早餐，直接放下不就完事了？何必又说那么一句，语气还硬，就江也那个脾气，不直接给扔了才怪。”

江也本身脾气就不好，更何况是没睡醒的时候。

“可能……”阿北猜，“可能周嘉起心里也不痛快吧。好歹从悦跟他那么多年的朋友，又不是不知道他和那两个女生感情好，从悦追江也追成这样，江也一个眼神都不甩，周嘉起心里肯定是有气的。”

越说声音越低，最后老任叫停：“算了算了，咱们别聊这个了……”

铃声恰好响起，班主任背着手走进来，三个人拿起书本，开始用鸭公嗓早读。

午后的太阳热意汹涌，球场上奔跑的男生们不多时就汗浸衣衫。

老任几个照旧是一队，和隔壁班的男生在球场上你来我往，打得异常火热。停下擦了擦汗，老任跑到场边喝水，瓜子和阿北随后也过来。

“你看。”

阿北戳戳另外两个，朝侧边看去。

从悦拿着瓶水站在那儿，眼睛望着场中的江也。

“啧啧。”瓜子感慨，“太痴心了吧，每回都来，放下瓶水就走，江也还从来都不喝。”

三人喝完水，转身跑回场内。

场边的从悦走到江也放衣服的地方，放下矿泉水，站着看了一会儿，在他们散场之前离开。

一帮人拿衣服的拿衣服、喝水的喝水，老任几个瞧着江也，见他看见那瓶水目光毫无波动，纷纷心下叹气。

江也擦完汗，拿起衣服就走。

几个人赶紧跟上，老任扭头叫周嘉起：“走啊，起哥！”

周嘉起站在那瓶矿泉水旁，眉皱了一瞬，默不作声提步跟上。

老任的视线也扫过去，心下暗叹。等会儿搞卫生的大叔来了，估计会拿走。每次江也打球，从悦就放一瓶，大叔也不知捡了多少瓶矿泉水了。

回到教室，收拾一通，老任正要招呼大家动身去吃饭，周嘉起蓦地站起：“我还有事，先走了。”

“你不跟我们一块吃饭？”瓜子问。

“不了，你们吃吧。”周嘉起背着单肩运动包，头也不回地走出去。

老任和阿北对视一眼，心下明白，周嘉起这是又生气了。

其实早上那番话说得不太准确，周嘉起和江也的确从没因为从悦打架或是吵架，但这种生闷气的时候不少，他们俩性格都倔。可能周嘉起也知道，感情的事不能勉强，所以没有立场因为这个去和江也发脾气。于是，每回他替从悦难受，便都只一个人默默受着，等消化完了再回到大部队。

周嘉起走得快，不多时身影就看不见了。

瓜子憋得难受，实在忍不住问出了个谁都不敢问的问题："也哥，你真的、真的就一点都不喜欢从悦？"

江也抬头瞥他一眼，表情淡淡，很快又低头收拾自己的东西。

"不喜欢。"

冷淡的三个字，不需要多说。

"那……"有人起头，老任也问，"你觉得从悦不好吗？她挺好的呀，虽然脾气是奇怪了一点，但是长得……长得不赖，成绩又好，而且对你……"

死心塌地。

这些喜欢江也的女生，基本都是为了他这张脸，受过几次挫，就纷纷退避三舍。唯独从悦，虽然他们也不知道她看上了江也什么，能够这么越挫越勇，但要说真诚和执着，真的没谁比得过她。

"她好不好不关我的事。"江也头都没抬，理着背包带。

一句话教也想问问题的阿北语塞，对她的一切都没有兴趣，这已经算是最冷漠的态度了吧？

老任不甘心，半晌，问："那你的意思是，你永远、永远都不可能……不对，是这辈子都不可能喜欢从悦，是吗？"

话音落下，只剩他们几人的教室静了两秒。

江也抬眸看他，眼神微凉，但许久都没说话。

"我……"老任有点慌，不知是不是自己问错了问题。

"走吧。"江也背起包，提步朝外走，"该去吃饭了。"

其余几人面面相觑。

"也哥这是……"老任摸不着头脑。

阿北和瓜子也愣住了，互相看了一眼："几个意思啊？"

是不想答这个问题，觉得太傻太无聊，答案显而易见没什么好答的，还是因为别的？

夕阳西下，朦胧的光线斜斜照进教室里，照在一张张小山堆似的课桌上，照在几个面露不解的少年脸上。

这一天，这个江也避之不谈，没有回答的问题，谁都不知道答案。

直到，很多年以后，江也和那个褪去青涩变得温柔又成熟，不再执拗古怪的漂亮女人踏进婚礼殿堂的时候，他们终于知道了江也的答案是什么。

当江也牵着从悦，一步步迈进婚礼现场，彼此脸上都洋溢着温和又从容的笑意，那一刻，周嘉起、卓书颜，还有他们这些朋友，不管曾经是否参与过他们的青春，都在那瞬间明白了幸福的含义。

从悦的单恋，江也的爱情，终于开花结果。